당신의
세포막
안으로

당신의
세포막
안으로

제1판 1쇄 2025년 4월 21일

지은이 김진성
펴낸이 이경재
책임편집 비비안 정

펴낸곳 도서출판 델피노
등록 2016년 8월 11일 제2020-000082호
주소 서울시 양천구 신정중앙로 86, 덕산빌딩 5층
전화 070-8095-2425
팩스 0505-947-5494
이메일 delpinobooks@naver.com
ISBN 979-11-91459-76-0 (03810)

책값은 뒤표지에 있습니다.
파본은 구입하신 서점에서 교환해드립니다.

김진성 장편소설

당신의
세포막
안으로

델피노

목차

1. 효과가 있는 거 같아요! · 7
2. 나를 죽이지 말아주세요 · 42
3. 저 그런 사람 아닌 거 아시잖아요 · 80
4. 그건 모르는 거야 · 114
5. 그다음은 당신이 상상하는 대로 · 148
6. 왜 이러세요!? · 176
7. 듣고 싶은 것만 들었으니까 · 205
8. 그 희망이 뭔데요? · 236

에필로그. 퇴근해 · 292

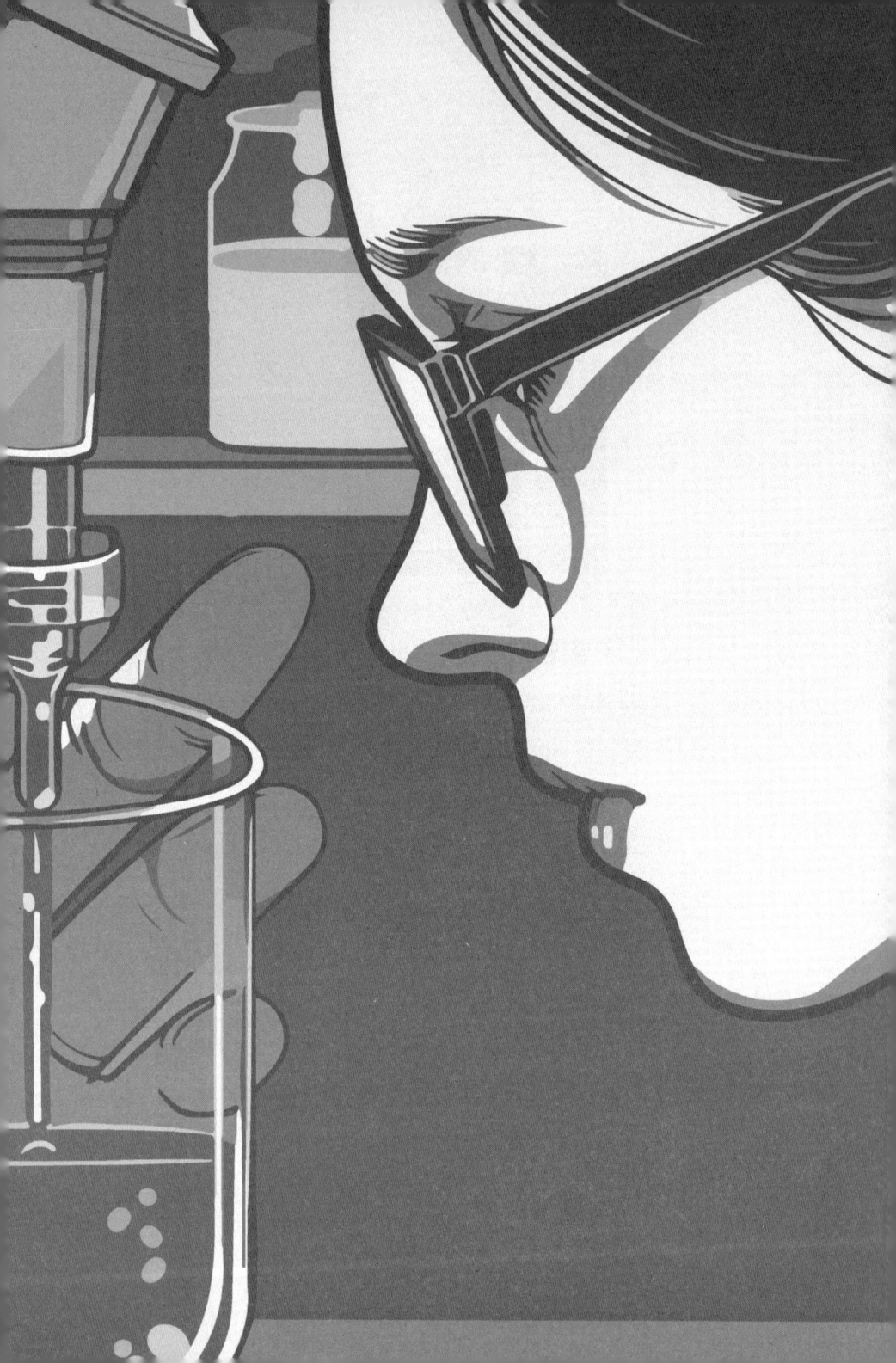

1
효과가 있는 거 같아요!

　안타깝게도 진실은 믿음을 이기지 못한다. 때론 진실과 믿음이 한편이 되어 승리하기도 하지만, 서로 적대적 관계가 되면 언제나 진실은 믿음에 패한다.
　그러나 여기, 진실이 믿음을 이길 거라 믿는 여자가 있다.
　"약의 기능 중에 가장 중요한 게 뭔 줄 알아요?"
　김서연. 그녀의 이름이다. 일반적인 키에 일반적인 체중을 가진 그녀는 외모 따윈 신경 쓰지 않는다는 듯 언제나 흰 티셔츠에 청바지만 입었고 그나마 날이 추워지면 흰 티셔츠를 흰 후드 티로 바꿔 입는 게 의상 변화의 전부였다. 그리고 분명히 긴 머리인 것 같은데 학교에선 단 한 번도 머리를 풀고 다닌 적이 없어 얼마나 긴 머리를 가졌는지는 그 누구도 알지 못했다. 그러나 단 한 가지, 사람들이 그녀를 보고 단번에 기억하는 것은 그녀의 깊게 팬 두 눈이었다. 그녀의 눈빛은 반짝거리는 특징이 있었기 때문이다. 그리고 이런 그녀는 지금 7년째 대학원에서 석사와 박사과정을 보내고 있었으며 종종 지도 교수를 대신해 강의에 투입되기도 했다.

"약의 기능 중에 가장 중요한 거…. 대답할 수 있는 사람 아무도 없나요?"

오늘도 흰 티셔츠를 입고 작은 강의실 앞에 선 김서연은 30명 남짓한 학생들을 둘러봤다. 누군가 제발 대답해 주길 기다리는 눈치였다. 그러나 학생들은 그런 그녀의 눈동자에는 관심이 없었다. 오직 창문을 통해 들어오는 햇살만이 김서연의 눈을 바라볼 뿐이었다.

"약의 기능 중에 가장 중요한 건 해당 약물이 세포막 안으로 효과적으로 침투하는 거예요. 그래야 약물의 효과가 발생하니까. 애써 만든 약물이 겉돌다가 사라지면 안 되잖아요."

학생들은 여전히 관심이 없었다. 그도 그럴 것이 그녀가 서 있는 이곳 영실대학교는 그 위대한 이름과는 달리 공부에 대한 열의가 크지 않은 학생들이 입학하는 곳이었기 때문이다. 물론 이들 중엔 학년이 올라갈수록 열성적으로 공부하는 학생들이 생기기도 했으나, 지금 같은 1학년 2학기 수업에서는 그들의 각성을 기대할 수 없었다.

"아무튼, 그러기 위해서 여러 방법을 사용해요. 일단 아까 배운 리포솜 기억나죠? 인지질로 구성된 껍데기. 이 껍데기 안에 약물을 넣고 운반하면 약물이 세포막을 더 잘 통과해요. 이때 리포솜은 마치 열쇠 같은 역할을 하죠. 그리고 또 다른 방법으로는 천공법이 있어요. 이건 세포막에 전기나 초음파로 인위적인 구멍을 뚫는 방법이죠. 마치 드릴처럼. 어때요, 쉽죠? 열쇠와 드릴."

학생들의 표정과는 달리 김서연은 속이 시원해 보였다.

"이건 화학공학개론 시험에 나올 수도 있으니까 꼭 기억해 두는 게 좋을 거예요."

학생들은 고개를 끄덕이며 시계를 바라봤다. 심지어 책을 덮는 학생들도 있었다. 예정된 강의 시간이 1분 정도 남았기 때문이다. 그러나 김서연은 그 1분마저도 알차게 사용했다.

"그런데 과학자는 말이죠. 세포막을 단단하게 만들어야 해요. 함부로 이상한 정보에 세포막을 열어주면 안 돼. 진실에 가깝다고 검증된 애들만 들여보내야 해요. 진실이라고 믿는 애들이 아니라. 그래야 과학자로서의 능력을 더 키울 수 있거든요. 아, 그리고….."

김서연은 그렇게 1분을 꽉 채웠다. 강의 시간이라는 약속이 없었다면 그녀는 포기하지 않고 말을 이어갔을 것이다.

강의가 끝난 뒤, 김서연은 연구실로 돌아갈 준비를 하고 있었다. 그런데 그때, 김서연 못지않게 빛나는 눈빛을 안경으로 증폭시킨 어떤 남학생이 다가와 말을 걸었다.

"선생님, 질문 하나 해도 돼요?"

"네. 뭔데요?"

"선생님 연구실 있잖아요. 빅터 우 교수님 연구실이요."

"나노생화학 연구실."

"네, 아무튼…. 거기서 DNA 치료제 만든다고 하던데 진짜예요?"

"맞아요. 관심 있어요?"

"아니요. 그런 건 아니고…."

남학생은 안경을 추켜올리며 말했다.

"제가 크리스퍼에 관심이 좀 있는데요."

"유전자 가위?"

"네. 근데 빅터 우 교수님 연구실은 보니까, 되게 옛날 기술인 리포솜으로 DNA 치료제를 만드시는 거 같더라고요. 맞나요?"

1. 효과가 있는 거 같아요! 9

"맞아요."

"그건 왜 그런 거예요? 왜 DNA 치료제를 만드는데 유전자 가위라는 최신기술을 활용 안 하고 굳이 1960년대에 나온 기술을 써가면서 연구하시는 거예요? 유전자 가위가 더 깔끔하잖아요. 문제 있는 DNA 부분만 딱 도려내고 문제없는 부분을 갖다가 끼우는 게."

김서연의 표정이 살짝 굳었다.

"아…. 일단, 학생이 생각하는 것만큼 유전자 가위가 완벽하진 않아요. 그리고 리포솜이 나온 지 오래된 기술이라고 해서 쓸모없지도 않고요. 지금도 충분히 가치가 있거든. 실제로도 많이 쓰이고."

김서연의 답변에 학생은 그의 빛나는 두 눈동자로 천장을 바라봤다. 그녀의 답변이 불만족스럽다는 의미였다.

"네, 알겠습니다."

"혹시 대학원에 관심 있어요? 1학년이긴 해도 원하면 학부 연구생으로 받아줄 수 있는데."

"저는 유전자 가위에만 관심 있어서요."

"아…. 그래요."

"안녕히 계세요."

"잘 가요."

김서연은 입술을 꾹 다물고 다시 연구실로 복귀할 준비를 이어갔다. 그녀가 입술을 꾹 다물었다는 것은 그녀가 알고 있는 정보를 모두 말하지 못했다는 의미였다.

'나도 유전자 가위로 연구하고 싶어. 그러면 취업도 더 잘 될 테니까. 그런데 어떡하겠니. 내가 수능을 못 봐서, 편입도 못 해서 우리 영실대학교 화학공학과에 남아버렸는데. 게다가 우리가 연구하는 건 희귀유전질환이란다. 이걸 유전자 가위를 이용해서 연구한다는 건 굉장한 기술 낭비일지도 몰라. 돼지 목에 진주목걸이를 채운 셈인 거지. 왜냐고? 이걸로 치료제를 만들어 봐야 돈이 안 되거든. 돈이 안 되는 최신기술은 시장에서 살아남지 못 해. 그런데 그런 걸 다 떠나서 말이야, 결정적으로 우리 빅터 우 교수님은 그 기술을 모르셔. 생명공학이 아니라 화학공학과 출신이시거든. 그러다 보니 리포솜으로 DNA 치료제를 연구하고 있고. 이제 답변이 좀 됐을까?'

만약 김서연이 이런 말을 했다면 그녀는 입을 꾹 다물지 않았을 것이다.

어쨌든 김서연은 계단을 올랐다. 그리고 이 오래된 건물 5층 가장 구석에 있는 나노생화학 연구실의 철문을 열었다.

연구실은 세 공간으로 분리되어 있었다. 철문을 열자마자 보이는 것은 5개 정도의 지저분한 책상이었고 김서연은 그중 가장 구석에 있는 곳에 잠시 앉아 누군가 올려놓은 서류봉투를 열었.

그 안에 들어있는 것은 일종의 분석 결과 그래프였다. 날카로운 바늘들이 사방에 떠 있었고 그 밑에는 알 수 없는 영어 단어와 의미를 모르겠는 숫자 그리고 % 기호가 수도 없이 쓰여 있었다. 이 종이들을 살펴본 김서연은 고개를 끄덕이며 두 번째 공간으로 향하는 나무문을 열었다.

나무문 뒤는 일종의 준비 공간이었다. 1평 남짓한 이곳엔 반도체 공장에서나 볼 법한 방진복들이 옷걸이에 걸려있었다.

김서연은 이곳에서 방진복과 방진 모자 그리고 방진 마스크와 라텍스 장갑까지 착용한 채 나무문 맞은편에 있는 플라스틱 문을 열었다.

세 번째 공간인 플라스틱 문 뒤는 완전한 신세계였다. 베이지 톤의 긴 책상과 서랍장들이 깔린 이곳엔 시약 냉장고와 반응기 그리고 각종 유리 플라스크가 깔끔하게 줄지어 있었다.

김서연은 이 유리 플라스크들 안에서 빠르게 회전하는 투명한 액체, 노란 액체 그리고 붉은 액체들이 잘 돌아가고 있는지 확인했다. 그러고는 세 번째 공간 가장 끝에 있는 샘플 냉장고에서 네 개의 작은 유리병 샘플들을 꺼내 그 옆에 있던 스티로폼 박스에 넣었다.

그 후 김서연은 그 스티로폼 박스와 책상 위에 있던 종이 서류를 들고 빠른 걸음으로 학교를 벗어나기 시작했다.

- 빠아앙!

학교 정문의 혼잡스러운 2차선 도로에서 들려오는 자동차 경적 소리와 눈 내리면 걷기조차 힘들어 보이는 내리막길 그리고 자유로워 보이지만 근심이 가득해 보이는 학생들의 눈빛이 바쁘게 움직이는 김서연과 꽤 잘 어울렸다.

- 위이이잉.

그런데 그때, 그녀에게 전화 한 통이 걸려 왔다. 휴대전화 화면에는 '석사과정 임지윤'이라고 적혀있었다.

"어, 지윤아."

『언니, 어디세요? 제가 책상 위에 올려둔 결과지 보셨죠?』

"응 봤어. 지금 샘플 들고 가고 있고. 오늘 투약할 거."

『바로 오시는 거예요? 아니면 오늘도 애기보고 오세요?』

"오늘은…. 아니."

김서연은 살짝 튀어나온 배를 잠시 어루만졌다. 그녀는 현재 임신 중이었다.

"일단 지금은 병원으로 가는 중이야. 맞다, 지난번 투약 결과 나왔어? 어때?"

『효과가 있는 거 같아요!』

"그래?"

내리막길에서 넘어지지 않기 위해 노력하는 김서연의 얼굴에 화색이 돌았다.

"어떻게? 어떻게 좋은데?"

『qPCR 결과 나왔는데, 확실히 투약 전 TPDD 유전자랑 투약 후 유전자랑 달라요..』

"정말이지!?"

『그렇다니까요!』

TPDD(Thought Pattern Disintegration Disorder)는 '사고패턴붕괴장애'의 줄임말로, 김서연이 연구 중인 희귀유전질환이었다. 이 유전질환은 복합적인 사고의 능력이 붕괴되어 한 가지 생각, 한 가지 말밖에 못 하는 증상을 갖고 있었고 세계적으로도 매우 희귀한 질환이라 연구하는 사람이 드물었다. 그러나 김서연은 자신의 7년 대학원 생활을 이 연구 하나에만 투자했다.

사실 이런 경우는 드물었다. 성공 여부가 확실하지도 않은, 거기에 희귀유전질환이라 연구하는 사람도 드문 이 연구를 긴 시간 동안 진행하는 것은 도박과도 같은 일이기 때문이다. 그러나 김서연에겐 이런 도박을 해야만 하는 두 가지 이유가 있었다.

『거기에 뇌파검사 결과도 긍정적이에요. 활동성이 증가한 게 보여요. 언니, 이거 성공하면 저 정말로 치니코프 갈 수 있겠죠?』

"치니코프? 거긴 계속 시끄럽잖아. 마약 진통제 문제로."

『에이, 그거 그리 심각한 거 아니래요.』

"심각하지 않다고?"

『네. 제가 알아보니까 오해가 있었고 소송도 곧 끝날 거래요.』

"그래? 마약을 진통제로 속여서 팔았는데?"

『진짜예요. 저 믿으세요, 언니.』

화색이 돌았던 김서연의 표정은 살짝 어두워졌다.

『치니코프가 좀 애매하면 제멜제약 가면 되죠, 뭐. 시끄러운 외국계보단 안전한 국내 1위 기업.』

"제멜제약도 시끄럽지 않나?"

『언니, 언니도 제멜제약 가고 싶다고 하셨잖아요. 심지어 우리 임상 파트너 해달라는 제안도 했었고. 물론 거절당했지만…. 잠깐만, 생각해 보니까 또 열 받네. 아니 어떻게 우리 임상 파트너 제안을 거절할 수가 있어요, 건방지게! 국내 1위면 다야?』

김서연이 이런 도박을 감행한 첫 번째 이유는 임지윤과의 대화 그리고 조금 전 학생과의 대화를 종합하면 알 수 있었다. 그녀는 국내 1위 기업 제멜제약에 취업하고 싶어 했다. 그러나 그녀의 대학교는 영실대학교였고 이런 상황이라면 네이처(Nature), 사이언스(Science), 셀(Cell) 같은 세계 3대 학술지 정도에는 논문을 게재하는 실적을 내야만 했다. 만약 그걸 할 수 없는 상황이라면, 2상 임상을 성공한 실적이 있거나 최소한 특허라도 있어야 했다.

『아무튼! 이번 2상 임상 끝나면 제멜제약 엄청 후회할 거예요! 우리랑 파트너 안 한 거!』

"지윤아!"

김서연은 다급하게 임지윤의 이름을 불렀다.

"주변에 아무도 없지?"

『아, 그럼요! 저도 눈치라는 게 있는데.』

"방금 그 말, 우리 임상 파트너 관계자들이 들었으면…."

『언니! 걱정 마세요. 아무리 그래도 그런 짓은 안 하죠.』

"그래…."

『근데, 여기 있다 보면 종종 우리 임상 파트너들의 파트너들이 왔다 갔다 하면서 제 마음을 좀 아프게 하긴 해요.』

"파트너들의 파트너?"

『네. 투자자들이겠죠? 여기 둘러본답시고 와서 하는 말이 왜 지방대 화학공학과 애들이랑 신약 개발을 하냐고…. 약대가 아니라.』

김서연은 쓸쓸한 웃음을 지었다. 이것이 그녀가 7년간 도박을 하는 두 번째 이유였다. 일반적으로 대학의 신약 개발은 약대 출신의 인력들이 참여한다. 어떤 대학이든 기본적으로 높은 점수를 들고 입학한 그들은, 임상 진행 경력이 있든 없든 제멜제약 같이 좋은 제약회사에 취직할 수 있었다. 그러나 김서연은 출신 대학도 학과도 그런 코스와는 거리가 멀었기에 그녀의 꿈을 이루기 위해서는 7년간의 도박을 할 수밖에 없었다.

김서연은 이런 현실에 가슴이 아팠는지 다시 입술을 꾹 다물었다.

『여보세요? 언니? 듣고 계세요?』

그러나 임지윤의 목소리에 그녀의 입술은 다시 원상태가 되었다.

"응. 듣고 있어. 그러면 그 사람들한테 그렇게 말해."

『뭐라고요?』

"우리 파트너 무궁화학도 제약회사가 아니라고."

『하하하하! 맞네!』

김서연의 연구팀과 무궁화학은 서로의 목적을 이루기 위해 파트너가 됐다. 김서연은 임상 성공이라는 목적을 위해, 중견기업인 무궁화학은 제약회사로서의 사업확장을 이뤄내기 위해.

"그런데 지윤아."

『네, 언니.』

"오늘 결과가 좋게 나왔다고 해서 너무 좋아하지는 말자."

『언니 또 그러신다….』

"내가 뭘."

『레퍼토리 좀 바꾸세요. 매번 너무 뻔하잖아요. 좋게 나와도 검증 필요하고 검증되면….』

"아직 끝난 게 아니잖아, 우리"

『뭐…. 어쨌든. 언니 너무 그렇게 방어적으로 살지 마요. 오늘 같은 날은 즐겨도 되잖아요. 결과가 이렇게 나왔는데.』

임지윤의 말을 가만히 듣고 있던 김서연은 옅은 미소를 지었다.

"그럴 수는 없지. 환경에 휘둘리면…."

『어휴! 알겠어요. 제가 졌습니다!』

임지윤은 김서연의 말을 끊어냈다. 일반적인 상황이라면 기분이 나쁠 법도 한데 김서연의 표정은 그리 나쁘지 않았다. 이런 대화가 낯설지 않다는 뜻이었다.

『아무튼, 언니 조심히 와요.』

"그래. 이따 봐."

그렇게 임지윤과의 통화는 종료되었다.

그러나 김서연은 휴대전화를 주머니에 넣지 않고 어디론가 전화를 걸었다. 여전히 내리막길을 걷고 있는 채였다.

"네, 그때 애기 NIPT 검사했었는데, 결과가 나왔는지 해서요."

『성함이 어떻게 되시죠?』

"김서연이요."

『잠시만요…. 음…. 결과가 아직 안 나온 거 같네요. 혹시 모르니까 제가 다시 확인해 볼까요?』

"아니요, 괜찮습니다. 결과 나오면 연락 주세요."

『네, 감사합니다.』

김서연은 그제야 휴대전화를 주머니에 넣었다. 통화가 끝나고 약간의 시간이 흐른 뒤, 그녀는 오른손에 스티로폼 박스를 든 채 목적지에 도착했다.

【광개토대학교병원 임상시험센터】

김서연은 좁은 골목들로 둘러싸인 주차장 입구의 간판석을 슬쩍 보며 하얗고 커다란 건물 입구로 향했다. 이때 그녀의 눈빛은 평소와는 달리 처연했다. 의대가 없는 영실대학교의 현실 때문에 다른 학교 병원의 한 자리를 빌려 임상을 진행해야 하는 것이 김서연은 아쉬웠던 것이다.

센터 1층 로비는 넓었다. 그녀는 이 여유로운 환경을 만끽하며 가운데에 있는 계단을 올라 5층 '희귀유전질환 병동'이라고 적힌 곳에 도착했다.

그곳엔 하얀 가운을 입은 사람들과 짙은 푸른색 간호복을 입은 사람들이 바쁘게 움직이고 있었다. 그리고 종종 사복을 입은 사람들도 있었는데 김서연이 탈의실에서 하얀 가운을 입고 나오던 때, 그 사복 입은 사람 중 한 명이 그녀에게 말을 걸었다.
"안녕하세요, 선생님."
그녀의 기분은 매우 좋아 보였고 목소리 톤도 높았다.
"아 네, 어머니. 안녕하셨어요."
"당연히 안녕하죠. 오늘 뇌 활동 결과 좋았다면서요."
"아…."
잠시 머뭇거리는 김서연의 머릿속에선 많은 생각이 충돌했다. '임지윤은 이 결과를 왜 이렇게 빨리 임상 대상 보호자에게 공유했는가', '아직 기대하지 마시라고 말해야 하나' 등과 같은 생각이었다. 그리고 결국 그녀의 입 밖으로 나온 말은 이것이었다.
"…네."
거기의 가벼운 눈웃음과 꾹 다문 입술까지.
"감사해요, 선생님. 정말로."
"아닙니다."
김서연은 '아직 제2상 임상시험일 뿐이고 이게 성공한다고 해도 제3상, 제4상까지 가야 해서 너무 갈 길이 멀어요'라는 말을 끝내 참아내며 가벼운 묵례를 하곤 병동 5층 통로를 계속 걸었다.
"그런데 선생님 임신하셨다면서요?"
그러나 중년 여성은 김서연의 가벼운 묵례가 의미하는 바를 받아들이지 못하고 계속 그녀와 함께 걷기 시작했다.
"아…. 네."
"몇 주차에요?"
"13주 차 됐네요."
"아이고, 오래되셨네. 아기 나오면 선생님 닮아서 예쁘겠다."

"감사합니다…."

김서연은 억지 미소를 지어 보였다.

"남편은? 남편은 뭐 하는 사람이에요?"

"남편이요?"

"네, 남편."

"남편은 그냥…."

김서연은 5층 통로 끝에 도착해 멈춰 섰다. 김서연의 남편이 누구인지 궁금했던 중년 여성의 눈망울은 이제 김서연의 빛나는 눈빛보다 더 밝게 빛나기 시작했다. 그런데 그때.

"서연."

중후한 중년 남성의 목소리가 들려왔다. 그 역시 하얀 가운을 입었고 5층 통로 구석에 있는 '희귀유전질환 연구소'라고 적힌 곳 앞에 있었는데, 그의 머리 위에는 '관계자 외 출입 금지'라는 빨간색의 짧은 문장도 쓰여있었다.

"네, 교수님."

김서연은 고개를 돌려 그의 목소리가 들려온 곳을 잠깐 바라봤다가 다시 중년 여성의 얼굴을 바라봤다.

"죄송해요. 제가 가 봐야 해서."

"아이고, 그래야지. 얼른 가 봐요. 가서 연구도 열심히 하시고 우리 재현이 치료만 잘 해주세요. 우리 재현이도 이런 대화를 얼마나 하고 싶겠어. 이렇게 재밌는데."

재현이라는 이름이 공기 중에 울리자, 김서연은 잠시 말문이 막힌 듯 약간의 정지상태가 되었다. 그러나 이내 가벼운 미소를 지으며 말했다.

"네, 어머님."

동시에 두 번째 묵례도 건넸다.

"이따 봐요, 선생님."

그렇게 중년 여성도 미소를 지으며 자연스럽게 퇴장했다.

김서연은 멀어지는 그녀의 뒷모습을 잠시 바라봤다. 그러다 천천히 '희귀유전질환 연구소'의 문을 열고 들어갔다. 그 안에는 또 다른 넓은 공간이 존재했다. 넓게 퍼져있어 누가 어디에서 무얼 하고 있는지 볼 수 있는 공간이었다.

이곳엔 여러 개의 방도 있었는데, 김서연은 입구와 가장 멀리 떨어진 작은 방으로 향했다. 작은 책상 두 개와 침대도 하나 있는 방이었고, 광개토대학교병원으로부터 임상기간 동안 빌린 그들만의 대기실이자 연구실이었다.

김서연은 이 작은 방에 들어가자마자 널브러진 침대 위 이불을 바라봤다. 그리고 동시에 교수가 앉은 왼쪽 책상에 있는 '빅터 우'라는 명패도 바라봤다.

"교수님, 여기서 주무신 거예요?"

"아니. 지윤이가 밤새 있었다더라, 시험공부한다고. 나는 무궁화학 갔다가 방금 왔고. 그런데 오늘 결과가 좀 괜찮았다던데."

"아직 몰라요."

김서연은 반대쪽 책상 의자에 앉아 스티로폼 박스를 그 위에 올려놓았고 빅터 우에게는 조금 더 편하게 말했다. 중년 여성을 대할 때와는 사뭇 달랐다.

"지윤이한테 잠깐 들어보니까 이번에 TPDD 유전자 결손이 조금 채워진 것 같다던데, 그 정도만 돼도 논문 하나 뚝딱 아니겠어? 네이

처(Nature), 사이언스(Science), 셀(Cell), 이 셋 중에 원하는 곳으로 투고도 가능한 정도라고."

김서연은 웃으며 고개를 내저었다.

"그래서 제가 이거 가지고 논문 쓰면, 투고해 주실 거예요?"

빅터 우 교수의 말문이 잠시 막혔다.

"아니…. 그건 다르지. 우리는 지금 무궁화학이랑 상업적 목적을 가지고 임상 중이니까. 우리만의 리포솜 제작 과정부터 시작해서 우리만의 천공법이 세상에 알려지면 상업적 가치가 사라지잖아."

"그럼 만약에 실패하면요?"

이젠 빅터 우의 표정이 살짝 굳었다.

"실패하면 학술적 가치라도 얻어야 하잖아요."

잠시 짧은 침묵을 지키던 빅터 우는 인자한 미소를 지으며 대화를 이어갔다.

"서연. 내가…. 아니 우리가, 이거 성공시키려고 몇 년을 노력해 왔니. 우린 무조건 성공할 거야. 반드시 그럴 수밖에 없어."

"저는 곧 졸업해야 하는데. 특허라도 내주시면…. 그건 진짜 정리만 하면 되는데."

"특허도 안 되는 거 알잖아. 딱 2상까지만 성공하고 제멜제약 가. 그다음엔 지윤이 같은 후배들한테 맡기고."

"교수님은 끝까지 남으시겠죠?"

"그렇지."

빅터 우는 이 좋은 결과조차 '사업화'라는 이유를 대며 논문으로 만들 생각을 하지 않았다. 김서연은 이미 예상한 답변이라는 듯 쓴웃음을 지었다.

"아무튼, 오늘 이 결과 무궁화학 미팅 때 미리 알았으면 좀 더 큰 소리 내고 왔을 텐데…. 그게 좀 아쉽네."

"왜요?"

"프랑스 드마르크 그룹."

빅터 우가 드마르크라는 이름을 말하며 근심 어린 표정을 짓자 김서연은 거의 경기에 가깝게 놀라며 말했다.

"앙투앙 드마르크 교수요!?"

"그래."

"왜요!"

김서연이 이렇게 예민하게 반응하는 이유는 프랑스의 앙투앙 드마르크 교수 연구팀도 TPDD 치료제를 연구하는 팀이었기 때문이다. 다만 그들은 빅터 우 박사의 연구와는 달리 학술적 가치에 초점을 맞추고 있었기에 종종 논문을 발표하고 있었다. 다행히 그들의 논문은 언제나 김서연과 빅터 우가 가진 결과보다 조금씩 뒤처져 있어서 안심하고 있었지만, 언제까지나 그러란 법은 없었기에 그들의 이름이 나올 때마다 긴장할 수밖에 없었다. 그들이 앞서가는 순간, 김서연과 빅터 우는 그동안 이 연구에 바쳐온 시간이 무색하게 그저 그들의 연구를 '따라 한' 사람들밖에 되지 않을 것이기 때문이다.

"이번에 또 뭐 나왔어요? 아까 검색했을 때는 아무것도 없었는데."

"없었을 거야."

"그럼 뭔데요, 교수님."

빅터 우는 짧은 한숨을 내쉰 뒤 말을 이어갔다.

"거기도 임상 준비한대."

"네!?"

김서연의 반짝이던 두 눈은 이제 커지기까지 했다.

"무궁화학이 그래서 다급해졌나 봐."

"논문만 내던 사람들이 갑자기 왜 임상을 해요?"

"그런 일은 자주 있잖아. 새삼스럽게 뭘…."

"아니 그래도…."

"그래도 우리가 더 앞서 있어. 오늘 결과만 봐도 그렇고. 그러니까 너무 걱정 말고 우리 할 것만 잘하자."

김서연은 잠시 심각한 표정을 지었다. 그런데 그때.

"오셨어요, 언니."

"어, 지윤아."

역시나 하얀 가운을 입은 임지윤은 교수에겐 인사를 건네지 않고 간단히 눈만 마주쳤다. 교수와는 이미 만나서 대화를 나눴다는 의미였다.

"오늘 투약은 몇 시였지?"

김서연은 시계를 바라봤다.

"4시요."

"곧 시작이네."

그리고 그때, 역시나 하얀 가운을 입은 30대 중반의 한 남자가 들어와 건방짐과 미소가 섞인 얼굴로 인사를 건넸다.

"안녕하세요. 좋은 오후입니다."

"안녕하세요, 대리님. 오랜만에 뵙네요."

"그러네요, 서연 씨. 교수님은 아까 회사에서 뵀고."

빅터 우는 고개만 잠시 끄덕였다.

"아, 그쪽은 이름이 뭐였더라?"

1. 효과가 있는 거 같아요! **23**

"임지윤이요."
"아, 맞다. 맨날 까먹어."
"괜찮아요. 민 대리님."
임지윤의 말에 남자가 피식 웃었다.
"이름 까먹었다고 복수하는 거예요? 나 민 아니고 문인데. 문지혁."
"아, 죄송해요. 제가 사람 이름을 잘 못 외워서…. 문 대리님."
두 사람은 서로를 바라봤다. 노려보는 것은 아니었으나 그렇다고 애정이 섞여 있는 것도 아니었다.
"자, 다들 준비합시다."
두 사람 때문에 어색해지려고 하는 분위기를 교수가 끊어냈다.
"워크시트 준비하셨어요?"
그러나 문 대리는 여전히 건방짐이 섞인 말투로 김서연에게 물었다.
"저도 방금 와서요."
"제가 다 준비해 놨어요. 잠시만요."
김서연은 약간 당황하는 눈치였지만 곧장 임지윤이 끼어들며 오히려 문 대리를 머쓱하게 만들었다.
"여기요. 오늘은 따로 사전 검사할 건 없고 곧장 투약만 하면 됩니다. 3일 뒤에 사후 검사 진행할 예정이고요."
"사전 검사 없는 건 확실해요?"
문 대리는 거침이 없었다. 바로 옆에 교수가 있었음에도 그랬다.
"확실해요. 어제 다 끝냈거든요. 심전도, 바이탈, 혈액, 전부 다."
물론 임지윤도 지지 않았다.

"고생하셨네. 좋아요. 샘플은?"

"여기요."

김서연은 스티로폼 박스를 열고 연구실에서 가져온 네 개의 샘플을 꺼냈다.

"TT7-A 샘플 네 개입니다. 일단 모두 10cc로 가져왔고요, 여기 검사지도 같이 있어요."

김서연은 샘플과 함께 그래프와 숫자 그리고 % 기호가 가득 담긴 종이도 문 대리에게 건넸다.

"좋네요. 지금 바로 하시죠. 딱 4시니까 선생님들 불러주세요."

"네."

문 대리는 마치 최종 책임자처럼 김서연과 임지윤을 대했다.

짧은 대답을 마친 임지윤은 청색 옷을 입은 간호사 두 명을 데려왔다.

"안녕하세요."

그들은 서로 인사를 나눈 뒤 이 작은 연구실을 벗어나 다시 희귀유전질환 병동, 그러니까 5층 통로 중간에 있는 2인 병실, 507호로 들어갔다.

그곳엔 두 명의 환자와 두 명의 보호자가 있었다. 두 환자는 모두 남성이었고 한 명은 7세, 다른 한 명은 21세였으며 두 명의 보호자는 모두 중년의 여성이었다.

"오셨어요, 선생님들."

김서연과 짧은 대화를 했던 '재현이 엄마'는 21세 남성 환자의 보호자였다. 그녀는 여전히 밝은 표정으로 두 명의 간호사를 포함한 빅터 우 박사 팀 모두와 눈을 마주치며 인사를 나눴다.

"오늘도 지난번에 투약했던 거랑 같은 약물이고요, 용량도 같아요. 여기에 싸인해 주시면 바로 투약 준비하겠습니다."

"네."

두 명의 보호자가 싸인을 마치자 두 명의 간호사가 라텍스 장갑을 끼며 심호흡했다.

"부디 아무 일 없길….""

광개토대학교병원에서는 시설뿐만 아니라 몇몇 간호 인력도 지원해줬다. 물론 사고가 발생했을 시에 모든 책임은 빅터 우 교수팀과 무궁화학에게 돌아가도록 계약되어 있었지만, 이 안에서 사고가 나면 그들에게도 좋을 건 없었기에 최소한의 인력 지원은 그들에게도 필요한 일이었다.

"이번에도 가만히 있어 줘, 애들아."

두 명의 간호사들이 먼저 향한 곳은 7세 환자 쪽이었다. 그들은 이 아이의 양쪽 어깨를 슬며시 붙잡았다. 그 뒤를 이어 문 대리와 빅터 우 교수도 아이의 양쪽 다리를 한 쪽씩 슬쩍 나눠 잡았다.

"제발….""

문 대리도 이때만큼은 긴장한 듯 보였다.

이들의 이런 모습은 돌발상황을 대비하기 위한 것이었다. TPDD 환자들은 한 가지 생각과 한 가지 말밖에 못 하는 환자들이지만, 그들의 그 '한 가지 생각'은 외부 자극에 의해 급격히 변할 수 있었다. 예를 들어 '하늘이 예쁘다'라는 한 가지 생각을 하며 창문 밖을 바라보다가 갑자기 '주사'라는 외부 자극이 들어오면 '왜 이런 일이 일어났을까?'라는 생각을 하기보다는 '주사는 고통스러워'라는 생각으로 곧장 전환되며, 그렇게 순식간에 바뀌어 버린 생각은 몸부림이나 신체를 휘두르는 반응으로 나타나는 식이었다.

광개토대학교병원에서 인력을 지원한 이유도 사실상 이것 때문이었다. 이런 돌발상황이 일어나는 것을 최대한 방지하기 위해.

"조금만 버텨 줘…."

김서연은 긴장한 채 알코올 솜으로 7세 환자의 왼쪽 팔을 쓰다듬었다. 그리곤 짧은 한숨을 내쉬며 슬며시 주삿바늘을 집어넣었다.

그렇게 모두가 긴장한 순간, 김서연은 약물을 투여한 뒤 다시 천천히 주삿바늘을 빼냈다.

그런데 그때, 아이가 표정을 일그러뜨리고 입을 벌려 무언가 말하려 했다. 그러자 양쪽 팔과 다리를 잡고 있던 사람들도 힘을 주기 시작했다. 하지만 이때를 기다린 아이의 보호자가 다가와 머리를 쓰다듬으며 나긋한 목소리로 이렇게 말했다.

"사랑해, 사랑해, 사랑해."

보호자는 계속해서 같은 말을 반복하며 아이의 머리를 쓰다듬었다. 그러자 아이는 다시 원래의 평온한 표정으로 돌아왔다.

"휴우…."

아이 주변에 있던 사람들은 서로의 얼굴을 보며 고개를 끄덕였다. 수고했다는 의미였다.

그 후, 김서연은 볼펜 같은 막대기 하나를 꺼내 조금 전 주삿바늘을 꽂았던 곳에 가져다 댄 뒤.

- 치직!

전기이면서 초음파이기도 한 충격을 보냈다. 이것은 '천공법'이라는 기술로, 주변 세포막에 작은 구멍을 내서 약물이 그 안으로 잘 흡수될 수 있도록 돕는 방법이었다.

"다음은 재현이."

이제 두 간호사와 빅터 우, 문 대리는 반대편에 누워있는 재현이의 팔과 다리를 잡았다. 김서연도 그 전과 동일하게 주사를 준비하고 바늘이 들어갈 재현이의 왼쪽 팔을 살폈다. 그런데.

"어?"

김서연은 고개를 갸웃거렸다.

"제일 최근 주사가 일주일 전이었지? 지윤아…."

"네, 맞아요."

"왜?"

"여기 보세요…. 이 자국…. 이건 일주일 전 자국이 아니라 이틀 된 자국 같은데…."

사람들은 김서연이 가리킨 자국을 확인했다.

"그러네…."

"채혈 자국 아니에요?"

문 대리가 물었다.

"채혈은 반대쪽 팔이에요. 혹시, 선생님들 중에 따로 뭐 투약하신 분 계시나요?"

김서연은 두 명의 간호사들에게 물어봤다.

"저희가요? 저희는 못 그러죠. 가끔 잘 있는지 확인하는 정도는 해도…."

"그렇죠…? 그러면 어머니."

김서연은 보호자를 불렀다.

"네, 선생님."

"혹시 저희 말고 다른 분이 와서 주사 놓은 적 있나요?"

"아니요, 없죠. 저희가 여기 계속 있는데."

"그럼 뭐지…."

김서연은 계속 그 자국을 바라봤다.

"종종 회복이 느릴 때가 있어요. 그렇죠? 선생님들."

문 대리의 말에 간호사들은 얼떨결에 고개를 끄덕였다.

"거봐요. 얼른 합시다."

주삿바늘을 든 김서연은 심각한 표정을 지으며 입술을 꾹 다물었다. 그러다 무언가 생각난 듯 갑자기 방금 투약을 마친 아이에게 다가가 왼쪽 팔에 있는 주사 자국을 살폈다. 그러고는 옆 병실 508호로 건너가, 그곳에서 투약 대기 중인 나머지 두 환자의 팔도 살핀 뒤 다시 507호로 돌아왔다.

"전부 같아요. 모두 상처가 쌩쌩해요. 잠시 나가서 회의를 좀 할까요?"

문 대리는 못마땅한 표정이었지만 빅터 우는 고개를 끄덕였다. 김서연은 곧장 보호자들에게 설명을 시작했다.

"어머님, 혹시라도 안전상 문제가 발생할 수 있어서 저희가 회의를 해야 할 것 같아요."

"네, 그럼요. 다녀오세요."

"다시 오시는 거죠?"

재현이 보호자가 웃으며 말했다. 그러나 김서연은 그저 웃기만 할 뿐 확실한 대답은 하지 못했다.

빅터 우 연구팀은 다시 5층 통로 끝에 있는 희귀유전질환 연구소로 돌아와 회의를 시작했다.

"귀찮게 뭘 그래요. 그냥 하면 돼요. 아까 내가 말했잖아. 종종 회복이 느릴 때가 있다고."

회의가 시작되자마자 문 대리의 공격이 시작됐다.

"알아요. 그럴 땐 다른 질환을 의심해야 해요. 면역력이 약해졌거나 감염 혹은 혈관 문제일 수도 있어요."

"그런데 아까 말씀드린 것처럼 3일 전 검사에서는 아무런 이상이 없었어요."

임지윤도 가세했다.

"그래도 찜찜해."

"아, 교수님. 뭐라고 말 좀 해보세요."

문 대리의 말에 빅터 우 교수는 김서연을 바라봤다. 김서연도 그와 눈을 마주쳤다.

"찜찜하다는 게, 무슨 말이야?"

"왜 저런 건지 정확히 원인을 모르는 게 찜찜해요. 이번이 일곱 번째 투약인데 이런 적이 없었잖아요."

"원래 그랬는데 지금 발견한 것일 수도 있지."

"아, 다 필요 없고. 지금 멈추면, 제대로 된 시험이 안 되잖아요. 저렇게 저 꼬마 혼자만 진행해요? 나머지 세 명은 따로 가고? 그게 무슨 임상이야!? 비교 대조가 명확해야죠."

문 대리는 짜증을 냈다.

"문 대리. 예의 지켜요. 병원에서 이게 지금 무슨 짓입니까."

교수는 그제야 자신의 중후한 목소리를 제대로 사용했다.

"뭐라고요? 교수님 갑자기 왜 그러세요?"

"다른 선생님들도 계시는데, 목소리도 낮춰요."

"저보다 교수님 목소리가 더 크거든요?"

문 대리는 생각보다 마음이 좁은 사람이었다.

"서연."

"네, 교수님."

"문 대리 말도 일리가 있어. 지금 여기서 중단하면 다시 시작할 수 있을지도 모르고 다시 시작한다고 해도…. 한 명과 세 명은 따로 가야 해. 그러면 초기 계획이 조금 틀어질 수도 있고."

김서연은 이마를 부여잡고 고민을 시작했다.

"아, 뭘 그렇게…."

"문 대리는 조용히 하세요."

"뭐라고요? 하…. 진짜 이러실래요? 아까 들으셨잖아요! 프랑스!"

문 대리는 곧 폭발할 것만 같았다.

"알고 있으니까 잠깐만 기다려달라는 거 아닙니까."

"아, 진짜."

문 대리는 깊은 한숨을 내쉬며 고개를 돌렸다.

"어때, 서연."

김서연은 빅터 우 교수를 지그시 바라봤다. 그러고는 고개를 저었다.

"그래. 그러면 이 시험의 책임자로서, 저 현상의 원인이 밝혀질 때까지 시험은 홀드 하겠습니다."

"교수님!"

문 대리는 희귀유전질환 연구소 내부에 있는 사람들이 모두 깜짝 놀라 고개를 돌릴 만큼 큰 소리로 외쳤다.

"알아요! 나도 문 대리 마음 안다고. 그런데 사람 목숨이 더 중요하잖아요. 지금 우리가 모르는 위험한 상황일 수도 있어요."

"까놓고 말해서, 저 보호자들…. 전부 여기 싸인하고 온 거잖아요. 죽어도 된다고."

순간, 적막이 감돌았다. 문 대리를 제외한 모든 사람들은 어이없는 표정으로 그를 바라봤다.

"뚫린 입이라고 함부로 말하지 마세요. 보호자들이 환자들 죽이러 여기 온 거란 말이에요?"

그리고 이 적막을 임지윤이 깨뜨렸다.

"넌 빠져. 어디 석사 나부랭이가 어른들 얘기하는데 끼어들어."

"뭐라고요!?"

"지윤아!"

김서연이 그들의 논쟁을 막아섰다. 그리곤 임지윤 대신 차분히 나서서 문 대리와 맞섰다.

"문 대리님. 방금 하신 말씀, 진심이세요?"

"뭐가요?"

"죽어도 된다고 하셨던 말씀."

"말이 그렇다는 거잖아요, 말이! 그리고 솔직히 저런 애들 키워서 뭐 합니까? 평생 짐만 되는데. 서연 씨. 서연 씨가 몰라서 그러는데, 장애 아이 둔 부모들, 겉으로는 다 오냐오냐 키우긴 해도 속으로는 언제 죽나 그것만 생각해요. 그거 알아요?"

김서연의 표정이 그 어느 때보다 더 큰 폭으로 일그러졌다. 그 주변에서 이 이야기를 듣고 있던 거의 모든 간호사와 의사들도 금방이라도 문 대리에게 달려들 것만 같은 표정을 지었다.

"내가 이걸 어떻게 아냐고요? 제가 예전에 다니던 제약회사에서 다 보고 들은 내용입니다. 팩트에요, 팩트!"

"직접 들으신 거예요?"

"아, 인터뷰를 봤다니까. 심지어 유튜브에 영상도 많아요…."

"직접 들으신 게 아니네요. 그냥 그렇게 믿고 계신 거고. 사람 마음은 항상 달라져요. 그리고 지금 저분들한테는 여쭤보셨어요? 우리가 환자들 죽여도 되는지?"

문 대리는 김서연의 질문에 답변하는 대신 허탈하면서도 여전히 건방진 웃음을 내보냈다.

"나만 나쁜 새끼지…. 나만 나쁜 새끼야. 아오…."

"문 대리님."

"왜요."

김서연은 그녀 특유의 빛나는 눈빛으로 문 대리의 두 눈을 뚫어져라 바라봤다.

"여기에 싸인한 보호자 분들, 우리만 믿고 저 아이들 치료하러 오신 거예요. 아시겠어요?"

"당신들 지금 성공에 대한 의지가 있는 겁니까, 없는 겁니까? 여기서 시험 중단하면…! 아, 몰라요. 아 몰라! 그럼 그냥 알아서 하세요. 나는 있는 그대로 위에 보고할 테니까. 대신 이거 임상 결과 나쁘면 책임지셔야 합니다. 저희 무궁화학도 여기에 사활을 걸고 있다고요! 아시겠어요?"

"알고 있으니까 진정해요, 문 대리!"

교수가 중후한 목소리로 문 대리를 꾸짖었다.

"모르겠고, 저는 갑니다. 안 그래도 할 일 많아 죽겠는데, 짜증 나게 진짜 씨…."

문 대리는 교수의 손길을 뿌리치며 하얀 가운을 벗고 그대로 그곳을 빠져나갔다. 그렇게 잠시의 소동은 멈췄다.

한차례 소동을 겪은 뒤, 세 사람은 다시 희귀유전질환 연구소 구석에 있는 작은 방에 모였다.

"문 대리 저 새끼…."

교수는 한숨을 내쉬었다.

"미친 거 아니에요? 사람이 왜 저 모양이야."

임지윤도 매우 화가 나 있었다. 김서연만이 그나마 차분한 표정으로 말없이 허공을 바라봤다.

"교수님, 어떻게 해요. 문 대리가 이상한 말 해서 무궁화학 빠진다고 하면."

"걱정 마, 다시 올 거야."

임지윤의 푸념 섞인 말에 교수는 별일 아니라는 듯 가볍게 말했다.

"저렇게 싸우고 갔는데도요?"

"무궁화학도 이거 아니면 미래가 없어. 저기도 목숨 걸어야 해. 문 대리 저놈도 경력이 그리 좋은 애가 아니라, 무궁화학 아니면 갈 곳 없고. 무궁화학이 자기 삼촌 회사거든. 오히려 우리가 안 한다고 하면 무릎 꿇고 사죄하러 올 거야."

"그러면 진짜 한 번은 무릎 꿇려야 하는 거 아니에요? 보고 싶은데."

임지윤의 화는 여전히 사그라지지 않았다.

"진정해. 일단 저 원인 파악부터 하는 게 맞아. 왜 상처가 더디게 아무는 건지."

교수는 화제를 돌렸다.

"광개토대학교병원 선생님들도 이런 경우는 흔치 않다고 하시던데…."

김서연은 그제야 말을 시작했다.

"그래서 임상 파트너도 경험 있는 회사랑 하는 게 좋아. 무궁화학 같은 곳 말고."

"화학공학과 애들이랑 임상하는…."

임지윤도 무언가 말하려 했지만, 김서연과 눈이 마주치자 무언가 급히 깨닫고 말끝을 흐렸다. 그러나 교수는 그녀가 하려던 말의 의미를 알고 있었다.

"그런데 내가 말한 적 있었나? 우리 임상 파트너 구하러 다닐 때. 치니코프에서 연락 왔었다고. 한 2년 전쯤에."

"네에!?"

김서연과 임지윤은 동시에 놀란 눈이 되었다. 치니코프는 임지윤이 가고 싶어 하는 세계적 제약회사였다.

"교수님, 저한텐 그런 말씀 안 하셨어요…."

"그랬을 거야. 워낙 고민이 짧았던 얘기라. 내가 거절했어."

"왜요!?"

임지윤은 거의 울먹거리며 말했다.

"뭐겠어. 마약 판 애들이랑 손잡기 싫었던 거지. 그놈들 그것 때문에 이미지 세탁할 방법 찾고 있다는 얘기가 돌았었어. 우리가 그런 일에 이용될 수는 없지."

"아, 교수님…! 그거 별거 아니라던데…. 아…."

임지윤의 탄식은 깊었다.

"그래도 만약에 그놈들이랑 했으면 이런 돌발상황 대처는 쉽게 했을 거야. 경험이 많으니까."

"지금이라도 어떻게…."

"지윤아, 그만해."

김서연은 부드러운 목소리로 임지윤의 입을 멈췄다. 임지윤은 여전히 아쉬운 표정으로 어깨를 축 늘어뜨렸다.

"일단 나도 치니코프까진 아니어도 여기저기 아는 사람들 통해서 원인 분석 좀 해볼게. 너희도 논문 찾아보고 유사한 사례 있는지 확인 좀 해줘."

"네, 알겠습니다."

빅터 우 교수는 일어섰다. 그런데 그때.

"교수님!"

또 다른 중년 남성이 작은 방으로 들어왔다. 하얀 가운이 아닌 하얀 재킷을 입은 남성이었다.

"어!? 병동장님. 안녕하세요."

그는 희귀유전질환 병동을 총괄하는 의사였다.

"저기…."

왜인지 몰랐지만, 그는 매우 난처해 보였다.

"왜 그러세요."

"그러니까…."

병원장은 몇 번이고 무언가를 말하려 멈추기를 반복했다. 세 사람도 덩달아 걱정스러운 표정으로 그를 바라봤다.

그리고 결국 그는 이렇게 말했다.

"식약처에서 연락이 왔는데요…."

"갑자기 왜요…."

"여러분들 임상 승인을 취소하겠답니다."

"뭐라고요!"

김서연이 벌떡 일어나 소리쳤다.

"왜요! 우리 절차 다 지켰어요! 보고서도 꼬박꼬박 제출했고! 무슨 근거로 승인을 취소해요!?"

"약사법 34조 6항…. 임상시험에 대하여 중대한 안전성·윤리성 문제가 제기되는 경우에는 임상시험을 중지할 수 있다…."

"우리가 무슨…!"

김서연은 그녀의 외침을 마무리 짓지 않았다. 대신 임상 대상자들의 주사 자국 회복 속도가 느렸다는 점을 떠올리며 빅터 우와 임지윤의 얼굴을 번갈아 가며 바라봤다. 그것이 그나마 약사법 34조 6항에 억지로 끼워 넣을 수 있는 현상이기 때문이다. 그런데 그걸로 인한 승인 취소라기엔 정확히 밝혀진 원인도 없었고 무엇보다 너무 빨랐다. 그 증상을 발견한 것은 불과 한 시간도 지나지 않은 일이었다.

"우리는…. 아직 그 현상을 보고하지도 않았어요. 그게 그리 큰 문제가 될 것 같지도 않고요."

"죄송합니다. 저도 그냥 연락받은 기라서요…."

"누구한테요!?"

"그건….

"누구한테요!"

병동장은 잠시 머뭇거렸지만 이내 입술을 떼며 말했다.

"식약처장님이요…."

식약처장은 식품의약품안전처에서 가장 높은 권한을 가진 사람이다.

"식약처장이 직접이요…? 그냥 어디 담당자가 아니라?"

세 사람은 이해할 수 없는 이 모든 일에 대해 당황스러워했다. 그러나 그것으로 끝난 것이 아니었다.

- 코드블루, 5층 희귀유전질환 병동 508호.

"뭐야!?"

코드블루는 심정지 환자가 발생했다는 알림이었다. 그리고 508호는 빅터 우 박사 팀의 임상 대상자 두 명이 있는 곳이었다.

김서연은 어떤 말도 하지 않고 이제 막 쏜 화살보다 빠르게 그곳으로 달렸다. 물론 김서연뿐만 아니라 희귀유전질환 연구소에 있는 대부분의 사람이 달렸다.

연구실에서 508호까지는 겨우 몇십 미터에 문 두 개만 있을 뿐이었지만 김서연은 마치 마라톤이라도 뛴 듯한 상기된 얼굴로 공포에 질린 채 달렸다.

508호에서는 이미 하얀 가운 입은 사람 중 한 명이 환자 위에 올라타 심폐소생술을 시행하고 있었다.

- 한, 둘, 센, 넷, 다, 여…!

얼마나 급박하게 환자의 심장을 눌러댔던지, 그는 '하나', '다섯'이라는 단어조차 발음할 시간이 없어 보였다.

"AED입니다!"

또 다른 누군가 자동심장충격기(AED)를 가져왔다. 그러나 그는 멈추지 않고 AED가 환자의 몸에 설치될 때까지 계속 심장을 눌렀다. 그리고 이내 AED의 설치가 끝나자.

- 삐! 쿵!

전기충격이 들어가는 희망의 소리가 들려왔다.

환자는 17세 여성이었다. 보호자는 그저 그 옆에서 울기만 할 뿐 아무것도 할 수 있는 게 없었다.

- 삐! 쿵!

이 소리는 계속 반복되었다. 그러나 환자감시장치의 심장 그래프는 좀처럼 살아날 기색을 보이지 않았다.

- 삐! 쿵!

조금 전까지만 해도 희망의 소리였던 이 파동은 반복되면 될수록 절망의 소리로 바뀌어 갔고 이내 그 공포는 현실이 되었다.

"사망…. 하셨습니다. 현재 시각…."

"살려주세요! 선생님! 우리 딸 상미 살려주세요!"

보호자는 포기하지 않았다.

"더 해 주세요! 저거 더 해주세요! 제발!"

- 삐! 쿵!

그렇게 약 10분이 넘는 시간 동안 AED는 유효 사용 범위를 넘어 장비를 교체하면서까지 계속 소리를 냈다. 그러나 기적은 없었다.

온 병실이 그녀의 애달프고도 서러운, 그리고 처연하면서도 원통하기까지 한 울음소리로 가득 찼다. 옆에 있던 다른 보호자가 그나마 주저앉은 그녀를 안고 토닥일 뿐이었다. 그런데 그때.

- 삐이.

옆에서 또 다른 절망의 소리가 들려왔고 모두가 그곳을 바라봤다. 주저앉은 그녀를 토닥이던 보호자의 딸, 14세 여성 임상 대상자였다.

"빨리 AED 가져와!"

조금 전까지 온 힘을 다해 심장을 눌렀던 의사는 또다시 그녀에게 올라타 심장을 눌렀다.

- 한, 둘, 셋, 넷, 다, 여…!

1. 효과가 있는 거 같아요!

그러자 이번엔 이 환자의 보호자가 털썩 주저앉았고 울고 있던 보호자는 울음을 멈췄다. 도대체 왜 이런 상황이 벌어졌는지는 아무도 알 수 없었다. 그저 지방대 대학원생일 뿐인 김서연은 임지윤의 손을 꼭 잡으며 이 상황을 바라만 볼 수밖에 없었다. 그리고 그때.

"507호도요!"

누군가 이 말을 외쳤을 때, 김서연은 지옥 밑에 또 다른 지옥이 있음을 깨닫고 곧장 507호로 달렸다. 이 짧은 거리를 뛰는 그녀 눈의 빛은 이미 소멸해 있었다.

- 삐! 쿵!

이번엔 7세 남성 환자였다. 유일하게 7번째 주사를 맞았던 바로 그 대상자.

"안 돼…! 안 돼!"

이 환자의 보호자는 울지 않았다. 다만, 금방이라도 숨이 넘어갈 듯 헐떡이며 자신의 아이를 바라봤다.

- 삐! 쿵!

"교수님…."

빅터 우도 김서연의 손을 꼭 잡고 이 상황을 지켜봤다. 그러나 5분도 채 지나지 않아 결국.

"사망하셨습니다. 현재 시각…."

그들의 간절한 바람은 이뤄지지 않았다.

김서연은 고개를 돌려 아직 유일하게 생존 중인 21세 TPDD 환자 재현이를 바라봤다. 그리곤 그 옆에 있던 재현이 엄마와 눈이 마주쳤다. 불과 한 시간 전만 해도 두 사람은 김서연의 임신과 남편 얘기를 할 수 있을 정도의 사이였다. 그러나 지금 두 사람은 금방이라도 눈물을 터뜨릴 것처럼 서로의 눈을 바라보며 '제발, 재현이만큼은 제발…'을 속으로 되뇌는 사이가 돼 있었다. 하지만 결국.

– 삐이.

몇 초 뒤, 그들의 바람은 땅으로 떨어진 거울보다 더 날카로운 소리를 내며 깨졌다. 그러자 재현이 엄마는 숨을 들이마시며 어떻게든 참았던 눈물 한 방울을 눈가로 밀어 보냈다.

순식간에 5층은 곡소리가 들리는 장례식장이 되었다. 김서연과 임지윤도 그들과 함께 주저앉아 망연자실하게 울었다. 그런데 그때.

– 위이이잉!

김서연의 주머니 안에 있던 휴대전화도 진동하며 울기 시작했다. 김서연은 천천히 휴대전화를 꺼냈다. 이 와중에 전화까지 받을 힘은 없었기 때문에 휴대전화를 끌 생각이었다. 그러나 휴대전화 맨 위, 부재중 전화 7통과 함께 알림창에 작은 글씨로 'TPDD'라는 글씨가 눈에 들어왔다. 김서연은 무슨 일인가 싶어 겨우 눈물을 닦고 문자함을 열었다. 그리고 김서연이 그 문자를 확인한 순간, 그녀의 빛 잃은 눈은 떠 있을 힘마저 잃고 빠르게 감겼다. 동시에 그녀는 마치 가벼운 종잇장이라도 된 것처럼 하늘거리더니 이내 그대로 기절해 버렸다. 그 문자엔 이렇게 쓰여 있었기 때문이다.

'산모님. 계속 전화 드렸는데 안 받으셔서 문자로 남깁니다. NIPT 결과 나왔습니다. 현재 태아가 TPDD로 강력하게 의심되는 상황입니다. 빠른 내원 부탁드립니다.'

2
나를 죽이지 말아주세요

 거대한 폭풍이 한차례 몰아치고 난 뒤, 김서연은 눈을 떴다. 광개토대학교병원의 어느 4인 입원실에서였으며 그녀 특유의 깊고 빛나는 눈빛은 돌아오지 않은 채였다.
 "언니…."
 임지윤이 침상 옆에서 나지막이 그녀를 맞아줬다.
 "지윤아…."
 김서연은 몸을 일으켰다.
 "나 지금…."
 "누워 계세요."
 "지금 가야 하는데…."
 "어딜요. 지금은 안정이 중요해요."
 김서연은 길 잃은 강아지처럼 어찌해야 할지 모르고 한곳에 시선을 고정하지 못한 채 고개를 이리저리 돌렸다.
 "어딜 가신다는 거예요…."

"병원."

"여기가 병원이잖아요, 언니…."

임지윤은 김서연을 애처롭게 바라보며 훌쩍거렸다.

"언니, 일단 진정하세요. 교수님이 다 처리하고 계세요."

"처리? 무슨 처리?"

김서연은 그제야 임지윤의 두 눈으로 시선을 고정했다.

"부검 요청이요…."

"부검…. 아…."

그러고는 임상시험 대상자들에게 있었던 사고를 기억해 냈다.

"하아…."

그녀는 두 눈을 질끈 감았다. 지금 그녀에겐 너무나 중요한 두 가지 일이 있었고 두 가지 모두 빨리 처리하고 싶은 마음이 컸던 탓이었다. 그런데 그때.

"오오!"

"맞아?"

"맞는데?"

갑자기 4인 병실 밖에서 놀라는 목소리들이 들려왔다.

"설마!"

"누군데? 아는 사람이야?"

김서연과 임지윤은 자연스럽게 목소리들이 새어 들어오는 병실의 입구를 바라봤다. 그리고 잠시 후.

"윤태구 맞잖아!"

"윤태구가 누구냐고?"

김서연은 병실 입구에 등장한 어느 훤칠한 남성을 바라봤다.

"서연아!"

우수에 찬 두 눈과 최소 185cm는 돼 보이는 키 그리고 수영선수라도 되는 것처럼 벌어진 어깨를 가진 짧은 머리의 남자는 곧장 김서연에게 다가와 그녀를 꼭 안아줬다.

"오빠…."

두 사람은 잠시 말없이 서로를 꼭 끌어안았다. 그리고 어느새 4인 병실의 입구는 간호사들과 사복 입은 사람들로 북새통을 이뤘다. 그들이 윤태구라고 부르는 남자의 모습을 보기 위해서였다.

"선생님들…. 사생활 조금만 지켜주세요. 부탁드립니다."

그러나 임지윤은 그런 그들에게 다가가 정중히 물러나 줄 것을 요청했고 사람들은 다행히 그녀의 말을 들어줬다.

"오빠…. 나…."

"잠깐 나갈까? 여기서 말하긴 좀 그래서…."

윤태구는 김서연이 무슨 말을 하려는 것인지 알고 있었다. 그렇게 두 사람은 4인 병실을 빠져나와 주차장 쪽으로 걸었다. 이 과정에서 윤태구의 얼굴을 본 사람들은 여전히 수군거렸지만, 그들은 개의치 않고 두 손을 꼭 잡은 채 걸었다.

"나 병원 다녀오는 길이야."

"병원?"

"나한테 연락이 왔어. 서연이가 안 받는다고."

"어떡해…. 나…."

김서연은 또다시 눈물을 흘리기 시작했다.

"지윤 씨한테 연락받고 오는 길에 그 병원에서 전화 오더라."

"그것도 그렇고 임상 대상자들이…."

김서연은 끝내 말을 이어가지 못했다. 윤태구는 그런 그녀의 모습을 보며 그저 말없이 안아줬다.

"그런데 오빠 촬영은?"

"촬영이 뭐가 중요해. 와이프가 쓰러졌는데. 감독님이 가라고 하셨어. 어차피 지금 촬영 초반이라 괜찮대. 나중에 내 파트는 몰아서 찍는다고."

"오빠 찍을 때 같이 찍어야 하는 사람들도 있잖아."

"그분들한테도 한 분씩 찾아가서 말씀드렸어. 보조출연자 분들은 내가 직접 보상해 드리기로 했고. 아무튼…. 그거보다…."

윤태구는 주머니에서 종이 한 장을 꺼냈다.

"나는 이게 더 중요해 지금."

김서연은 산부인과 마크가 찍힌 종이를 유심히 바라봤다.

【비침습적 산전 기형아 검사(NIPT)】

다운증후군 위험도 : 1/609,000

에드워드증후군 위험도 : 1/617,000

파타우증후군 위험도 : 1/2,875,000

사고패턴붕괴장애 위험도 : 1/1.2

성염색체 XY : 남아

그리고 그녀는 '사고패턴붕괴장애 위험도 : 1/1.2'이라는 문구만 하염없이 바라봤다.

"병원에서는 상의하라고 하시네."

"무슨 상의?"

"낳을지 말지."

김서연은 힘없이 고개를 떨궜다.

"24주까지는 시간 있대. 법적으로 낙태 가능한 시간…."

윤태구도 끝내 말을 이어가지 못했다. 그들은 이 넓은 주차장 한 가운데에서 서로를 꼭 끌어안고 한참을 말없이 서 있었다. 그렇게 10분이 사라졌다.

"오빠."

김서연은 무언가 결심한 듯 결연한 말투로 다시 말을 시작했다.

"응."

"일단 빨리 처리할 수 있는 것부터 할래, 가자."

"어딜?"

"병원."

"병원?"

"응."

"왜?"

"수술하러."

이들의 대화는 짧고 간결했다.

"서연아, 24주까지는 11주나 남았어. 정말 확실해?"

"응."

김서연은 윤태구의 두 눈을 똑바로 응시하며 말했다.

"검사 결과가 잘못된 걸 수도 있잖아. 그냥 이렇게 포기한다고?"

평소 김서연이라면 신중했을 것이다. 윤태구가 말한 '결과가 잘못된 것일 수도 있다'는 얘기도 김서연의 입에서 먼저 나왔을 것이고 병원에 가서 몇 번이고 재검사했을 것도 분명했다. 그런데 지금의 김

"아…. 괜찮아요."

김서연은 굳이 단단이의 NIPT 검사 결과는 얘기하지 않았다. 어차피 그녀는 단단이를 보내줄 생각이었기 때문이다. 단지 그게 오늘이 아니었을 뿐.

"지윤이는요?"

"식약처 갔어."

"벌써 이번 일 보고서 썼어요? 아직 원인 규명도…."

"명분은 그거지만, 사실은…. 알아보겠대."

"뭐를요?"

"사건이 보고되기도 전에 왜 갑자기 승인을 취소한 건지."

"아…."

"그런데 너무 큰 기대는 하지 마. 그 사람들도 모를 가능성이 커. 식약처장 직권으로 내려온 명령이면…."

교수의 목소리엔 힘이 없었다.

"다들 어떠세요. 보호자분들."

"하아…."

또 다른 대화 주제가 나오자 빅터 우는 깊은 한숨부터 내쉬었다. 더 다루기 힘든 주제라는 의미였다.

"우시느라 대화가 잘 안됐어. 그런데 어쨌든 결론은…. 부검은 안 하기로."

"왜요?"

"그냥 편안히 보내주고 싶으시대."

"네 분 다요?"

"네 분 다."

김서연도 반대쪽에 있는 의자에 털썩 주저앉았다.

"부검을 해야 정확한 원인을 알 수 있고 그게 아이들을 편하게 보내주는 일이라고 설득도 해봤는데 완강하시네."

"어떻게 네 분이 모두…."

김서연은 이해가 안 된다는 듯 미간을 찌푸렸다.

"적어도 왜 상처가 안 아물었는지에 대해서라도 알 수는 없을까요?"

"물어봤지. 그런데 그것도 힘들 것 같아."

"왜…."

김서연은 뭔가 떠오른 듯 빅터 우를 바라봤다.

"혹시, 교수님…. 누군가…. 우리를…."

"일부러?"

"네."

"누가 그랬겠어. 이 작은 임상시험 망쳐봐야 이득 보는 곳이 어디 있다고."

"치니코프도 있고…."

"그 큰 기업이? 아닐 거야."

"아니면 무궁화학 라이벌 회사라든지…."

"글쎄…."

"아니면…."

김서연은 입술을 꾹 다물었다.

"아니면?"

"앙투앙 드마르크 교수는…."

한껏 기대했던 빅터 우는 허탈한 듯 슬쩍 웃었다.

"너무 음모론으로 가면 위험해."

"가능성은 있잖아요. 1%라도."

김서연은 이 말을 하며 배 속에 있는 단단이를 떠올렸다. 조금 전 그녀는 단단이의 NIPT 검사가 틀릴 확률이 겨우 1%라고 말했었다.

"후우…."

빅터 우는 한 번 더 깊은숨을 내쉬었다.

"일단 다른 것보다 마무리라도 잘 해보자. 지금 당장 우리가 할 수 있는 건 그거뿐이야."

"이대로 포기하실 거예요? 원인도 모르고 아무것도 모르는데!? 우리 7년이 날아가게 생겼잖아요!"

"나도 가슴 아파! 나도 아프다고…. 그런데 지금 우리가 할 수 있는 게 없잖아. 아무것도."

빅터 우는 다시 머리를 감싸 쥐었다.

"그러면 어떻게 하실 거예요? 이 상황 다 끝나면."

"그것도 모르겠어…."

"교수님!"

김서연은 강하게 외쳤다.

"저 교수님 믿고 7년 동안 이것만 했어요. 교수님이 모르시면 어떡해요!"

"서연. 나도 지금 혼란스러워. 우리 전부 다 그렇잖아, 지금. 시간을 조금 갖고…."

"다시 시작해요."

이 말을 하는 김서연은 매우 결연했다. 반면, 빅터 우는 그런 그녀를 잠시 바라보다가 고개를 떨궜다.

"실패한 놈들한테…. 누가 또 기회를 주겠어. 조금 있으면 기자들한테도 소식 들어갈 거야. 그럼 우리의 실패는 전국적인 사건이 되겠지."

"교수님! 정말 포기할 생각이세요?"

"그럼 여기에서 뭘 더 할 수 있을까."

두 사람의 목소리가 높아지기 시작했다.

"다시 설득해 봐야죠, 보호자들. 적어도 원인이라도 알아야 할 거 아니에요! 실패했다면!"

"내가 다 해봤다고 했잖아."

"지금 어디 계세요? 다들."

"날 못 믿겠다는 거야?"

"그런 건 아니에요. 그냥 제가 직접…."

"장례 준비하고 계실 테니 거기로 가 봐."

빅터 우는 등을 보이며 차갑게 돌아섰다. 김서연은 그의 등에다 대고 무언가 말하려다가 이내 입술을 꾹 다물고 이 작은 방을 나갔다.

그리고 어느새 그녀는 광개토대학교병원 장례식장 로비에서 보호자들을 만났다.

"어머니."

김서연은 일단 재현이 엄마에게 다가갔다. 그녀는 대답할 힘조차 없어 보였다.

"죄송해요."

"괜찮아요."

"얼마나 상심이…."

"괜찮으니까 선생님도 가세요. 여기 안 오셔도 돼요."

"어머니…."

"다 끝났어요. 아까 부검 얘기도 하시던데 저희는 결론 내렸어요. 안 하기로. 우리 애들, 죽어서도 고생하는 모습 보고 싶지 않아요."

"그래도 원인을 밝혀야…."

"더 이상 말 섞고 싶지가 않네요. 그래도 소송은 안 하기로 했어요. 이 정도면 그나마 선생님한텐 다행이죠?"

그렇게 네 명의 보호자는 장례식장 로비를 떠나 어디론가 걸었다.

김서연은 허탈하게 그들을 바라봤다. 그리곤 한숨을 내쉬며 무언가 결심한 듯 다시 빅터 우에게 돌아왔다.

"저 포기 못 하겠어요."

"논문 써. 다 해줄 테니까."

빅터 우는 정말 모든 걸 다 포기한 사람처럼 보였다.

"실패한 임상데이터로 어떻게 써요. 사람이 죽었는데. 통과 못될 게 뻔해요."

"그럼 취업해. 졸업시켜 줄 테니까."

"그러면 제멜제약 못 가요."

"왜 꼭 제멜제약을 가고 싶은 건데? 아무리 업계 1위라도 거기 소문 알잖아. 야근 많고 위계질서 심하고 성희롱 사건도 수시로 나오는 곳이야. 버틸 수 있겠어?"

"가야 해요."

"그러니까 왜."

"교수님."

"서연."

"교수님."

"왜."

"졸업 시켜주신다고 하셨죠."
"그래."
"이 연구 더 이상 안 한다고 하신 거죠."
빅터 우는 김서연의 당돌한 질문에 잠시 머뭇거렸지만 그래도 그의 머릿속에 있는 생각은 내뱉었다.
"그래."
"그럼 저 유학 갈게요."
"유학?"
"네."
"어디로?"
"프랑스요. 드마르크 교수한테. 저는 꼭 제멜제약 가야 해요."

일주일 뒤, 임신 14주 차가 된 김서연은 윤태구와 함께 프랑스 파리에 도착했다. 두 사람은 샤를 드골 공항을 통해 입국한 뒤 고속철도 테제베(TGV)를 타고 파리로부터 남서쪽으로 약 250km 떨어진 르망으로 향했다.
"벌써 기사 났네, 오빠."
"뭐래?"
"그냥 일방적 통보로 하차했다고만 되어있고…. 댓글은…."
김서연의 말끝이 흐려졌다. 그러자 윤태구는 김서연의 휴대전화를 슬쩍 빼앗았다.
"겸손이라곤 찾아볼 수가 없네. 그런데 누구? 나는 처음 보는데. 역시 관상은 과학. 가난한 연극배우 출신이라고 사연 팔이 할 땐 언제고 이제 와서 일방적 통보? 이제 너 나오는 건 절대 안 본다."

"굳이 뭘 다 읽어…."

김서연은 다시 휴대전화를 가져왔다.

"왜? 걱정돼?"

"걱정보다는 미안함이지…. 내 남편이 나 때문에…."

"너무 걱정 마. 일방적 통보도 아니야. 촬영 초반이라 내가 빠져도 큰 손실 없다고 다들 괜찮아하셨어, 감독님도 소속사 대표님도."

"그런데 기사가 이렇게…."

"조회 수 때문에 그런 거지 뭐. 이렇게 하면 인지도가 올라가니까."

"안 좋은 인지도가 올라가는 거잖아."

"그렇게 안 좋아질 때쯤, 반박 기사 나오면 모든 게 다 원상태가 되는 거지. 인지도는 올라간 채로. 나도 처음엔 이해가 안 됐는데, 여기 굴러가는 세계가 그렇더라. 그게 효율적이기도 하고."

"이런 게 효율적이라고?"

"단기간에 인지도 올리는 걸로는 최고지. 나 신경 쓰지 마. 우리 프랑스야. 이제 여기 일만 신경 쓰면 돼."

윤태구는 옆에 앉은 김서연의 머리를 쓰다듬었다.

약 3시간 뒤, 두 사람은 르망에 있는 호텔에 짐을 놓아둔 뒤, 택시를 타고 발 드 사르트 대학교(Université du Val de Sarthe) 정문에 도착했다.

"딱 맞춰왔네. 바로 강의실 들어가면 되겠다."

두 사람은 쭉 펼쳐진 캠퍼스를 걸었다. 이곳은 한국의 대학들과는 달리 건물들의 높이와 밀도가 낮았다. 그래서인지 맑은 가을 하늘을 조금 더 자유롭게 볼 수 있었고 주변에 있는 나무들도 푸른 하늘의 받침대 역할을 톡톡히 수행하고 있었다. 전반적으로 대학교의 느낌보다는 거대한 공원 같은 느낌이 강했다.

"신기하다."

"뭐가?"

"프랑스도 단풍이 물들고 낙엽이 지네."

"어? 그러네."

김서연과 윤태구는 주변을 둘러봤다. 그들은 그제야 프랑스에 도착했다는 사실을 실감하며 분위기를 만끽했다.

그리고 잠시 후, 두 사람은 둥근 아치 모양의 3층짜리 건물 안으로 들어갔고 외국 영화에서나 볼 법한, 단차가 있어 마치 극장 같은 강의실에 도착했다. 학생들도 조금씩 들어오기 시작해서 두 사람은 입구와 가장 가까운 왼쪽 맨 끝자리에 나란히 앉았다. 그렇게 현지 시각으로 오후 2시가 되었고 김서연은 시계를 봤다.

"안 오시네."

학생들도 시계를 보기 시작했다. 정확히는 휴대전화를 확인했다. 학교나 교수 측에서 보낸 휴강 메일이 있는지를 확인하는 것이었다. 그러나 그들의 메일함에는 아무것도 없었고 그렇게 15분이 지났다. 그런데 그때.

"Règle des 15 minutes!"

어떤 학생이 이렇게 외치더니 가방을 들고 나갔다.

"뭐지?"

"잠시만…."

김서연도 휴대전화를 꺼내 방금 그 학생이 한 말을 떠올리며 검색했다.

"15분 룰이라는데? 교수가 아무 말 없이 15분 늦으면 그냥 나가도 된다는…."

"한국에만 있는 거 아니었어?"

"한국은 20분이야. 어쨌든 지금 중요한 건…."

김서연이 그녀의 말을 맺으려는 사이, 학생들은 순식간에 이 고풍스러운 강의실을 빠져나갔다.

"어쩌지…."

"오늘 우리 온다는 거 알고 계셨지? 그…. 르마르크? 드마르크? 교수님."

"응. 분명 그랬는데…."

그런데 그때.

"한국 분이세요?"

멀끔한 정장을 차려입은 한 중년 남성이 두 사람에게 다가와 말을 걸었다.

"아…. 네…."

"아, 그러시구나. 학생…?"

"아, 아니요. 저희는…. 그…. 드마르크 교수님 뵈러 왔어요."

"그래요? 이쪽 전공이신가 보네?"

"아, 네…. 저는 그쪽이고 제 남편은 다른 일 하고 있어요."

"남편분이시구나. 어디서 뵌 분 같기도 하고…."

윤태구는 그저 웃을 뿐 별다른 얘긴 하지 않았다.

"사실 저도 드마르크 교수님 뵈러 왔는데 안 오셔서 연구실 찾아갈 생각이었어요. 같이 가실래요?"

"네. 좋아요."

그렇게 세 사람은 강의실을 나와 걷기 시작했다.

"그런데 선생님은….."

"아, 제 소개가 늦었네요."

중년 남성은 속주머니에서 지갑을 꺼낸 뒤 그 안에 있는 명함을 김서연에게 건넸다.

"갤럭시 서치 그룹 제약파트 담당 루카스 리입니다."

"서치 그룹이라면…."

"네. 헤드헌터 그룹이요. 오늘 드마르크 교수님 뵈러 온 것도 교수님 제자 중에 괜찮은 인력 있는지 추천 좀 받고 싶어서고요."

"아…."

"혹시나 해서 말씀드리는 건데, 저는 한국의 몇몇 양아치 같은 헤드헌터랑은 다릅니다. 제 회사는 미국기업이고 훨씬 전문적으로 움직여요. 그저 풀(Pool) 확보하려고 이력서만 받고 이상한데 뿌리거나 잠수타고 고객들 곤란하게 만드는 그런 사람 아닙니다."

"아…. 저는 헤드헌터 쪽은 잘 몰라서…."

"그래요? 종종 한국 들어가서 헤드헌터라고 말하면 이상하게 깔보기 시작하더라고요. 나는 내 직업에 자부심이 넘치는데."

"어딜 가나, 어느 직업에나 이상한 사람들 있잖아요."

말없이 걷기만 하던 윤태구가 가볍게 한 마디 건넸다.

"그런데 혹시 제멜제약은 사람 안 구하나요?"

"제멜제약? 한국 기업이죠? 글쎄요. 저는 외국계 기업 의뢰만 받고 돌아다녀서요. 치니코프라든가…."

"치니코프요? 한국 사람은 안 뽑으세요?"

"국적은 상관없긴 한데…. 최소 5년 이상 동종 업계 근무 경력이 있으셔야 해요."

"아…. 그럼 어렵겠네요. 제가 아는 석사 후배가 있어서요."
"신입은 저한테 의뢰가 안 들어옵니다."
"그렇구나…."
"본인은요?"
"네?"
"본인은 이력이 어떻게 되세요?"
"저도 업계 근무 경력은 없어요. 지금은 졸업 예정인 박사과정일 뿐이고요."
"그러면 그것도 어렵겠네요."
루카스 리는 김서연 앞에서도 냉정했다.
"그래도 박사 신입은 뽑는 곳이 종종 있어요. 대부분의 한국 약대는 평가가 좋으니까, 치니코프는 아니어도 웬만큼 좋은 외국계 기업들 면접자리 정도는 제가 만들어드릴 수 있고요. 나중에 한국 가시면 제 메일로 이력서 보내주세요."
"네."
김서연은 입술을 꾹 다물었다. 차마 화학공학과 박사과정이라는 말은 내뱉을 수 없어서였다.
대화가 진행되는 사이, 그들은 어느새 교수의 연구실에 도착했다.
- 똑똑똑.
그러나 그곳에도 인기척은 없었다. 그러자 루카스 리는 드마르크 교수에게 전화도 해보고 학과 사무실에 가서 그의 행방에 대해 물어보기도 했다. 하지만 아무런 소득은 없었다.
"이럴 사람이 아닌데…."
모든 방법에 실패하고 밖으로 나온 루카스 리는 고개를 갸웃거리며 읊조렸다.

"안 되겠네. 오늘은 여기까지 하고 연락 기다려 봐야겠어요. 저는 먼저 갑니다."

"네, 안녕히 가세요."

그렇게 두 사람은 루카스 리의 뒷모습을 바라보며 낙엽이 지는 나무 밑 벤치에 앉았다.

"찾아보니까 갤럭시 서치 그룹 진짜 있는 곳이네. 미국이랑 유럽에 있는 큰 기업들 CEO도 만들고."

휴대전화를 든 윤태구가 말했다.

"그런 곳에 연락한다고 될까? 내가."

"그건 모르는 거지."

"된다고 해도 안 할 거야."

"왜?"

"제멜제약."

"서연아…."

윤태구는 김서연을 측은하게 바라보며 그녀의 이름을 불렀다.

"무조건 제멜제약 갈 거야."

"이제…."

그런데 그때.

- 위이이잉.

김서연에게 전화 한 통이 걸려 왔다.

"어, 지윤아."

『언니, 잘 들어요. 제가 진짜 개고생하면서 알아낸 건데, 식약처장이랑 치니코프 한국지사랑 엄청 자주 만났대요.』

"뭐? 근데 그게 왜?"

『여기 사람 말로는, 이상하게 식약처장이 치니코프 만나고 오면 뜬금없는 지시를 했다는 거예요.』

"뜬금없는 지시?"

『그러니까…. 예를 들어서…. 갑자기 회의 안건에도 없는 뭘 하라던가 잘 돼가고 있던 사업을 취소시킨다던가….』

"혹시…."

『그리고 그 지시들이 대부분 치니코프의 이익으로 이어졌대요.』

"그러면…."

『그리고 이번에 식약처장이 직접 전화했다고 했잖아요?』

"그랬지."

『그게 왜 그런 줄 아세요? 그쪽 안에서 지시 불이행하는 사람들이 늘어나서 그렇대요. 내부고발도 이어지고 있는데 식약처장은 그거 막으려고 필사적으로 범인 색출하고 있고. 여기 완전 개판이래요. 이 사람 온 뒤로.』

"그러면 지윤아…."

『맞아요. 결국엔 치니코프가 우리 임상 망치려고 했던 거예요. 아니, 적어도 그럴 가능성이 아주 높은 거죠.』

김서연은 할 말을 잃은 듯 허공을 응시했다.

"이런 거 어떻게 안 거야?"

『제가 식약처장 직접 만나려고 매일 그 근처에서 서성거리니까 기자인 줄 알았나 봐요. 그래서 내부자 중 한 명이 이것 좀 기사로 써달라고 저한테 다 말해주더라고요. 물론 저는 기자인 척했고.』

"잘했네…."

『훗.』

휴대전화 너머 임지윤의 웃음소리가 들렸다.

『언니, 그리고 저 그 친구들 혈액 다 가지고 있어요. 아주 잘 보관 중이고요.』

"뭐!? 어떻게!"

김서연은 두 눈을 크게 뜨며 강하게 외쳤다. 그래서인지 낙엽들이 바람에 떠올랐다.

『마스크 쓰고 간호복 입고 장례식장 돌아다니다가…. 아무튼, 저 고생 엄청 많았어요. 그래도 심정지 되고 3시간 정도 만에 뽑은 거라서 괜찮을 거예요.』

"지윤이 너 정말…."

김서연은 거의 눈물을 흘릴 뻔했다.

『언니, 그래서 저 이제 그거 캐려고요. 혈액검사 하면 급사 원인 밝혀질 거고 치니코프랑 이어질 수도 있겠죠. 어떻게 할지는 고민 중인데 은근히 이런 일이 적성에 맞나 봐요. 그래서 당분간 연락 못 드릴지도 몰라요. 교수님이야 어차피 연락해도 안 받으시고.』

"그런데 너 시험은?"

『아…. 그거야 뭐 그냥 대충 보면 되죠. 대학원 시험 아시잖아요.』

"그래도…."

『일단 언니는 유학 준비 열심히 하세요.』

"유학 못 갈지도 모르겠어."

『네? 왜요?』

"잠수 탔거든, 드마르크 교수."

『엥?』

김서연은 체념한 듯 고개를 저었다. 윤태구는 그런 그녀의 등을 천천히 쓰다듬었다.

"연락이 안 돼."

『연구실은 가 보셨어요?』

"가 봤지. 아무도 없더라."

『대학원생은 있을 텐데….』

"아무도 없었어."

『그럴 리가…. 제가 만약에 거기 있었으면 대학원생 바로 찾았을 걸요?』

"어떻게?"

『연구실 소개페이지 있잖아요. 거기 대학원생들 사진도 잔뜩 있을 거고. 우리 연구실은 물론 서버비 못 내서 사라지긴 했지만….』

"아!"

김서연은 그제야 뭔가 생각난 듯 무릎을 쳤다.

"내가 왜 그 생각을 못 했지!"

『그 사진들 들고 연구실 주변이나 도서관 서성이면 분명히 나올 거예요. 그리고 대학원생은 언제나 교수의 위치를 파악하고 있죠.』

"그러네. 고마워 지윤아."

『네, 언니. 고생해요. 파이팅입니다!』

"그래. 너도 너무 무리하지 말고."

『네!』

그렇게 두 사람의 길었던 통화는 끝났다. 통화를 마친 김서연은 곧장 휴대전화를 들어 앙투앙 드마르크 교수의 연구실 홈페이지에 있는 대학원생의 사진을 살폈다.

"아마 한 사람일 거야. 발표하는 논문마다 항상 드마르크 교수랑 대학원생 두 사람의 이름만 있었어."

역시나 그곳에 올라온 사진은 금발의 백인 청년 단 한 사람뿐이었다. 과거 이 연구실을 거쳐 간 사람들의 사진은 모두 내려가 있었다. 김서연은 그의 사진을 다운받고 다시 연구실이 있는 건물로 향했다.

"오빠, 내가 이 사진 보내줄게 같이 찾아 줘."

"응."

"화장실도 다 뒤질 거야. 그러니까 잘 살펴봐."

"알겠어."

두 사람은 다시 3층짜리 아치형 건물로 들어갔다. 그러고는 지하부터 옥상까지 샅샅이 뒤졌다. 심지어는 관련 없는 연구실도 들어가 무언가 열심히 실험 중인 사람들을 훑고 나왔다. 처음엔 사람들이 두 사람을 이상하게 바라봤지만, 그저 '쏘리'라는 단어 하나면 그들의 경계는 허물어졌다. 물론 강의 중인 강의실까지 무작정 들어가진 않았다. 그것까지 하면 경찰이 올 것만 같아서였다. 대신, 쉬는 시간을 활용해 학생들을 살펴봤다.

"없네."

그러나 없었다. 두 사람은 그렇게 힘없이 다시 어느 나무 밑 벤치에 앉았다.

"좋은 방법이라고 생각했는데…."

"좋은 방법은 맞았지."

"갈까?"

"내일 다시 오자."

"그래."

"의도적으로 우릴 피하는 게 아니라면…. 어딘가엔 있겠지, 뭐."

두 사람은 천천히 일어나 노랗고 붉은 낙엽을 발아래에 둔 푸른 하늘을 감상하며 정문으로 걸었다. 그런데 그때.

두 사람은 뭔가에 홀린 듯 갑자기 멈췄다. 멈추자는 말을 한 것도 아니었다.

"맞지?"

김서연은 즉시 휴대전화를 꺼내 다운받은 사진을 체크했다.

"맞는 거 같은데?"

"일단 가 보자!"

두 사람은 뛰었다. 그리곤 두꺼운 후드 티와 캡 모자를 푹 눌러쓴 어느 푸른 눈의 백인 청년 앞에 가서 번역기를 켜고 말했다.

"앙투앙 드마르크 교수님 제자죠!?"

청년은 잠시 당황하더니 천천히 뒷걸음질 치기 시작했다.

"잠시만요!"

그러고는 곧장 내달렸다.

"잠깐!"

그는 매우 빨랐다.

"기다려요!"

김서연도 달렸다.

"물어보려는 거라고요!"

달리며 한국말로 계속해서 말을 던졌다. 하지만 그 말이 그 청년에게 들릴 리 없었다. 그러나 김서연에겐 윤태구가 있었다.

"기다려!"

오랜 무명 연극배우로 활동했던.

"기다리라고!"

회당 출연료 2만 원짜리 연극 오디션도 떨어지는 현실에 건설 노동자로 일하며 탄탄히 다져진 생활 근육으로 온몸을 휘감은.

"야!"

그렇게 쌓인 허벅지 근육으로 그 청년보다 훨씬 빠른 속도로 뛰며.

"기다리라고 했지!"

마침내 그의 뒷덜미를 잡아챈 그의 이름은 윤태구였다.

"Pitié! Ne me tuez pas!"

"뭐라는 거야…?"

후드 티의 후드가 벗겨진 청년은 그 푸른 눈동자를 동그랗게 뜨고 겁에 질린 채 같은 말을 반복했다.

"Ne me tuez pas!"

"헥…. 헥….”

『나를 죽이지 말아주세요.』

뒤늦게 따라온 김서연이 숨을 헐떡이며 그의 입 근처에 휴대전화를 가져다 댔다.

"당신 앙투앙 드마르크 교수님 제자 맞죠? 박사과정이던데."

휴대전화는 그에게 번역된 불어를 전달했고 다시 그가 말하면 번역된 한국어가 들려왔다.

『부탁이에요. 나를 죽이지 말아주세요.』

"안 죽여요. 그냥 대화만 해요. 교수님 어딨어요?"

『몰라요. 제발 보내주세요.』

"우리, 교수님 초대받고 온 사람들이에요. 당신은 알잖아요, 교수님 어디 계신지."

김서연의 말에 청년은 갑자기 그의 금발 머릿결 위에 덮인 모자에서 물음표를 뿜어내며 두 사람을 번갈아 가며 바라봤다.

『한국?』

"맞아요! 우리 한국에서 왔어요. 김서연."

금발 청년은 그제야 두려움을 거둬들였다. 그러나 여전히 뭔가가 신경 쓰였는지 주변을 둘러봤다.

『따라와요.』

그렇게 세 사람은 금발 청년이 이끄는 대로 걷기 시작했다. 금발 청년은 다시 후드 티의 후드를 뒤집어쓴 채 매우 빠른 걸음으로 이 대학교 주변을 흐르고 있는 사르트(Sarthe) 강을 따라 나무들이 빼곡히 들어선 어느 이름 모를 숲으로 들어갔다.

"여기 괜찮아요? 더 위험해 보이는데."

『대화하기에 여기보다 안전한 장소 없어요.』

"도대체 무슨 일이야…."

윤태구는 이제 막 붉게 물들어가는 이 숲의 나뭇잎들을 둘러보며 나지막이 읊조렸다.

"무슨 대화를 하려고 하길래…."

금발 청년은 계속 걸었다. 한 곳에 멈추지 않았다.

『그러니까, 어디서부터 말해야 할지 모르겠는데.』

"일단 우리를 여기로 끌고 온 이유부터 말해봐요."

『위험할지도…. 아니, 위험하다고 확신하니까요.』

금발 청년의 겁먹은 표정과는 달리 휴대전화에서 울리는 한국말은 매우 차분했다.

"그러니까 뭐가."

『교수님이 나한테 전화했어요. 삼 일 전에. 연구실에 있는 컴퓨터 하드디스크랑 문서로 뽑아놓은 자료들 전부 태워버리라고.』

"네? 왜요? 그럼 나를 왜 불렀지?"

『정확한 이유는 몰라요. 그냥…. 추측만 할 뿐이에요.』

"무슨 추측?"

『아…. 너무 복잡한데….』

"그냥 그러면, 시간 순서대로 말해봐요. 머릿속이 복잡할 때는 시간 순서대로 정리하는 게 최고야."

『아! 역시…. 그러면….』

금발 청년은 잠시 눈을 질끈 감았다. 무언가를 생각해 내려는 듯한 모습이었다.

『2주 전쯤이었을 거예요. 동물실험 하나를 마치신 교수님이 엄청 흥분해 있었어요. 마치 뭔가 발견한 것처럼.』

"즐거운 흥분? 아니면 분노의 흥분? 뭘 발견했는지에 따라 달라질 수 있을 거 같은데."

『그건 모르겠어요. 둘 다 있었던 거 같기도 하고…. 애매하긴 했던 거 같네요.』

"그 발견이 뭔진 모르고?"

『그것도 몰라요. 나한텐 안 알려줬어요.』

"방금은 다 태워버리라고 했다며."

윤태구는 의아한 듯한 눈빛으로 끼어들었다.

"오빠는 잠깐만 기다려 봐."

김서연은 그런 윤태구의 어깨를 쓰다듬으며 말했다.

『아무튼, 그러더니 치니코프 쪽 사람이 학교에 왔어요.』

"드마르크 교수가 원래 치니코프 쪽이랑 친했나요?"

『네. 원래 종종 만나던 사이에요.』

"계속하세요."

김서연과 윤태구는 의미심장한 눈빛으로 서로의 눈을 바라봤다.

『그런데 그 미팅이 끝나자마자 치니코프 쪽에서 내부 발표를 했어요.』

"무슨 발표?"

『저희 교수님이랑 임상 진행하기로 했다고.』

"아…."

김서연은 조각난 퍼즐 하나를 찾은 듯한 눈빛으로 고개를 끄덕였다. 그러며 동시의 이 소식 때문에 초조해하던 문 대리의 모습도 떠올렸다.

『그런데 교수님은 아니었어요. 교수님은 지금 당장 임상 들어가면 안 된다고 하셨고 그건 가능성일 뿐이라고 하셨어요.』

"그거? 가능성? 그게 뭔데요?"

『몰라요, 나도. 끝까지 말 안 했어요.』

김서연은 고개를 갸웃거렸다.

『그러던 중에, 그쪽한테 연락이 온 거예요. 김서연. 빅터 우 교수 그룹. 교수님은 처음엔 고민했어요. 그러다가 승낙했어요.』

"뭘 고민했고 왜 승낙하신 건지도….."

『몰라요. 평소 같지 않았어요. 나한테 알려준 게 아무것도 없었어요. 그런데 갑자기 연락해서 아까 말했던 컴퓨터 하드디스크랑 문서 폐기하라고 하셨어요. 삼 일 전에.』

"어지럽네."

윤태구는 작은 목소리로 읊조렸다.

『나는 이해하기 힘들어서 교수님이랑 싸웠어요. 그때까지만 해도 연구실에 있었으니까. 그런데 그때 교수님은 굉장히 겁에 질린 표정이었어요. 평소에 보던 인자한 모습이 아니었어요. 교수님은 내 취업이든 인생이든 다 책임질 테니까 제발 폐기하라고 했어요. 그래서 어쩔 수 없이 다 태워버렸어요. 그리고 당분간 학교에 나오지 말라고도 하셨고.』

"도대체 무슨 일이…. 근데 학교엔 왜 왔어요? 나오지 말라고 했다면서요."

『두 가지 이유 때문이에요. 하나는 교수님이 말한 자료 전부 폐기하지 못 해서. 하나는 교수님이 걱정돼서.』

"자세히 말해 봐요."

『교수님 연구실에 있는 컴퓨터 하드디스크는 폐기 못 했어요. 거기에도 중요한 자료 많을 거예요. 그래서 교수님한테 물어보려고 연락했는데 안 받길래 집에 갔는데 집 앞에 신발 한쪽만 떨어져 있었어요. 마치….』

"도망간 것처럼?"

『도망간 것처럼.』

역시나 나지막이 읊조린 윤태구는 마치 탐정처럼 턱을 쓰다듬었다.

『그래서 학교 왔어요. 모자 뒤집어쓰고. 그런데 어떻게 날 알아본 거예요?』

김서연은 연구실 홈페이지에서 다운받은 사진을 보여줬다.

"잘생겨서요."

윤태구는 잠시 김서연을 째려봤지만 이내 같이 웃음을 터뜨렸다.
"그런데, 교수님 연구실 문 잠겨있던데…."
금발 청년은 주머니에서 열쇠 하나를 꺼냈다. 김서연의 미소는 더욱 짙어졌다.
"전 세계 대학원생들은 다 똑같구나."
그렇게 세 사람은 다시 아치 모양의 3층짜리 건물로 들어갔다.
- 철컥.
교수의 연구실은 3층 가장 구석에 있었고 세 사람은 그곳에 들어갔다. 그 후, 금발 청년은 곧장 드마르크 교수가 쓰던 컴퓨터의 하드디스크를 꺼내기 시작했고 김서연과 윤태구는 방안을 둘러보며 교수의 흔적을 찾았다. 김서연은 메모판으로 보이는 곳을 살폈다. 그곳엔 김서연과 루카스 리의 방문일정도 적혀있었다. 그런데 그때.
"잠깐만…."
창문 밖을 바라보던 윤태구가 말했다.
"왜?"
"방금 저 밖에서 누가 나랑 눈이 마주쳤는데…. 갑자기 이 건물 입구 쪽으로 뛰어오네…? 이거 혹시…."
"저기요! 빨리 나가야 해요!"
김서연은 금발 청년에게 다급하게 외쳤다. 마침 금발 청년은 하드디스크를 챙긴 뒤였다. 그렇게 세 사람은 재빨리 교수의 연구실 밖으로 나왔다.
"어디로 가야 하지?"
『따라와요!』
금발 청년은 재빨리 복도를 뛰었다. 김서연과 윤태구도 그의 뒤를 따랐다. 그는 곧장 계단의 문을 열더니 옥상으로 올라갔다.

"뭐야? 왜…."

- 철컥!

옥상의 철문이 열리자 금발 청년은 옥상 가장 구석으로 달렸다. 그러고는.

『이거 타고 내려가면 돼요..』

"이걸?"

화재 비상 대피로였다. 그러나 계단이 아닌, 기다란 철봉 하나만 1층으로 덩그러니 연결되어 있는 그런 대피로였다.

"소방관들이 비상 출동할 때 타는 거 아닌가?"

윤태구도 당황스러운 듯 섣불리 다가가지 못했다. 철봉을 놓치면 곧장 1층으로 추락했기 때문이다.

『빨리요!』

"그 사람, 그냥 눈만 마주쳤을 뿐일지도 모르잖아."

김서연이 다급하게 가설을 제시하는 사이, 금발 청년은 재빨리 철봉에 매달려 1층으로 내려갔다.

"서연아, 일단 이거는…."

"나 못 가겠어…."

"가야 해."

"오빠…."

"쟤는 우리 기다릴 의무가 없어. 저대로 사라지면 우린 아무것도 못 얻는 거야."

"그래도…."

"그러면 나 먼저 갈게. 내가 밑에서 잘 받아줄 테니까 걱정하지 말고 내려와."

김서연은 겁에 질린 표정이었다.

"별거 아니야. 그냥 어릴 때 놀던 놀이터라고 생각하면 돼. 잘 들어, 손으로 철봉을 꽉 잡고 양쪽 발바닥이랑 허벅지로 철봉을 꽉 감싸는 거야. 팔꿈치를 사용해도 좋고. 그냥 온몸을 이용해서 철봉을 꽉 끌어안는다고 생각해."

김서연은 윤태구의 말을 경청했다.

"그러면 절대로 안 떨어져. 그러다가 서서히 힘을 빼는 거야. 그러면 마찰력이 서서히 줄어들겠지? 그러면 조금씩 내려갈 거고…. 잘 봐!"

윤태구는 온몸을 사용해 철봉을 꽉 붙잡았다.

"봤지? 절대로 안 떨어져. 그런데 이렇게 힘을 서서히 빼기 시작하면…."

윤태구는 천천히 내려갔다. 중간에 다시 힘을 주며 멈추기도 했다.

"어때? 괜찮지?"

그렇게 윤태구가 2층을 지나 1층 높이에 도달하던 때.

- 털썩.

무언가 힘없이 잔디로 쓰러지는 소리가 크게 들려왔다.

"오빠! 밑에!"

미리 내려가 있던 금발 청년이 쓰러진 것이었다. 그리고 그 옆에는 주사기를 든 괴한이 있었다.

"뭐야!"

윤태구는 2층과 1층 사이에 매달린 채 아래를 바라봤다. 헌팅캡에 검은색 선글라스를 착용한 괴한도 정신을 잃고 쓰러진 금발 청년에게서 하드디스크를 꺼내 자신의 주머니에 넣은 뒤 윤태구를 올려다 봤다.

처음에 윤태구는 철봉을 꽉 끌어안고 다시 3층으로 오르려 했다.

"조심해 오빠!"

그러나 위에서 자신을 부르는 김서연과 눈이 마주친 후에는 다시 아래에 있는 괴한을 바라봤다. 그러고는 생각했다 이대로 다시 3층으로 가면, 경찰을 불러서 괴한을 쫓아낼 수는 있겠으나, 애써 이곳까지 와서 아무것도 알아내지 못한 채 그저 금발 청년이 말한 음모론에 빠져 평생을 보낼 수도 있다는 것을. 적어도 그것이 음모론이 아니라는 것을 확인하려면, 금발 청년이 가진 하드디스크의 내용을 들여다봐야 한다는 것을. 그래서 그는 배우로서 자신의 확실한 미래보다는 불확실한 아내의 미래를 선택했다.

- 훅!

윤태구는 2층과 1층 사이 그러니까, 3m 정도 되는 높이에서 철봉을 놓았다. 그리곤 놀랍도록 안정적인 착지를 보여준 뒤, 이젠 주사기가 아닌 30cm 정도 되는 둔기를 지닌 괴한에게 달려들었다. 그러자 괴한은 둔기를 휘둘렀다.

- 퍽!

그러나 윤태구는 그것을 예상했다는 듯, 근육을 두르고 있는 왼쪽 팔을 들어 흉기를 막아낸 뒤 오른쪽 주먹으로 괴한의 턱을 가격했고 괴한은 선글라스가 벗겨진 채 쓰러졌다. 그는 수염 자국이 선명한, 40대로 추정되는 짧은 머리의 라틴계 남자였다.

윤태구는 그가 재정비하는 사이를 놓치지 않고 그대로 돌격해 그의 허리를 잡은 뒤 다시 쓰러뜨렸다. 그리곤 그의 배 위에 앉아 주먹을 휘둘렀다.
 - 퍽! 퍽!
 괴한도 가만히 있지 않았다. 그는 누운 채로 또다시 둔기를 휘둘렀고 윤태구는 또다시 둔기를 막아냈다.
 - 빡!
 그런데 소리가 이상했다.
 "크아아아!"
 이번에 그 둔기는 윤태구의 전완근이 미처 보호하지 못하고 있는, 손목과 팔꿈치 사이에 있는 뼈에 맞았던 것이다. 순간적으로 힘을 잃은 윤태구는 뒤로 물러나며 왼쪽 아래팔을 부여잡았다. 그사이, 괴한은 천천히 일어나 윤태구에게 돌격하기 시작했다. 그런데 그때.
 - 휙!
 어느새 1층으로 내려온 김서연이 주먹만 한 돌멩이 하나를 던졌다. 그러나 아쉽게도 김서연에겐 그 돌멩이를 괴한의 이마에 적중시킬 만한 힘과 정확도가 부족했다. 그렇게 그녀가 던진 돌은 괴한의 발 앞에 떨어졌고 자기 발 앞에 떨어진 돌을 본 괴한은 불만 섞인 표정으로 김서연을 바라봤다. 그러나 그는 몰랐다. 김서연이 그를 멈춰 세운 일이 얼마나 큰일이었는지.
 - 우우우우웅!
 괴한이 멈춰 있는 사이, 갑자기 소형차 한 대가 잔디 구역으로 들어오더니 그대로 괴한에게 돌진했다.
 - 퍼헉!
 그러고는 그를 약 10m 정도 날려버렸다.
 "빨리 타세요!"

소형차를 운전 중인 사람은 루카스 리였다.

김서연은 소형차와 쓰러져있는 금발 청년을 번갈아 가며 바라봤다. 괴한은 여전히 꿈틀거리고 있었기에 언제 다시 일어나 달려올지 모르는 상황이었다.

"서연아! 빨리 가서 타!"

윤태구는 여전히 고통스러워하며 김서연에게 외쳤지만, 김서연은 결국 금발 청년을 선택했다.

"이봐요! 괜찮아요!?"

김서연은 쓰러져있는 그를 흔들었다. 그러나 그는 움직이지 않았다. 심지어 눈도 희미하게 뜨고 있는 상태였다. 이것을 확인한 그녀는 그의 목에 손을 가져다 댔다.

"안 돼…."

그러자 김서연의 입에서 나지막한 절망의 입김이 새어 나왔다.

"빨리 가자!"

그사이, 김서연에게 달려온 윤태구는 재빨리 그녀를 일으켜 세운 뒤 곧장 루카스 리의 소형차 뒷자리에 탑승했다.

- 부우우우웅!

그렇게 소형차는 다시 잔디밭을 빠져나와 콘크리트 길 위로 진입했고 빠르게 발 드 사르트 대학교의 정문을 빠져나왔다.

"살릴 수 있었어!"

"심정지 상태였잖아…. 끄흑."

소형차에 탑승한 김서연과 윤태구는 논쟁을 벌였다.

"심폐소생술 하면 충분히 살릴 수 있었다고!"

"아니, 서연아…. 끄윽…."

윤태구는 고통스러워하며 왼팔을 부여잡았다. 김서연은 윤태구의 모습을 보며 마음이 약해졌는지 더 이상의 논쟁은 이어가지 않았다.

"살릴 수는 있었겠죠."

이때, 운전석에 있던 루카스 리가 룸미러를 보며 말했다.

"그런데 살려서 뭐 합니까. 심정지 상태가 꽤 지난 거 같은데, 그러면 뇌에 혈액 공급도 안 됐을 거고 그 상태로 살려봐야 평생 말도 제대로 못 하면서 살 거예요."

"그래도 일단 살리고 봤어야죠!"

"저 친구도 그렇게 생각했을까요? 뇌가 망가진 상태로 살아난 뒤에."

루카스 리의 차가운 목소리에, 김서연은 말을 잃었다. 동시에 시선을 떨구며 배를 어루만졌다. 단단이가 생각나서였다. 금발 청년을 살리고 싶었던 나는 왜 단단이를 지우려고 했던 걸까? 라는 생각이 그녀의 머릿속에 한참을 맴돌았다.

그렇게 소형차는 윤태구의 신음과 함께 15분간 달렸다. 그리곤 숲으로 둘러싸인 곳에 자리 잡은 매우 고급스러운 이층집에 도착했다. 차 안에서 대화를 나눈 결과, 대학교 한복판에서 사망사고가 발생했기 때문에 병원에 가는 순간 붙잡힐 거라는 루카스 리의 의견에 따른 것이었다. 더불어 그는 두 사람이 지금 여권을 가지고 있다면 곧장 출국하라는 말도 해줬다. 그러나 다친 윤태구를 이대로 비행기에 태울 수는 없었기에 루카스 리는 고심 끝에 응급처치를 해준다며 이곳에 들렀다. 고뇌에 잠겨 다른 생각은 할 수 없었던 김서연은 루카스 리가 내뱉는 말에 그저 고개를 끄덕일 수밖에 없었다.

"끄으으으윽…."

윤태구는 여전히 왼쪽 아래팔을 붙잡고 있는 상태였다.

"여긴 어디예요?"

"우리 회사 별장이요. 입구 들어가서 오른쪽에 식당 있으니까 일단 거기로 먼저 들어가세요."

이 고급 별장은 모든 게 완벽해 보였다. 문을 열자마자 보인 체크무늬 바닥은 동화 속에 들어온 것만 같은 착각을 일으켰고 가운데에 솟아있는 중앙 계단은 만지기만 해도 신분이 올라갈 것만 같아 보였다. 그러나 김서연은 이런 모든 것을 신경 쓸 여력이 없었다. 윤태구의 부상이 매우 심각해 보였기 때문이다.

"자, 이거 마셔요. 괜찮아질 거예요."

윤태구는 루카스 리가 가져온 차를 마셨다.

"잠깐!"

김서연은 그제야 고뇌에서 깨어난 듯 두 눈을 매우 크게 뜨며 윤태구가 들고 있던 찻잔을 빼앗았다. 화가 난 것처럼도 보였다.

"왜요?"

"혹시 여기에…. 진통제 들어가 있나요?"

"네…."

"무슨 진통제요!?"

이때, 김서연은 이제껏 그녀가 보여준 적 없는 날카롭고 공격적인 표정을 지었다. 루카스 리는 기분이 나쁘다는 듯 미간을 찌푸렸다.

"제발 아세트아미노펜(Acetaminophen)이라고 해주세요."

"그걸로는 이 고통 못 잡아요. 조금 더 강한 트라마돌 살짝 탔어요. 오피오이드(Opioid) 계열. 걱정 마세요. 아편 중독자가 아니라면…."

"안 돼…."

루카스 리의 답을 들은 김서연의 표정은 갑자기 절망으로 바뀌었다.

"왜 그래요?"

그러나 루카스 리는 김서연의 답을 듣지 않고도 곧장 그 이유를 알게 됐다.

"크, 흐, 흐, 흐, 흐, 흐악!"

윤태구가 이상한 소리를 내며 가슴을 부여잡고 그대로 쓰러져 헛구역질을 동반한 발작을 시작했기 때문이다.

"끄으으아!"

그리고 그는 괴한이 휘두른 둔기에 뼈를 맞았을 때보다 더 큰 소리로 외치기 시작했다. 마치 자기가 곧 죽을 것처럼.

"서연아아아아!"

윤태구는 울부짖듯 김서연의 이름을 외쳤다. 그러나 김서연은 그저 쓰러진 윤태구를 끌어안고 같이 우는 것밖에는 할 수 있는 게 없었다. 이제야 상황 파악이 된 루카스 리는 이 모습을 보며 작게 읊조렸다.

"금단 발작."

3
저 그런 사람 아닌 거 아시잖아요

"무슨 일이 있었던 겁니까?"
발작을 일으킨 윤태구가 안정기에 들어가자, 두 사람은 그를 옆방에 있는 침대 위에 눕힌 뒤 대화를 시작했다.
"말씀드리기 곤란해요."
"왜요?"
김서연의 시선은 허공에 힘없이 걸쳐있었다.
"뭐라도 알아야 제가 도와주죠. 최소한 공항까지는 가야 하지 않겠어요? 이제 프랑스 경찰들 돌아다닐 텐데. 혹시라도 발작이 다시 오거나 하면 안 되잖아요."
"아저씨는 사람을 쳤어요. 저희보다 아저씨가 더…."
"나는 걱정 마요. 알아서 합니다."
김서연은 망설였다. 그러나 이내 입을 뗐다.
"저희 남편, 배우예요."
"아! 그래서 좀 본 것 같은 느낌이 들었나?"

"그럴 수도 있죠. 지금은 일이 좀 있지만, 불과 얼마 전만 해도 가난한 연극배우였어요."

"가난에서 딱 느낌이 오네요."

"그래요?"

김서연은 깊어진 눈으로 루카스 리를 바라봤다. '어디 한번 맞춰보시지'하는 눈빛이었다.

"생동성 시험. 맞죠?"

생동성 시험은 임상과는 조금 다른 시험이다. 기존에 시판된 약 중 특허기한이 만료되어 누구나 만들어 팔 수 있게 되었을 때, 특정 회사에서 카피약을 만들어 그 약을 시장에 내놓을 목적으로 하는 테스트가 생물학적 동등성 시험 즉, 생동성 시험이다.

"아니요. 임상이요."

반면, 임상은 세상에 처음 나오는 신약을 시험하는 것이다.

"아쉽네."

"그래도 비슷하게 맞추셨네요. 어떻게 아셨어요?"

"뻔하죠. 가난 얘기 나오면…. 돈 벌기 제일 쉽잖아요. 한 2주 누워 있으면 몇백씩 들어오니까."

"해 본 것처럼 말씀하시네요."

"그런 건 아니고. 그런데 왜 저렇게 된 거예요? 무슨 약 임상을 했길…. 아…."

루카스 리는 스스로 던진 질문에 스스로 답을 떠올렸다.

"제멜제약?"

김서연은 고개를 끄덕였다.

"그 피해자를 직접 만날 줄이야…."

"남편은 증상 없이 건강한 사람들만 뽑는 1상 대상자였어요. 부작용이 있는지 확인하는 시험이죠."

"그 정도는 저도 알아요."

루카스 리는 어깨를 으쓱였다.

"제멜제약 스토리도 대충 알고. 오피오이드(Opioid) 그러니까, 아편계열을 비마약성이라 착각하고 판매했던 치니코프 진통제 몰래 카피해서 임상 가져간 거잖아요. 그렇죠?"

"아저씨도 착각이라고 생각하시는 거예요?"

"치니코프?"

"네."

"뭐…. 그렇게 주장하니까."

김서연은 입술을 꾹 다물었다. '마약을 대놓고 판매한 회사를 방어하는 거냐? 거기서 돈 받으며 일하니까 그런 거냐?' 등의 말을 하고 싶었기 때문이다. 그러나 그녀는 말하지 않는 쪽을 선택했다.

"제멜제약 그 사람들도 참 대단해. 아니, 멍청하다고 해야 하나? 특허 만료도 안 된 걸 가져다 카피할 생각을 하다니 말이야. 아무리 치니코프가 잘나가는 회사라고 해도…. 게다가 자기들이 직접 분석해 봤으면 마약성이 짙은 것도 알았을 텐데."

루카스 리도 김서연이 무슨 말을 하고 싶은지 아는 듯 애써 화제를 돌렸다.

"그런데, 보상은 좀 받았어요?"

"아니요. 한 푼도 못 받았어요. 기사 보셨으면 알고 계셨을 텐데."

"뭐…. 거기까지는….."

"그런데 이해해요. 관심을 바라지도 않고."

"어디 도와줄 사람들 없나?"

"없어요. 아무도 제멜제약이랑 싸우고 싶지 않겠죠."

루카스 리는 고개를 갸웃거렸다.

"그런데 어떻게 그게 가능해요? 그러니까, 보상을 한 푼도 못 받는 거. 임상하러 갔다가 마약 중독자가 됐는데. 치니코프는 그래도…."

루카스 리는 말끝을 흐렸다. 치니코프도 현재 이렇다 할 보상 없이 소송 중이었기 때문이다.

"임상 시험자 중에 마약 중독 전력이 있던 사람이 있었어요. 어떻게 임상 시험자로 들어왔는지는 모르겠지만, 결국 그 사람 때문에 모두 보상 못 받았어요."

"아니, 그러니까 그게 어떻게…."

"외국은 모르겠지만 한국엔 보상 제외 기준이 있어요. 임상시험과 신체적 손상과의 인과관계가 인정되지 않는 경우."

"아…. 그러니까 그 마약 중독 전력 있던 인간이…."

"물을 흐린 거죠. 그 사람 사례 때문에 오피오이드 중독은 임상시험과 무관할 수 있다. 따라서 제멜제약의 약품이 중독을 일으켰다고 보기 힘들다."

"나…. 이해가 안 되는데요? 임상 시험자들 전부다 혈액검사 자료 제출했을 거 아니에요. 그 안에 오피오이드 다 검출됐을 거 아닌가?"

"물론 나왔죠. 그런데 법원에서 펄스 파지티브(False Positive) 판정 내렸어요. 나오긴 나왔는데 임상시험 때문에 검출된 것으로 보기 힘들다."

"아니 왜? 전부 다 나왔는데. 그 마약 전력 있는 놈이랑 관련 없는 거잖아요."

"혈액검사 하기 전에, 임상 대상자들 몸이 좀 이상하니까 제멜제약 쪽에서 뭐 처방한 줄 아세요? 모든 대상자한테."

"설마…."

"덱스트로메토르판(Dextromethorphan, DXM)이 들어간 감기약. 역시나 오피오이드 계열이죠. 미세하게 들어있긴 해도."

"아니…."

루카스 리의 표정은 심각해졌다.

"그래서 펄스 파지티브구나…. 나왔지만 나온 게 아닌…. 그게 감기약 때문일 수도 있으니까…."

반면 김서연은 덤덤했다.

"아니…. 참…. 어이가 없어서 말이 안 나오네. 검찰에서 압수수색도 안 했어요?"

"검사 한 명이 수사하는데 그게 가능할 리가 없죠. 그나마 그 한 사람도 의지가 없어 보이고."

루카스 리는 입을 꾹 다문 채 깊은 콧김을 불어냈다.

"심지어 아직 1심 판결도 안 나왔어요. 4년이 지난 얘긴데. 아마 사실 입증이 어렵다는 이유로 무죄가 나올 거고 피해자들은 끝까지 항소해서 대법원까지 가겠죠."

루카스 리는 김서연을 측은하게 바라봤다.

"재판…. 평생 갈 수도 있는 거 알죠?"

"알아요. 8년 걸려서 겨우 대법원까지 갔는데 파기환송 당한 가습기 살균제 케이스 보니까 알겠더라고요."

두 사람의 대화는 잠시 중단됐다. 김서연은 그저 창문 너머에 있는 하늘만 바라볼 뿐이었다. 어쨌든 이 대저택 같은 별장은 아름다웠다.

"아니 근데…. 갑자기 든 생각이자 근원적인 질문인데…. 여긴 왜 온 거예요?"

김서연은 그간 있었던 일들에 대해 말했다. 어쩌다 영실대학교 화학공학과 박사과정을 시작하게 됐는지부터 무궁화학이란 곳과 TPDD의 임상을 진행하다가 실패한 이야기 그리고 이 연구를 다시 하고 싶은 마음에 프랑스 유학까지 생각했던 이야기까지.

"아무튼, 드마르크 교수님이 당연히 만나주실 거라 생각했는데…."

마지막으로 금발 청년이 했던 이상한 음모론 같은 이야기도 덧붙였다. 물론 단단이 얘긴 하지 않았다.

"그랬구나…. 나도 뭔가 이상하다 했어. 그래서 차 타고 돌아본 건데…."

"어쨌든 감사해요. 한국 오시면 맛있는 밥 사드릴게요."

"나 입이 꽤 고급인데. 괜찮겠어요?"

"뭐…."

"농담이에요."

루카스 리는 웃었다.

"그런데 한국 가면 어떻게 하시려고? 거기서도 못할 거 같고 여기서도 못 할 거 같은데…. 그 뭐냐…."

"TPDD요?"

"그래, 그 TPDD."

"모르겠어요. 일단 소송 준비부터 철저히 해야겠죠. 저한테 지금 가장 필요한 건 제멜제약 내부 자료예요."

"그러니까 어떻게요."

3. 저 그런 사람 아닌 거 아시잖아요

"들어가서 가져올 거예요."

루카스 리는 다시 한번 웃었다. 이번엔 약간의 무시를 담은 헛웃음이었다.

"아니 그…."

헛웃음을 짓던 루카스 리는 잠시 눈썹을 찡긋하며 김서연의 눈을 간절히 바라봤다.

"서연이요. 김서연."

"아…. 이제야 알았네, 서연 씨 이름."

루카스 리의 눈썹은 그제야 원래로 돌아왔다.

"어쨌든, 서연 씨가 제멜제약을 어떻게 들어가요. 첩보원도 아니고. 그래도 국내 1위면 보안이 철저할 텐데."

"보안에 안 걸리면 되죠."

"아니 그러니까, 어떻게요."

루카스 리는 헛웃음을 조금 더 큰 웃음으로 발전시켰다.

"취업해서요. 제멜제약으로. 어떻게든."

다음 날, 김서연과 윤태구는 무사히 한국에 도착했다. 발작에서 깨어난 윤태구는 비행시간 내내 비마약성 진통제로 겨우 버티며 응급실에 도착해 적절한 치료를 받았다.

김서연은 서울에 도착하자마자 금발 청년에 대한 이야기가 기사로 나오진 않았는지 수시로 검색했다. 그러나 무슨 이유에서인지 기사는 나오지 않았다. 그리고 곧장 임지윤에게 연락해 프랑스에서 있었던 일들에 대해 말하려고 했지만, 바빴는지 받지 않았다.

그렇게 며칠이 지난 뒤, 임신 15주 차가 되던 날, 김서연은 아침 일찍 다시 영실대학교로 출근했다.

"왜 이렇게 전화를 안 받아."

빅터 우 교수는 자신의 개인 연구실에 찾아온 김서연을 보자마자 걱정과 짜증이 섞인 말투로 인사를 대신했다.

"죄송해요. 일이 좀 있어서…."

"뭐래? 드마르크 교수는."

"못 만났어요."

"뭐?"

김서연은 자연스럽게 의자를 빼 들고 빅터 우 교수 옆에 앉았다.

"교수님…. 솔직하게 말씀해 주세요."

"뭐야, 갑자기…. 무섭게."

김서연은 한숨을 크게 내쉰 뒤, 프랑스에서 있었던 일들에 대해 말했다. 루카스 리라는 헤드헌터를 만난 것과 금발 청년이 했던 이야기 그리고 그게 그의 마지막이었다는 것까지.

"괜찮은 거 맞아? 태구 씨는?"

"남편은 괜찮아요. 팔뼈에 금이 가긴 했는데, 쉬면 괜찮아질 거예요."

그러나 윤태구가 금단 발작을 일으켰다는 사실은 말하지 않았다. 김서연 주변에서 윤태구의 그런 모습을 알고 있는 사람은 아무도 없었다. 이제 겨우 루카스 리가 추가됐을 뿐이었다.

"그런데 진짜 그게 기사가 안 나왔다고?"

"네."

"대학교 한복판에서 사람이 죽었는데…. 심지어 교수는 실종됐고."

"이 부분에서 교수님의 솔직함이 필요해요. 치니코프."

"치니코프랑 연락한 건 그때 말한 게 다야. 그 후로는 없어."

"치니코프가 드마르크 교수랑 얘기하자마자 임상하겠다고 발표했어요. 그러면 같은 TPDD 치료제를 연구하고 있는 저희랑 연관이 없을 수가 없어요."

"그게 무슨 말이야?"

"우리도 조심해야 한다는 뜻이에요."

"에이….''

김서연은 공포에 질린 모습이었다. 그러나 빅터 우는 그런 그녀의 심각한 표정을 웃음으로 받아쳤다.

"서연. 여기 대한민국이야."

"거긴 프랑스였어요."

김서연도 그의 웃음을 겁에 질린 표정으로 받아쳤다. 그러자 빅터 우도 웃음을 거둬들였다.

"그러니까…. 지금 서연의 말은 그 괴한이 한국에 와서 우리를 위협할 수도 있다?"

"꼭 그 괴한이 아니라도, 치니코프 쪽 사주를 받은 사람이 위협할 수도 있죠."

"그런데 뭐 하러."

"네?"

빅터 우의 예상치 못한 대답에 김서연은 두 눈을 동그랗게 떴다.

"아까 그랬잖아. 그 괴한이 드마르크 교수 하드디스크 가져갔다고. 이미 필요한 정보는 다 얻었겠지. 그럼 굳이 우리한테 왜 오겠어."

빅터 우의 대답은 논리적으로 틀린 것이 없었다. 그러나 그가 간과

하고 있던 하나의 중요한 사실이 있었다.

"있죠."

"그러니까, 뭐가."

"우리 연구가 드마르크 교수보다 더 앞서갔잖아요."

빅터 우는 금세 자기가 틀렸다는 사실을 인정하며 양옆으로 벌어지려던 입꼬리를 다시 한곳으로 모았다. 그리곤 의자에서 일어나 창문 쪽으로 다가갔다. 그의 개인 연구실은 5층인 나노생화학 연구실보다 한 층 더 위인 6층에 있었다. 창문으로 작게 펼쳐진 공원과 노랗게 물든 은행나무를 내려다볼 수 있어 마음에 평안도 가져다주는 곳이었다.

"그럼 어떻게 해야 하나…. 이거 지윤이도 불러서 얘기해야 하는 거 아닌가? 그러고 보니까 얘도 연락이 안 되네…."

"교수님이 연락을 안 하신 건 아니고요?"

빅터 우는 말이 없었다.

"아무튼…. 얘기해 봐. 어떻게 하면 좋을지."

"다시 해요."

"뭐를?"

"임상이요."

창문 밖을 바라보던 빅터 우는 뒤돌아 앉아 있는 김서연을 바라봤다. 그러더니 천천히 자신의 컴퓨터로 다가가 기사 하나를 띄웠다.

"오늘 나온 거야."

「전문성 없는 무리한 임상, 네 명의 귀한 생명 하늘로….」

기사에는 Y대학교 화학공학과 우 모 교수와 어느 중견기업이 진행한 임상으로 인해 네 명의 생명이 죽음을 맞이했다는 이야기가 담겨있었다. 당연히 왜 약학과가 아닌 화학공학과와 제약회사도 아닌 기업이 임상을 진행했는지에 대한 의문과 비판도 담겨있었다.

"다시 할 수 있겠어? 나는 자신 없는데."

"그래도 해야 해요."

"식약처장이 거부하면? 정해진 임기도 없어서 언제 그만둘지도 모르는 사람이야."

"식약처장 평균 근무 기간이 2년도 안 돼요. 지금 식약처장은 이제 2년이 다 되어 가고요."

"그것도 교체될 명분이 있어야 하는데 지금 그 사람은 그럴 명분이 없어. 4년이고 6년이고 해먹을 사람이라고."

"곧 끝날 거예요."

"그건 근거 없는 확신이잖아. 서연답지 않게 왜 그래?"

이때, 김서연은 입을 꾹 다물었다. 임지윤과 나눴던 통화가 기억나서였다. 임지윤의 이야기가 맞다면 치니코프와 식약처장은 분명 어떤 불법적인 관계가 있을 것이고 그것만 밝혀진다면 지금의 식약처장은 교체될 것이 분명했다. 그러나 그녀는 이 얘기도 빅터 우에게 하지 않았다.

"게다가 지금 당장 바뀐다고 쳐. 치니코프가 우리를 위협할 수 있다는 거랑 우리가 임상을 해야 하는 이유는 또 무슨 인과관계가 있는데?"

"우릴 못 건드리게 해야 하니까요."

빅터 우는 미간을 찌푸리며 한쪽 눈썹을 치켜세웠다. 이해가 안 된다는 의미였다.

"숨어서 아무것도 안 하면 오히려 더 당할 거예요. 모든 걸 드러내 놓고 영상을 찍든 뭘 하든 우리가 계속 이 시험을 이어간다는 걸 알려야죠. 물론 그 안에 치니코프 얘기도 꺼놓고요. 만약에 우릴 건드리면 가만히 있지 않겠다고. 그래야 보호를 받을 수 있어요."

"허…. 참…."

빅터 우는 헛웃음 소리를 내뱉었다.

"서연."

"네."

"지금 되게 음모론자 같았어. 그거 알아?"

"음모 아니에요. 제가 실제로 겪은 거라고요."

"한국에선 그런 일 안 일어나. 자꾸 영화 시나리오 같은 거 쓰지 마, 제발."

"그럼 이대로 아무것도 하지 말고 가만히 있자고요?"

"저 기사 봤잖아. 우리가 뭐 하려고 하면 더 달려들 거야."

"오히려 좋아요. 욕이든 뭐든 관심받으면 목적 달성인 거니까요. 그렇게 관심받고 우리 실력 보여주면 되잖아요. 그러면 여론은 금방 돌아설 거예요."

김서연은 테제베(TGV) 안에서 윤태구가 했던 말을 떠올렸다. 그러나 빅터 우는 여전히 고개를 저었다.

"두 가지 문제. 이건 어떻게 해결할 건데?"

"뭐든 해결할 수 있어요."

"말만 하지 말고 일단 들어 봐. 서연, 우린 임상 대상자들 왜 죽었는지도 몰라. 그거 밝힐 수 있어? 부검은커녕 피 한 방울 못 얻었는데?"

"그것도 해결할 방법이 있어요."

"어떻게? 말만 하지 말고 제발…."

김서연은 한 번 더 입술을 꾹 다물었다. 임지윤이 확보한 혈액 샘플에 대해서도 공개하지 않았다. 빅터 우 교수를 믿지 못 해서라기보다는 비밀로 해달라는 임지윤과의 약속 때문이었다.

"저 믿으세요. 이번에 프랑스 가서 약학 공부하고 왔어요. 실마리가 있긴 한데 확실해지면 말씀드릴게요."

물론 이것은 빅터 우를 안심시키기 위한 거짓말이었다. 빅터 우는 그런 그녀를 안쓰럽게 바라봤다.

"그래 좋아. 다 된다고 쳐. 식약처장도 바뀌고 사고 원인 밝혀서 우리는 책임이 없다는 게 밝혀진다고 쳐. 근데 이건 임상이야. 대상자들이 다시 필요하다고. TPDD 환자들 다시 구할 수 있어? 그 네 명 구하는 것도 힘들었잖아. 이젠 한국이 아니라 전 세계를 뒤져야 할지도 몰라. 그거야말로 몇 년이 걸릴지도 모른다고."

"그것도 해결할 수 있어요."

김서연은 이 말을 뱉은 뒤 그 어느 때보다 입술을 꾹 다물었다.

"어떻게?"

빅터 우는 갑자기 힘이 빠진 듯한 그녀의 눈을 응시했다. 김서연의 머릿속은 지금 폭풍 그 자체였다. 평소의 그녀라면 충분한 시간을 갖고 어떻게 말해야 할지에 대해 고민했을 터지만 지금은 그럴 시간이 없었다. 앙투앙 드마르크 교수가 실종된 지금, 제멜제약에 입사하기 위한 그녀의 유일한 끈은 빅터 우였기 때문이다. 그녀는 반드시 그를 설득해야만 했다.

"제 아기, TPDD래요."

이 말을 뱉은 뒤, 김서연의 눈은 아예 빛을 잃었고 시선은 바닥을 향했다. 빅터 우도 이 차가워진 공기를 제대로 맞아 그 자리에 그대로 얼어붙었다. 그들이 다시 대화를 이어 나가기 시작한 것은 김서연의 고백 이후 정확히 1분이 지난 뒤였다.

"그게 어떻게…."

"모르죠. 그건."

"후우…."

빅터 우는 긴 한숨을 내뱉었다.

"그런데 지금 서연의 말은…. 그 아기로 임상을 하겠다는 걸로 들리는데, 내가 맞게 해석한 건가?"

이때, 김서연의 시선은 더욱 내려갔다.

"네…."

빅터 우는 다시 한번 창가로 걸어갔다. 그러나 이번엔 아래가 아닌 푸른 하늘을 올려다봤다.

"서연."

"네."

"나는 반대야."

"네?"

김서연은 그제야 시선을 들어 창밖을 보는 빅터 우의 뒤통수를 바라봤다.

"내가 장담하는데, 서연 아기로 시험 절대 못 해. 서연 본인부터."

"그건 제가 알아서…."

"불가능해."

"교수님…."

"난 서연이 그런 생각을 했다는 것 자체가 놀라워. 이제까지 내가 봤던 서연이 맞나 싶고. 도대체 왜?"

빅터 우는 뒤돌아 김서연을 바라봤다.

"불법은 아니잖아요."

"과학에서 법보다 중요한 건 윤리이야."

"제가 제 아들을 고치겠다는 게 뭐가 문제가 되는 거죠? 실제 사례도 있잖아요. 로렌조 오일 케이스."

로렌조 오일 케이스는 ALD(Adrenoleukodystrophy, 부신백질이영양증)라는 희귀병에 걸린 아들 로렌조 오도네를 위해 그의 부모인 어거스트 오도네와 미카엘라 오도네가 직접 공부하며 연구한 끝에 로렌조 오일이라는 물질을 만들어 그들의 아들과 이 질환을 겪는 많은 이들에게 도움을 준 사건이다. 물론 로렌조 오일은 완벽한 치료제는 아니었다. 그럼에도 불구하고 많은 이들에게 감동을 준 사례였기에 약을 공부하는 사람들은 모두가 알고 있는 이야기였다.

"그것과 이건 달라. 그 사람들은 과학자들이 아니었잖아. 뒤늦게 자기 아들을 위해서 공부하고 로렌조 오일을 만들어 낸 거잖아. 하지만 서연 케이스는 아니야. TPDD를 연구하던 사람이 TPDD 아기를 낳았다? 이건 오해받기 너무 쉬워. 자기의 욕심을 위해서 아기를 이용했다는 오해."

"저한텐 다르지 않아요. 오히려 더 숭고한 거 아닌가요? 알면서도 낳아서 치료해 주는 게?"

"알면서도 낳는 건 이용하겠다는 말로밖에 안 들려!"

"교수님!"

김서연은 벌떡 일어서며 소리쳤다.

"세상 사람들이 그렇게 얘기할 거라는 거야. 온갖 음모론이 퍼지겠지. 서연 말대로 전 국민이 우리를 알게 된다면. 아닌가?"

기세 좋게 일어선 김서연은 이번엔 빅터 우에게 한 방 맞은 듯 아무 말도 못 했다.

"서연. 이건 성공해도, 실패해도 문제가 될 수밖에 없어."

"저 그런 사람 아닌 거 아시잖아요."

"알지. 근데 사람들은 몰라. 온갖 음모론들이 퍼질 거고 사람들은 믿기 시작할 거야. 그러면 결국 그 믿음이 …."

"이길 수 있어요. 진실은 믿음을 이길 수 있어요."

두 사람은 그렇게 또 한참 동안 침묵을 유지했다.

"서연. 진심으로 걱정돼서 하는 말인데…. 병원 가서…. 보내줘. 단단이는…. 세상을…."

"그건 모르는 거죠. 알 수 없는 거죠. 가 볼게요."

"제멜제약 가고 싶다며. 제멜제약이 그런 문제가 되는 사람을 뽑아주…."

김서연은 빅터 우의 마지막 말은 다 듣지도 않고 그의 개인 연구실을 나왔다. 그리곤 5층에 있는 나노생화학 연구실로 향했다.

철문을 열고 자기 책상에 앉은 그녀는 컴퓨터를 켰다. 그리고 그 안에 있는 수많은 파일을 살폈다. 앙투앙 드마르크 교수는 왜 금발 청년에게 하드디스크를 모두 태우라고 했을까. 그 안에 뭐가 있었길래. 특별한 무언가라면 연구실 내의 모든 컴퓨터 하드디스크를 모두 태우라고 하진 않았을 것이다. 그랬다면 특정 컴퓨터 하드디스크만 제거하면 됐을 테니. 그런데 드마르크 교수의 지시는 모든 컴퓨터의 하드디스크를 지우라는 것이었다. 그러면 자신의 오랜 연구가 사질 것이 분명한데도. 과연 자기의 명성과 지위를 포기하면서까지 드마르크 교수가 드러내고 싶지 않았던 것은 무엇이었을까? 김서연은 지금 이런 생각을 하고 있었다. 도대체 이 TPDD 치료제가 무엇인가에 대한 고찰. 그렇게 한참 동안 모니터를 바라보던 김서연은 어떤 문서를 작성하기 시작했다. 그리고 그 작업을 마친 뒤로는 컴퓨터를 뜯어서 하드디스크를 가지고 이런저런 실험도 이어갔다. 이 모든 것이 끝난 것은 저녁 6시 정도였다.

나노생화학 연구실을 나온 김서연은 집으로 향했다. 그녀는 집으로 가는 길에도 많은 생각을 했다. 주로 단단이와 관련된 생각이었다. 하지만 윤태구와 제멜제약 그리고 치니코프에 대한 생각도 하지 않을 수 없었기에, 그녀의 머릿속은 혼잡 그 자체가 되었다.

그녀의 집은 영실대학교에서 다섯 정거장 떨어진 빌라촌에 있었다. 평소라면 도보로 40분 정도 걸리는 이 거리를 그녀는 걸었을 것이다. 그러나 이번엔 달랐다. 곧장 택시를 불렀다. 누군가 따라올까 두려웠기 때문이다.

택시를 탄 이후에도 그녀는 주변을 둘러봤다. 미행이 붙었는지 아닌지 계속 주위를 둘러봤고 내려서 걸을 때에도 매우 빠르게 걸었다.

그녀는 집에 도착해서도 가만히 앉질 못했다. 3층 18평 빌라 창문으로, 주변을 오가는 사람들을 수시로 체크했고 그래서인지 그녀의 보금자리는 유독 좁아 보였다.

너무 돌아다니다가 지친 그녀는 마침내 소파에 앉았다. 그러나 쉬는 건 아니었다. 그녀는 임지윤에게 전화를 걸었다.

- 전화기가 꺼져있어….

그러나 임지윤은 전화를 받지 않았다.

"왜 안 받는 거야…."

김서연의 혼잣말에는 높은 순도의 걱정이 섞여 있었다. 무슨 일이 생겼으면 어쩌나 싶은 마음이 그녀에게 너무나 컸다. 그런데 그때.

- 삑! 삐비비빅!

도어락 소리가 울리자 김서연은 경기를 일으키며 놀랐다.

"나왔어."

왼쪽 팔에 깁스를 한 윤태구였다.

"왜 그래?"

윤태구는 얼음이 되어있는 김서연을 보며 덩달아 놀랐다. 그리곤 천천히 다가가 살며시 안아줬다.

"교수님이랑은 얘기 잘했어?"

"아니."

윤태구는 오른쪽 팔을 김서연의 왼쪽 어깨에 올린 뒤 그녀의 두 눈을 바라봤다.

"뭐라고 하셨는데?"

"임상 못 한대."

윤태구는 시선을 떨궜다.

"미안해."

"뭐가 미안해. 괜찮아."

"단단이 얘기도 했어. TPDD 임상하면서 치료해 보자고."

윤태구는 매우 놀란 눈치였다.

"나도 모르게 튀어나왔어."

"교수님…. 반응은….'

"오빠랑 비슷했지. 그 얘기 듣고 더 못 하시겠대."

"진심…. 이었어?"

김서연의 눈망울이 흔들렸다.

"모르겠어."

그러더니 그녀는 윤태구의 오른팔을 슬며시 밀어내며 천천히 일어났다.

"솔직히 나도 알고 있었어. 그러면 안 된다는 거. 내 아기로 어떻게 실험을 해. 당연히 말이 안 되는 거잖아. 그런데…. 절박해지니까, 교수님이 나보고 음모론자 같다고 하시니까, 임상은 못 할 거라는 말만 하시니까, 내가 부정당하는 느낌이었어. 그래서 내가 잘못 생각하고 있다는 걸 알면서도 뻔뻔하게 내 입에서 단단이를 이용하자는 말이 나왔어. 이거 뭐야? 나 왜 그런 거야?"

김서연의 눈에 눈물이 고였다. 윤태구도 슬며시 일어나 그녀를 다시 안아줬다.

"나도 그럴 때 있었어. 연극할 때. 연출이 자꾸 진짜로 웃으라는 거야. 가짜로 웃지 말고. 사실 그때는 그 연출이랑 사이가 안 좋아서 나도 반격을 했지. 진짜로 웃고 있는 거라고. 당신이 내 진짜를 어떻게 판단하냐고. 근데 그때 나도 알았어. 가짜로 웃고 있었다는 거. 근데 그냥 지기 싫어서 계속 진짜라고 우겼던 거지. 가짜인 거 알면서도."

김서연은 눈물을 머금은 채 윤태구의 두 눈을 올려다봤다.

"근데, 결국엔 진짜가 나왔어. 왠줄 알아?"

"왜?"

"내가 가짜였다는 걸 그 누구보다 잘 알았기 때문이야. 결국엔 그거면 돼. 아는 거면 돼. 그러면 괜찮은 거야. 서연이 입에서 이용하자는 말이 나오긴 했지만, 안 된다는 거 알고 있었다면서."

"응….."

김서연은 작게 읊조리듯 대답했다.

"그럼 된 거야. 그러면…."

두 사람은 그렇게 한참을 안고 있었다.

"제멜제약 포기하자. 다른 회사 들어가도 돼. 아니면 당분간 집에서 쉬어도 괜찮고."

"어떻게 그래…."

"나는 괜찮아. 소송이야 어차피 오래갈 거 각오한 거니까. 정말 괜찮아 나는."

김서연은 윤태구의 품에 더 강하게 안겼다.

"그럼 단단이는 어떡해?"

김서연의 질문에 윤태구는 잠시 말이 없어졌다. 심지어 조금 뒤 들려온 그의 대답은 그녀의 질문에 대한 답도 아니었다.

"걸을까? 우리."

"지금?"

"응."

김서연은 밖을 내다봤다. 이제 하늘이 막 오렌지빛으로 물들어 갈 시점이었다.

"무서운데. 프랑스 때처럼 누가 우리…."

"걱정 마. 내가 있잖아. 그리고 사람 많은 곳 가면 함부로 못 할 거야."

윤태구는 누군가 실제로 그들을 노리고 있을 것으로 가정한 상태로 답했다. 그는 김서연의 지나친 공포의 실체를 인정하면서도 동시에 안심시키고 있던 것이다. 실체가 없을 것이라고 단정한 빅터 우의 대처와는 조금 달랐다.

"하늘 예쁘잖아. 뒷산 가자. 거기 사람 많으니까."

그렇게 두 사람은 손을 꼭 잡은 채 산책길에 올랐다. 물론 김서연은 여전히 두 눈을 흘끔거리며 코너를 돌 때마다 두리번거리긴 했지만, 택시 안에서 보인 것처럼 격렬하진 않았다.

"예쁘다. 노을."

김서연과 윤태구는 해가 저물어갈 때쯤, 그리 높지 않은 산에 올라 노을을 바라봤다. 나름 광장처럼 꾸며진 이 낮은 산의 정상은 100명이 조금 안 되는 사람들로 북적거렸다.

"서연아."

"응, 오빠."

"단단이….."

단단이의 이름이 나오자 김서연의 눈에 눈물이 고였다.

"어떻게 하면 좋겠어?"

김서연은 답할 수 없었다. 처음 임상 사고가 있었던 날, 김서연은 곧장 병원으로 가서 단단이를 지우고 싶어 했다. 그러나 금발 청년의 죽음을 목격하곤 생각이 조금은 달라졌다. 본능적으로 그를 살리고자 했던 그녀의 마음이 지금의 단단이와 겹쳤기 때문이다. 그러나 당시 루카스 리는 말했다. 혈액 공급이 중단돼, 이미 뇌가 파괴된 상태에서 살려봐야 원망만 할 거라고.

"오빠는…. 오빠는 어떻게 하면 좋겠어?"

"난 잘 모르겠더라."

"뭐를?"

"임상시험 하신 분들."

"그분들이 왜?"

"그…. 제일 나이 많은 환자 빼곤 낳기 전에 검사하셨던 분들이라며."

"아…."

김서연은 무언가 떠오른 듯 얕은 숨을 내뱉었다.

"그러면 그분들은, 알고 낳으신 거잖아."

"그러네."

"왜 낳으신 걸까. 그게 궁금해. 혹시 내가 모르는 뭔가가 있는 건지. 나는 남자잖아. 그러니까 더 모르는 게 맞고."

김서연은 시선을 떨군 채 눈만 깜빡였다.

"그래서 말인데."

윤태구는 말을 이어갔다.

"한번 뵙는 게 어때?"

"누구를? 그분들? 보호자 분들?"

"응. 그래야 무슨 결정을 하든 후회가 좀 덜 하지 않을까?"

"안 만나주실 거야…."

김서연은 고개를 저었다. 그러나 윤태구의 입꼬리는 살짝 올라갔다.

"근데 나는 만나주실 거 같은데."

"응?"

"나, 윤태구잖아."

며칠 뒤, 윤태구와 그의 소속사 몇몇 배우들이 봉사활동에 나섰다. 약 3일간 TPDD 환자들과 그들의 보호자들을 방문하여 이 병에 대해 알리고 필요한 물품을 지원하는 행사였다. TPDD는 매우 희귀한 질환이라 환자들을 찾는 것부터가 쉽지 않았지만, 윤태구의 소속사는 그걸 해냈다. 이때는 김서연의 임신 17주 차였다.

윤태구와 소속사 배우들은 전국을 돌며 첫째 날에만 세 명의 TPDD 환자와 보호자를 만났다. 그리고 둘째 날, 이들의 진정한 목적이 수행되었다.

"감사합니다. 여기까지 찾아와주셔서…. 저는 아이가 없는데도…."

윤태구와 배우들에게 머리 숙여 인사하는 그녀는 광개토대학교병원 희귀유전질환 병동 508호에서 17세 여성 TPDD 환자를 보호하던 보호자였다.

"꼭 뵙고 싶었습니다."

"그런데 어쩌다 이 질환에 관심을…. 희귀질환이라 존재 자체를 모르는 사람이 대부분인데…."

"제 아내가 이 질환을 연구하고 있거든요."

"네?"

그녀는 당황한 기색이었다.

"혹시 그러면…."

"김서연 선생. 맞습니다."

"아…."

김서연의 이름이 들려오자 배우들은 슬며시 자리를 벗어났다.

"혹시…. 한 번만 만나주실 수 있을까요?"

"아니…."

윤태구는 잔뜩 긴장하며 말했지만, 생각보다 거칠지 않은 그녀의 반응에 자신감을 얻었다.

"듣고 싶은 말씀이 있어서요."

"제가 어떤 말을 해드리겠어요…. 그냥 돌아가세요. 와주신 건 감사합니다."

"어머니께서만 해주실 수 있는 말씀이에요. 저희한테 꼭 필요한 말씀이고요."

"돌아가세요."

"저희가 임신을 했어요."

"축하드립니다. 돌아가세요."

그녀는 이제 등을 돌렸다.

"그런데 아기가 TPDD래요."

윤태구는 덤덤히 이 말을 전하며 한 장의 서류를 그녀에게 보여줬다. 그녀는 윤태구의 얼굴과 그가 내민 서류를 바라봤다.

"꼭 한 번만 만나주세요. 지금 밖에 있습니다."

서류를 바라보는 그녀의 눈에 눈물이 고이기 시작했다. 그리고 잠시 후, 그녀의 허락하에 김서연이 들어왔다.

"우선, 죄송해요 어머니. 끝까지 못 가서."

김서연도 그녀와 함께 눈물을 흘렸다. 그렇게 한동안 무거운 침묵이 흘렀다.

"뭐가…. 궁금한 건데요…."

눈물을 그친 그녀의 첫 번째 음성엔 미세한 떨림이 있었다. 김서연은 그녀의 질문에 한참을 고민하다가 역시나 미세한 떨림이 있는 목소리로 말했다.

"분명 저처럼 아셨을 것 같아요…. 임신하셨을 때, 상미가 TPDD를…."

김서연은 끝내 말끝을 흐리고 말았다.

"아니요. 그땐 TPDD라는 말이 없었어요. 그냥 유전질환이 있다고만 들었고…."

"그래도 낳으신 이유가 있으셨을 텐데, 그게 뭔지 궁금했어요. 어떤 마음이셨는지…."

"어떤 마음…. 후우…."

그녀는 천장을 바라보며 한숨을 내쉬었다.

"낳은 이유…. 솔직히 말해도 되나요?"

"네…."

"낳기 싫었어요."

그녀의 대답은 이 작은 거실을 또다시 침묵으로 몰아넣었다.

"그런데 왜 낳았냐…. 법이 낳으래서요."

"법이요?"

"당시에 TPDD는 알려지지 않았다고 말씀드렸죠?"

"네…."

"지금은 모르겠지만, 당시 법엔 낙태 가능한 질환들이 딱 정해져 있었어요. 여섯 개인가…. 당연히 TPDD는 그 안에 속하지도 않았죠. 아마 지금은 바뀌었을 거예요. 요즘은 애기들이 조금만 이상해도…. 다들…."

"아…."

의외의 대답을 들은 김서연은 오히려 차분해졌다. 모성애와 관련된 이야기가 나올 줄 알았는데 법이 그 자리를 차지하고 있을 줄은 전혀 예상치 못한 것이다.

그 후에도 그녀는 상미라는 아이를 키우며 얼마나 힘들었는지,

TPDD 치료제 임상자를 모집한다는 소식을 들었을 때 얼마나 기뻤는지 대한 이야기를 늘어놓았다.

두 번째로 만난 여성도 508호에 있던 보호자였다.

"내 자식이잖아요. 유전자가 하나 이상해도 내 자식인데 어떻게 안 낳겠습니까."

그녀의 대답은 김서연이 기대했던 모성애와 관련된 이야기였다.

"선생님은 어쩌시려고요."

"모르겠습니다…."

낳은 이유는 달랐지만 두 번째 보호자 역시 첫 번째 보호자처럼 키우면서 너무나 힘들었다는 이야기를 늘어놓았다. 행복했던 순간보다 비참했던 순간들이 더 많았다고.

"지금에서야…. 행복했던 순간들이 종종 떠오르긴 하지만, 당시엔 그런 생각할 겨를이 없었어요. 내 선택이니까 감수했던 거지."

김서연은 차마 그녀의 눈을 마주치지 못했다. 그저 두 귀만 열고 그녀의 진심을 가슴 깊이 새겨넣을 뿐이었다.

"그래도 임상시험 덕분에…."

두 번째 보호자는 말을 끝까지 매듭짓지 않았다. 그러나 김서연은 그녀의 마음이 어떤 것인지 알고 있었다.

세 번째 여성은 7세 남자아이의 보호자였다. 비교적 젊은 나이로 보이는 그녀 역시 낳은 이유는 달랐다.

"하나님이 주신 선물을 어떻게 외면하겠어요."

종교적인 이유였다.

"그건 씻을 수 없는 죄예요."

"아, 네…."

"선생님도 절대로 아이 보내지 마세요. 낳아서 키우세요. 그게 하나님이 선생님께 주신 사명입니다."

김서연은 따로 대답은 하지 않았다.

"키우실 때는 어떠셨어요?"

"나는 그래도 우리 교회 성도들이 많이 도와줬어요. 우리 목사님이 특별히 신경 써주셔서 물품도 지원해 주시고 간병인도 보내주시고 얼마나 좋았는데. 저도 남편도 크게 힘들지 않았어요."

"아….''

세 번째 보호자는 의외로 명랑했다. 병원에서 눈물을 쏟았던 사람처럼 보이진 않았다. 그러나 김서연은 보고 말았다. 종종 떨려오는 그녀의 광대 근육들을. 그녀는 사실 덤덤한 척하고 있는 것이었다.

"그래서 저는 제가 죽어도 걱정되지 않았어요."

"죽다뇨?"

"이 세상 모든 장애아동 부모의 가장 큰 공포가 뭔지 아세요? 아이가 죽는 거? 아니에요. 부모가 먼저 죽는 거예요. 그러면 내 아이를 봐줄 사람이 없으니까. 이 상태로 어떻게 혼자…."

세 번째 보호자는 울컥했다. 명랑했던 모습을 보인 바로 전과는 사뭇 달랐다.

"아무튼…. 그래도 저는 교회 성도들이 계시니까 두려울 게 없었어요. 그런 의미에서…. 두 분, 교회 다니세요?"

"아…. 네….''

김서연은 윤태구의 눈을 바라보며 고개를 끄덕거렸다. 그러자 윤태구도 격하게 고개를 끄덕거렸다.

"집 앞에 있는 작은 교회 나가요. 성…. 도 교회. 성도교회요."

"그래요? 이름 좋네요."

김서연은 자기도 모르게 거짓말을 했다.

"신앙이 있으신 분이셨구나…. 이런 줄 알았으면 병원에 계실 때 말씀도 나누고 할걸."

"아…. 네…."

"그런데, 이렇게 돌면서 다 만나시는 거예요? 보호자들?"

"네. 한 분씩 말씀 들어보고 싶어서요."

"그 언니만 남았다고 했죠? 재현이 어머니."

"네…."

"근데 그분은…."

세 번째 보호자는 무언가 골똘히 생각했다.

"왜 그러세요?"

"저야 이렇게 윤태구 배우가 찾아와준 게 너무 고맙긴 한데…. 물론 선생님도…. 그런데…. 못 만나실 거 같은데…."

"저한테 많이 화가 많이 나셨을까요?"

"그 언니는 그것도 그렇고…."

말끝을 흐린 세 번째 보호자는 휴대전화를 꺼냈다. 그리곤 그 안에 있는 어떤 사진을 보여줬다.

"이게 그 언니 최근 프로필이에요. 벌써 유럽 여행을 갔더라고. 남편이랑. 돈도 많은가 봐."

사진 속 그녀는 스페인으로 보이는 곳에서 두 팔을 벌리며 활짝 웃고 있었다. 마치 '해방이다'라고 외치는 듯한 모습이었다.

"지금 한국에 없을 거예요, 아마."

세 번째 보호자와의 만남도 종료되었다. 동시에 3일간의 봉사활동도 마무리되었다. 원래는 재현이 엄마와의 만남을 계획했었지만 실제로 그녀는 한국에 없었다.

"어때? 마음이."

집으로 돌아가는 차 안, 운전석에 앉은 윤태구가 조수석에 앉은 김서연에게 물었다. 김서연은 여전히 주위를 둘러보는 버릇이 남아있었지만, 그전만큼 심하진 않았다.

"모르겠어."

"아직 시간이 더 필요하겠네?"

"응…."

"그래."

"그런데 확실한 건…. 어떤 이유에서 낳으셨든…. 현실적으로는 힘든 삶을 사셨다는 거잖아…."

"그렇지."

"그런데 만약에 내가 낳는다면…. 나는 그걸 감당할 수 있을까?"

윤태구는 아무 말도 하지 못했다.

"정말로 교수님 말씀대로 사람들이 날 비난할까? 나는 그저 내 아들을 살리기 위해 해오던 걸 계속하는 것뿐인데."

그런데 그때.

- 위이이이잉!

김서연의 휴대전화가 울렸다. 임지윤이었다.

"야! 너…."

『언니!』

"왜 이렇게 연락이 안 되는 거야? 얼마나 걱정했는지 알아?"

『말씀드렸잖아요. 당분간 연락 안 될 수도 있다고!』

"그래도 그렇지…."

『언니 말대로 미행 붙고 그럴 수도 있으니까 철저하게 대비한 거예요. 근데 며칠간 조사해 본 결과, 아무도 안 쫓아 오더라고요. 그래서 다시 연락드렸고.』

"그래?"

『네. 제가 뒤통수에도 카메라 달아놓고 영상 찍었는데, 없어요. 아무튼, 너무 걱정 마시고, 오랜만에 신기한 소식 하나 있어요. 이거 말하고 싶어서 내가 얼마나 입이 근질거렸는데요.』

"뭔데?"

『재현이 엄마 아시죠?』

"당연히 알지."

『저 봤어요.』

"어?"

『지난번에 치니코프 사람이랑 만나는 거.』

김서연과 윤태구의 두 눈이 동시에 휘둥그레졌다.

『아, 진짜 저 기자해도 될 거 같아요. 이거 너무 재밌어요.』

"재현이 엄마가…?"

『물론 증거가 나온 건 아니지만 정황상 재현이 엄마가 치니코프의 사주를 받고 뭔가를….』

"설마…."

『곧 증거도 나올 거예요. 제가 KIST(Korea Institute of Science and Technology, 한국과학기술연구원)에 있는 친구한테 혈액 분석 맡겼어요. 세부적으로 분석하려면 의뢰자가 많이 알아야 한다고 해서 그거 공부하느라 또 시간 엄청 잡아먹었거든요. 그 덕분에 저 약사 다 됐어요. 진짜 왜 고3 때 이렇게 공부 안 했을까…. 아무튼 언니. 조금만 기다려요.』

"고마워…. 지윤아."

"지윤 씨, 저예요. 고마워요!"

윤태구도 큰 소리로 말했다.

『그렇게 고마우시면 밥이나 한번…. 그…. 김수혁 배우랑 친하시다고….』

"아! 수혁이 형님, 잘 알죠. 제가 좋은 곳으로 모실게요. 형님이랑 같이."

『감사합니다!』

"지윤아 그래도 조심해. 너무 무리하지 말고."

『걱정 마시라니까요!』

– 뚝.

그렇게 전화는 끊겼다.

"재현이 엄마가…. 정말일까?"

"글쎄…."

두 사람은 차 안에서 대화를 이어갔다.

"이해가 잘…."

"아까 봤던 사진이 정말 진심인 걸까?"

"두 팔 벌리고 있던 사진?"

"응."

윤태구는 아무 말 없이 고개를 저었다.

"그래도 속이 좀 시원한 느낌이야. 지윤이가 안전하다니까."

임지윤과의 통화 이후로 김서연은 고개를 돌려 주변을 살피지 않앉다. 대신 김서연은 생각에 잠겼다. 깊은 호흡을 하는 그녀의 머릿속은 예전만큼 폭풍이 휘몰아치진 않았지만 흩어졌던 것들이 다시 제자리로 돌아가고 있는 분주함 정도는 있었다. 김서연은 그렇게 긴 침묵을 유지한 채 종종 깊은 호흡을 내쉬며 나름의 결론을 내렸다.

"오빠."

"응."

"나…. 재현이 엄마가 왜 두 팔 벌리고 사진 찍었는지 알 것 같아."

"뭔데?"

"공포가…. 사라진 거야."

"공포?"

"응. 재현이가 잘못될지도 모른다는 공포. 혹은 치료되지 않을지도 모른다는 공포. 어쩌면 '자기가 죽으면 이 아이는 어떻게 하나'라는 공포일 수도 있고…."

"그것 때문에 치니코프랑 나머지 임상 환자들을…."

"일단 그건 생각하지 말자. 그건 나중에 생각하더라도 재현이 엄마의 공포는 사라진 거잖아. 결론적으로."

"그렇긴 한데…. 그걸 의도적으로 끊어낸 거면…. 문제가 좀…."

"나…. 결심했어."

"정말?"

"응."

"애초에 결정했던 걸지도 몰라."

윤태구는 김서연의 대답을 기다렸다.

"나 김서연이란 인간은 무서운 게 많은 사람이야. 걱정도 많고, 생각도 많아. 그런데 TPDD는 복합적인 생각을 할 수 없는 질환이야.

한 가지 생각 한 가지 말밖에 못 하는 질환이고. 그런데 그 한 가지 생각은 주변 사람의 영향을 받아. 아니, 사실상 그게 절대적이지. 복합적인 생각을 하면서 스스로 판단할 수 없으니까."

"그래서…."

"그래서 단단이가 태어나면, 단단이는 평생 내가 고민하고 걱정하는 모습만 보면서 살 거야. 동시에 단단이도 그런 아이가 되겠지. 기쁨이 뭔지도 모른 채. 세 번째 분, 볼 떨리던 거 기억나? 누가 봐도 억지로 명랑한 척하신 거잖아. 단단이도 알 거야. 내가 억지로 웃는 모습을 보면. 결론적으로 나는 단단이한테 기쁨을 못 주는 사람이 될 거고. 이제 그걸 알았어."

"그러면…."

"보내주자. 단단이."

윤태구는 아무 말도 하지 않았다.

"그리고 오빠, 오빠가 며칠 전에 제멜제약 포기해도 된다고 했던 말 기억 나?"

"나지."

"그래도 돼?"

"나는 이젠 그랬으면 좋겠어. 그때 우린 절박했고 이젠 여유가 생겼잖아. 나도 다 끊어…. 냈고…."

윤태구는 눈을 깜빡거렸다.

"괜찮은 거 맞지?"

"맞아."

"치니코프는 어떻게 하려고?"

"나중에 지윤이가 증거 모아 오면 경찰에 신고하고 끝내지 뭐."

"진심이야?"

"응. 걱정 없이 살고 싶어. 최소한 당분간이라도."

윤태구는 입술을 쭉 내밀었다.

"그리고 학교로 가주라."

"학교는 왜?"

"교수님한테 말씀드리려고. 나 그만두겠다고."

두 사람은 그렇게 학교에 도착했다. 한 시간에 10,000원 하는 영실대학교 지하 주차장의 요금표를 보고 나서도 그리 기분 나빠하지 않았다. 어차피 오늘이 마지막일 테니 그런 것쯤은 웃으며 넘길 수 있었다. 김서연의 깊은 두 눈도 이제는 원래의 빛을 되찾았다. 그러나 그들의 웃음은 오래가지 못했다.

"뭐야…."

"왜?"

"저 사람…."

김서연은 손가락으로 지하 주차장 구석을 가리켰다. 그곳엔 프랑스에서 만난, 수염 자국이 선명한, 짧은 머리의 라틴계의 남자가 있었다.

4
그건 모르는 거야

"맞지…?"

"맞아…."

그 괴한은 차에 탑승해 출구로 빠져나갔다.

"지윤아!"

김서연은 임지윤에게 다시 전화했다.

『네, 언니.』

임지윤이 다시 전화를 받은 것은 김서연과 윤태구가 이제 막 나노생화학 연구실이 있는 건물에 도착해 계단을 오르기 시작한 때였다. 주변에 있던 학생들이 윤태구를 놀란 눈빛으로 바라봤지만, 그들은 전혀 개의치 않았다.

『왜 그래요, 언니?』

"오늘부터…. 당분간 집 나오지 마!"

『네!?』

"프랑스에서 만난 괴한! 학교에 왔었어!"

『정말이에요!?』

"정말이야!"

- 철컥.

어느덧 김서연은 5층 나노생화학 연구실에 도착해 철문을 열었다.

"하아…."

그곳은 이미 난장판이 되어있었다.

"털렸어."

『네?』

"우리 연구실 털렸어…."

김서연은 허탈하게 연구실 한가운데에서 주변을 바라봤다. 그리고 그곳에 있던 컴퓨터 하드디스크들이 모두 제거되어 있음을 발견했다.

"하드디스크가 전부 사라졌어."

『교수님은요?』

임지윤의 말에 윤태구는 빠르게 달렸다. 뒤늦게 김서연도 6층 교수의 연구실로 올라갔다.

"안 계셔."

윤태구는 교수의 방 앞에서 문고리를 잡고 돌리며 말했다. 김서연은 곧장 전화를 걸었다. 그러나 교수는 받지 않았다.

"어떡하지…."

이때, 김서연의 가슴은 쿵쾅거리기 시작했다. 호흡도 거칠어지며 다리에 힘을 잃고 윤태구 쪽으로 쓰러졌다.

"서연아!"

"무서워…."

김서연은 두 눈의 빛을 다시 잃었다.

"이거 뭐야…."

"왜?"

"주변 공기가 날 압박하는 거 같아! 이대로면 나 죽을지도 몰라!"

"진정해! 내가 있잖아!"

윤태구는 교수의 개인 연구실 앞에서 김서연을 꼭 끌어안아 줬다. 그러자 그 주변을 지나가던 사람들이 하나둘씩 그들을 바라보기 시작했으며 그 한두 명은 어느새 여러 명이 되었다.

"가주세요! 저희는 괜찮습니다."

윤태구의 목소리가 복도에 울리자 사람들은 웅성거렸다. 사람들이 그의 얼굴을 알아본 것이다. 그럴수록 김서연은 더욱 두려워했다.

"제발 가주세요! 여러분들이 모여계셔서 더 무서워하잖아요!"

윤태구는 겁에 질린 김서연의 얼굴을 보고 목소리를 높이지 않을 수 없었다. 사람들은 그제야 조금씩 그들의 주변을 떠나기 시작했다.

"무슨 일이야?"

이때, 빅터 우 교수가 떠나가는 인파를 뚫고 들어와 말했다.

"교수님…."

김서연은 그제야 안도감을 드러내며 두 남자와 함께 교수의 개인 연구실로 들어갔다.

"전화 안 받으시던데…."

윤태구가 불만 섞인 목소리로 말했다.

"그야…. 강의 중이었으니까요. 그런데 갑자기 무슨 일이에요?"

"그 남자 봤어요. 프랑스에서 만난 괴한."

"설마…."

"정말입니다. 지하 주차장에서 봤어요."

"그리고 5층 연구실도 털렸어요."

"뭐?"

"하드디스크가 다 사라졌어요, 교수님."

"무슨…!"

교수는 본능적으로 자신의 컴퓨터를 켰다. 그러나 그의 컴퓨터는 켜지지 않았다.

"없어…."

그의 컴퓨터에도 하드디스크가 없었다. 교수는 곧장 5층으로 내려간 뒤 하드디스크가 뽑혀있는 컴퓨터들을 허망하게 바라봤다.

잠시 후 경찰이 도착해 CCTV를 확보하고 주변을 살폈다. CCTV엔 역시나 그 괴한으로 보이는 사람이 5층과 6층 연구실의 문을 가볍게 따고 들어갔다가 나오는 모습이 담겨있었다.

"같이 가서 조서를 좀 써주셔야 할 것 같은데요."

그렇게 김서연과 윤태구 그리고 빅터 우는 경찰서에 도착해 한 시간 정도 조서를 꾸몄다. 이 과정에서 세 사람은 프랑스에서 있었던 일에 대해서는 말하지 않았다. 그랬다간 일이 더 커질 수 있었기 때문이다. 그들은 그저 모르는 사람이 알 수 없는 이유로 하드디스크를 가져간 것이라고만 설명했다.

경찰서를 빠져나온 세 사람은 교수의 차에 탑승했다. 김서연은 조수석에, 윤태구는 뒷좌석에.

"이게 도대체…."

운전대를 잡은 교수는 얼이 빠져있었다.

"사실 아까 강의 시작 전에 전화 한 통을 받았어."

"누구 전화요?"

"학교 산학협력단."

산학협력단은 학교 내의 모든 연구실을 관리하는 기관이다. 모든 연구 과제는 그들을 거쳐서, 그들이 만든 규정 안에서 진행해야 한다.

"거기가 왜요?"

"이런 경우는 드문데…. 임상, 다시 해보는 게 어떠냐는 제안을 하더라고. 자기네들이 도와줄 테니까."

"네!?"

"그래서 강의 끝나고 서연한테 연락하려고 했는데 일이 이렇게 돼 버렸네."

김서연은 다시 상념에 빠졌다. 불과 한 시간 전까지만 해도 그녀는 학교를 그만둘 생각이었다.

"그런데 하드디스크가 다 털리면 아무것도 못 하잖아…. 우리 기술 전부 다 뺏기는 거잖아…."

교수는 울먹이듯 말했다.

"그건 아닐 거예요. 교수님도 아시잖아요. 아무리 똑같은 레시피 쓴다고 해도 재현하는 데 시간이 꽤 오래 걸릴 거예요. 장비, 시약, 시약 회사, 심지어 몇 층에서 실험했는지도 영향을 주는 게 화학실험인데, 그렇게 단기간에 저희 거랑 똑같이 만들 수는 없을 거예요."

"그렇겠지…? 그래도 저놈들이 서연을 훔쳐 간 게 아니니까…."

교수는 조수석에 앉은 김서연을 슬쩍 바라봤다. 김서연도 그 의미가 무엇인지는 잘 알고 있었다. 다시 시작해 보자는 의미였다.

"그런데 교수님…."

"응."

"저 이제, 그만두려고요."

순간, 교수는 얼음이 됐다.

"저번엔 다시 해보자고 그랬잖아."

"저번엔 다시 못한다고 하셨죠."

"아니 그때는…."

"마음 정했어요. 죄송해요."

"지금 괴한까지 한국에 들어왔잖아. 우리 뭉쳐야 산다며. 그래야 우리 함부로 못 건드린다고."

"다른 일 하면서 그 사람들 심기를 안 건드리는 것도 살 수 있는 한 방법인 거 같아요."

교수의 차 안에 매우 이른 겨울이 찾아왔다. 이 겨울은 아무리 따듯한 히터로도 어루만질 수 없었다. 그렇게 고요한 몇 분이 지나, 교수의 차는 다시 학교로 들어왔고 김서연과 윤태구는 그의 차에서 내렸다.

"다시 생각해 볼 수 없겠어?"

"네. 죄송해요. 마음 굳혔어요."

"졸업은 어떻게 하고…. 제멜제약은…."

"그냥…. 다 안 하려고요."

교수는 더 이상 말이 없었다.

"나중에 다시 연락드릴게요. 조심히 가세요."

두 사람은 다시 지하 주차장에 있는 그들의 차로 돌아왔다.

"마음이 좀 어때?"

"시원해."

"그래. 그러면 됐어."

"근데…."

"응."

"나 전화 한 통만 해도 돼?"

"되지."

"지금 미국이 몇 시지?"

김서연은 어디론가 전화를 걸었다. 그리고 잠시 후, 남자의 목소리가 들려왔다.

『네, 루카스 리입니다.』

루카스 리와의 통화를 마친 김서연은 임신 19주 차의 어느 날, 품이 큰 깔끔한 옷을 입고 면접장으로 향했다. 제멜제약은 아니었다. 루카스 리는 바다 바이오라는 기업을 소개해 줬다. 물론 처음엔 외국계 중심으로 알아봐 주긴 했지만. 김서연은 잘 알고 있었다. 자기의 능력으로는 가지 못할 거라는 것을. 그래서 루카스 리도 직접 아는 것은 아니었지만 인맥을 동원해 겨우 이 기업을 찾게 되었다.

『여기도 상황이 좋진 않아요. 최근에 돼지 간을 사람한테 이식하는 임상 했다가 실패했대요. 주식 폭락하고 주주들 난동 부리고 그랬다는데…. 다행인 건, 사장이 돈이 많아서 망할 것 같진 않대요. 게다가 서연 씨 집이랑도 가깝고 셔틀버스도 있으면서 사내 보안도 잘 돼 있나 봐요. 그래서 그 프랑스 괴한으로부터 그나마 좀 안전하지 않을까 생각했어요. 그놈도 이걸 알면 조금 따라다니다가 포기할 거예요. 일단 부담 갖지 말고 다녀와 봐요.』

김서연은 루카스 리의 말을 떠올리며 어느 공업단지에 있는 건물로 들어갔다. 첫인상은 나쁘지 않았다. 공장 형태의 조립식 건물이었지만 나름 대리석 바닥의 로비도 있었고 엘리베이터와 화장실도 깨끗했다. 김서연은 만족스러운 입꼬리로 주변을 둘러보며 약속장소인 사장실의 문을 두드렸다.

"네."

그러자 중년 여성의 목소리가 들려왔고 김서연은 문을 열었다.

"안녕하세요."

"김서연 씨?"

"네, 맞습니다."

"들어오세요."

사장실은 그리 넓지 않았다. 벽면에 있는 서재와 창가 구석에 있는 책상 하나 그리고 이 공간 중앙에 있는 대형 원탁 테이블이 다였다.

"여기 앉으세요."

김서연과 사장은 원탁 테이블에 앉았다. 깔끔한 정장을 입고 있는 사장은 짧은 단발머리에 50대 초반으로 보이는 깡마른 여성이었다.

"어서 와요."

사장은 생긋 웃으며 김서연을 반겼다. 그녀는 따듯했다.

"김수경이에요."

"감사합니다."

두 사람은 앉아서 대화를 시작했다. 주로 자기들의 실패에 관한 일들을 쓴웃음 지으며 나눴는데, 오히려 이 부분이 그들의 거리를 매우 좁혀줬다.

"그런데 마지막으로 질문 하나 해도 되나요?"

김수경 사장은 웃는 얼굴로 김서연에게 물었다.

"네. 그럼요."

"이거 중요한 거라서 그래요."

"네. 괜찮습니다."

"그 아기…. 낳을 거예요?"

김서연은 당황스러워했다. 그녀와의 대화 중에 임신 얘기는 한 적 없었기 때문이다. 그러나 김수경은 단번에 알아봤다.

"아….."

"서연 씨 사람 좋아 보이는 건 맞는데, 아기 낳으면 또 출산휴가 가야 하잖아요."

김수경 사장은 여전히 웃는 얼굴이었지만 김서연은 오히려 그녀의 그런 모습에 섬뜩한 느낌마저 받았다.

"와서 봤겠지만 우리는 대기업이 아니에요. 대기업이야 한두 명 출산휴가 간다고 해서 휘청거리지 않지만 우리는 달라요. 한 명 한 명이 기둥이에요. 이 회사는."

그러나 이내 김서연은 오히려 솔직한 그녀의 모습에 일종의 카리스마를 느끼며 고개를 끄덕였다. 충분히 그녀의 말을 이해한다는 뜻이었다.

"곧 보내줄 예정입니다."

"어?"

김수경 사장은 두 눈을 동그랗게 뜨고 김서연을 응시했다.

"사실…."

"아니. 됐어요."

"네?"

김수경은 다시 웃는 얼굴로 돌아와 김서연의 말을 막았다.

"말 안 해도 돼요. 사정이 있겠지. 솔직히 난 서연 씨 같은 사람 필요해요. 대학원에서 7년 넘게 버틴 끈기 있는 사람. 한 가지 일을 열정적으로 해본 경험이 있는 사람. 그리고 무엇보다 실패한 경험이 있는 사람. 바이오 지식은 다시 배우면 돼요. 그런데…. 출산휴가 가서 애써 뽑아놓은 좋은 사람을 다시 잃고 싶지가 않기도 해요. 그러니 서연 씨가 선택해 줘요. 처음 보는 남 앞에서 아기 보내줄 예정이라고 말하는 사람이라면 깊은 사정이 있을 거고…. 고민도 많을 텐데, 실제로 그 일이 일어나면 다시 연락 주고. 만약 아이와 함께 살기로 한다면…. 그때는 그 아기 어린이집 보낼 때쯤 다시 연락 줘요."

"아…. 네."

김서연은 김수경에게 반했다. 바다 바이오를 나온 뒤, 김서연은 남편에게 문자를 남겼다.

「오빠, 우리 병원 가자. 최대한 빨리.」

임신 20주 차, 이른 아침부터 김서연은 윤태구의 차를 타고 산부인과로 향했다. 이런 면에서 윤태구는 거리낌이 없었다. 남들의 시선과는 상관없이 김서연과의 자유를 만끽하는 인간이었다.

– 위이이잉.

이때, 김서연의 휴대전화가 진동했다.

"또 교수님이네…."

"오늘만 벌써 몇 번째야."

"열 번째…?"

"이 정도까지 교수님이 집착했던 적이 있었어?"

"없었지…. 받아야 하나…."

"받아 봐. 어차피 서연이는 결심한 거니까."

김서연은 오랜 고민 끝에 교수의 전화를 받았다.

"네, 교수님."

『서연! 잘 들어!』

교수는 왜 전화를 받지 않았냐는 투정을 부리지 않았다. 오히려 그의 목소리는 매우 긍정적으로 상기되어 있었다.

『산학협력단에서 직접 나서서 임상 대상자 찾고 있는데, 곧 싸인할 거 같대!』

"네? 어떻게요? 불과 얼마 전에 우리 임상 실패해서…."

『다 안대. 다 알고 있는데, 산학에서 끈질기게 설득했나 봐!』

김서연은 윤태구와 잠시 눈이 마주쳤다. 그러고는 꽤 긴 시간 동안 침묵을 지켰다.

『서연? 거기 있지?』

"네, 교수님."

『우리 진짜 다시 시작해 보자.』

"교수님…."

『그래!』

"식약처장이 저렇게 살아있는데…."

『식약처장도 곧 잘린대! 아마 이따 오후에 발표될 거야! 이르면 점심 전에!』

"그게 무슨…."

『다시 하자!』

김서연의 고민은 다시 시작됐다.

『고민 중이구나. 그러면 내가 그 고민 끝낼 수 있는 얘기 하나 더 해줄게.』

"뭔데요…?"

『임상 파트너.』

"무궁화학이요?"

『아니. 산학협력단에서 무궁화학은 제외시켰어.』

"그럼요?"

『제멜제약.』

"네!?"

김서연은 자기도 모르게 괴성을 질러냈다.

"제멜제약이 왜…."

『물론 아직 확정된 건 아니야. 그래서 제멜제약이랑 이따가 점심 전에 미팅하기로 했거든? 그러니까 제발 와 줄 수 있겠어? 산학에서 엄청 노력했나 봐. 이 자리 만든다고.』

"교수님…. 그런데 저…."

『제멜제약이야! 제멜제약! 서연이 그렇게 가고 싶어 했던 제멜제약!』

"교수님…. 일단…. 제가 혼란스러워서…. 조금만 시간을 좀…."

『알겠어! 30분이면 되지? 이따가 다시…. 아니, 그냥 와! 학교로! 제멜제약이라니까?』

"한번…. 고민해 볼게요."

그렇게 두 사람의 전화는 끊겼다. 이제야 정리가 마무리된 김서연의 머릿속에 다시 한번 폭풍이 몰아쳤다. 윤태구는 근처를 둘러보다가 공원이 있는 것을 발견하고 그곳 주차장에 차를 세웠다.

"이거…. 뭘까. 갑자기 왜…."

"인생이 원래 그런 거라지만, 조금 당황스럽긴 하네."

"오빠는 어떻게 생각해?"

"글쎄."

"만약에 이거 잘 되면 제멜제약 들어갈 수 있어. 아니, 굳이 성공하지 않고 가능성만 보여줘도 특채로 입사할 수 있어. 그러면⋯."

"그러면 전쟁이 다시 시작되는 거지."

"그렇지⋯."

두 사람은 말없이 하늘을 바라봤다. 이제 10월로 접어든 아침 하늘의 색은 그야말로 거침없이 푸르렀다.

"구름 없이 뻥 뚫려있으니까 속은 시원하네."

김서연은 작은 소리로 읊조렸다.

"그런데 좀 이상하지 않아?"

"뭐가?"

"마치 누군가 구름을 일부러 없애버린 것 같잖아."

윤태구의 말투엔 근심이 담겨있었다.

"무슨 말이야?"

"너무 갑작스러워. 모든 게."

"풀어서 말해봐."

"보이지 않는 존재가 우리 머릿속에 들어와서 자꾸 흔들어 놓는 거 같아. 그래⋯. 그 세포막."

"세포막이 왜?"

"약물이 세포막 안에 들어가려면, 그⋯. 무슨 껍질로 감싸서 침투시키거나⋯."

"리포솜?"

"맞아, 그거. 그리고 무슨⋯. 법 써서 세포막을 아예 뚫고 침투시키거나….”

"그건 천공법."

"그래 그거…. 지금이 마치 그런 상황인 거 같아. 보이지 않는 존재가 서연이한테 임상을 시키려고 세포막을 다 허 물어버린 느낌….”

"그러면 침투할 일만 남았네."

"근데 그게 좋은 일일까? 이미 편하게 살려고 마음먹은 우리가 다시 그 전쟁터 같은 세포막 안으로 들어가는 게."

윤태구의 말에 김서연의 생각은 더욱 깊어졌다.

"그러면…."

"그것도 싫어."

윤태구는 대답부터 던졌다. 윤태구는 이미 알고 있었다. 김서연의 마음이 흔들리고 있다는 것을.

"들어는 볼 수 있잖아. 무슨 말 하는지."

"나는 싫어."

"왜….”

"그냥 편하게 살 수 있잖아. 하나 선택해서 그냥 그대로 밀고 나가면서 살아도 되잖아."

심지어 윤태구의 톤은 평소답지 않게 많이 올라가 있었다. 그러나 김서연도 지지 않았다.

"만약 편하게 사는 게 틀린 길이면?"

"인생 사는데 틀린 길이 어딨어."

"그건 모르는 거야."

"모르니까 편하게 가자는 거잖아. 그게 훨씬 더 효율적인 삶 아니야? 실험할 때야 비용 아껴야 하니까 그럴 수 있다고 쳐도, 우리는 지금 인생을 사는 거잖아."

"시간도 비용이야 오빠."

"아, 그래. 다 좋아, 좋은데…."

윤태구는 숨을 크게 들이마셨다.

"이제는 조금 단순하게 살면 안 될까?"

"오빠."

김서연은 낮고 칼 같은 목소리로 말했다. 그리곤 입술을 꾹 다문 채 한참 동안 말이 없었다. 그녀는 지금 윤태구가 제멜제약에게 당한 일들부터 시작해서 자신이 TPDD 임상을 진행하며 어떻게든 제멜제약에게 복수하려 했던, 그 힘들었던 과거에 대해 말하고 싶었다. 다른 사람 같았다면 그녀는 이런 모든 것들을 통합해 이렇게 말했을 것이다. '내가 지금 누구 때문에 이렇게 사는데?'라고. 그러나 그녀는 그렇게 말하지 않았다. 대신 다소 뜬금없는 말을 내뱉었다.

"원래 진실은 복잡한 법이잖아."

윤태구는 그녀가 이렇게 말할 것도 알고 있었다. 그래서 더 이상의 논쟁은 이어가지 않았다.

"아직 4주 남았어. 단단이 보내기로 한 마음은 절대로 변하지 않아. 제멜제약이 어쩌고 해도."

"그게 중요한 게 아니라…."

"그것도 중요한 거 알아. 그러니까 적어도 그 부분은 걱정하지 말라는 거야. 제멜제약도 내가 알아서 할 수 있어."

"서연아…."

"일단 나는 학교로 가 볼게. 오빠는 집에 가서 대본 조금 더 봐. 이번 신작 중요하다며."

그렇게 김서연은 윤태구의 차에서 택시로 갈아탔다.
"영실대학교 가주세요."

두 시간 뒤, 김서연과 빅터 우는 영실대학교에서 가장 좋은 건물 20층 꼭대기에 있는 산학협력단 회의실에 들어갔다. 단지 회의실일 뿐인데 창문 틈으로 학교 전경이 모두 보였다. 곧이어 산학협력단 측 두 명, 제멜제약 측 두 명, 이렇게 총 여섯 명이 모였다.
"화공과 빅터 우 교수입니다."
"화공과 박사과정 김서연입니다."
"산학협력단 기택근 부장입니다."
50대로 보이는 기택근 부장은 체구가 꽤 컸다. 그래서인지 푸근한 느낌이 들었다.
"산학협력단 김철호 대리입니다."
반면 20대로 보이는 김철호 대리는 매우 마른 몸을 가지고 있었다. 목소리도 작았다.
"제멜제약 기획팀 원진주 차장입니다."
원진주 차장, 40대처럼 보이는 그녀는 깔끔한 정장을 입고 있어서인지 바다 바이오 김수경 사장 같은 아우라가 느껴졌다. 약간의 차이가 있다면 전체적인 분위기를 차갑게 만들어주는 반 뿔테가 인상적이라는 것이었다.
"제멜제약 선행약물 개발팀 차석진 책임 연구원입니다."
50대 초반으로 보이는 차석진 책임 연구원은 눈빛이 흐리멍덩했다. 옷도 그저 청바지에 체크무늬 남방을 입고 왔다.
김서연은 차석진을 보자마자 침을 삼켰다. 터질 것만 같은 심장을 애써 억누르기도 했다. 차석진은 제멜제약 마약성 진통제 임상을 주도한 인물이었다. 법정에서도 몇 번 본 적이 있었다. 김서연은 그가 이 자리에 나올 줄은 상상도 못 했다. 당연히 잘리거나 다른 곳으로 가 있을 줄 알았기 때문이다. 그러나 다행인 것은 차석진은 김서연을 알아보지 못했다는 것이다.

"학교가 좋네요."

차석진 책임은 하늘과 땅이 모두 다 보이는, 뻥 뚫린 회의실 창문을 바라보며 말했다.

"저도 요새 많이 느낍니다. 학교가 참 좋아요."

기택근 부장도 넉살 좋은 웃음소리를 내며 차석진 책임의 비위를 맞춰줬다.

"우선…. 대략적인 이야기는 기 부장님 통해서 들었습니다. TPDD가 뭔지부터 시작해서 임상에 실패하신 것까지."

그러나 원진주 차장은 그녀가 쓴 안경만큼이나 날카로웠다.

"초대해 주셨으니까, 단도직입적으로 말씀드리죠. 얼마 전에 두 분께서 계시는 연구실에 도둑이 들었다는 얘기를 들었어요. 하드디스크만 딱 털어갔다죠? 그 안에 모든 데이터와 자료가 다 담겨있을 텐데, 임상을 어떻게 다시 시작하실 계획인가요?"

"그 부분은…."

빅터 우 교수가 먼저 입을 뗐다.

"너무 걱정 안 하셔도 됩니다. 물론 그 안에 많은 자료가 있긴 하지만, 임상과 관련된 데이터는 저희 김서연 연구원 머릿속에 모두 들어있거든요. 그래서 지금 한창 복구 작업 중입니다. 그렇죠?"

빅터 우는 김서연의 얼굴을 바라보며 말했다.

"그러면 샘플 제작도 가능한가요?"

차석진 책임은 둥글둥글한 말투로 물었다.

"네. 가능합니다."

김서연은 차석진의 눈을 보며 말했다. 차석진은 고개를 끄덕였다.

"말씀드린 것처럼 저희 산학협력단에도 자료가 남아있을 겁니다. 그 부분은 걱정하지 않으셔도 됩니다."

이번엔 원진주와 차석진이 서로의 눈을 보며 끄덕였다. 그러다가 원진주가 다시 말을 시작했다.

"이왕 솔직해진 김에 더 솔직해지죠. 아시겠지만 저희 제멜제약은 윤리경영을 바탕으로 세워진 회사입니다."

원진주의 말에 김서연은 끓어오르는 무언가를 느꼈지만, 재빨리 뚜껑을 닫고 그것을 감췄다.

"만약 저희가 함께 이 TPDD 치료제 개발에 뛰어든다면, 그건 기업 CSR(Corporate Social Responsibility, 기업의 사회적 책임) 차원에서 함께 하는 거라고 생각하시면 될 거예요."

"CSR 차원이라면…."

빅터 우 교수는 이해가 잘 안된다는 듯 다시 물었다.

"다른 치료제 개발처럼 '완성'에 집중하는 것보다는 이 행위에 대한 홍보에 더 집중할 거라는 얘기죠."

"다른 말로 하면 회사 차원에서 나가는 연구비는 거의 없을 거라는 얘기고요."

원진주의 말을 차석진이 웃으며 부연했다. 이때 김서연은 차석진의 웃음을 보며 깊은 분노를 느꼈다.

"그래도 너무 걱정은 마세요. 돈 안 들어가는 지식 전수나 뭐 그런 건 얼마든 해드릴 수 있으니까. 예를 들면 왜 갑자기 네 명의 임상 대상자가 일주일 전 상처가 아물지 않고 거의 동시에 돌아가셨는지….”

"아세요?"

김서연이 두 눈을 동그랗게 뜨고 물어봤다.

"지금은 모르고, 조사해 봐야죠. 그래서 샘플을 좀 받아보고 싶다고 말씀드린 거였어요. 그거 분석하면 나올 거 같아서. 혹시 언제까지 가능하세요?"

차석진은 여전히 흐리멍덩한 눈빛으로 웃고 있었다.

"오늘 바로 돌려서 이상 없으면 그다음 날 드릴 수 있습니다."

"삼일이네요?"

"이틀이죠."

김서연과 차석진 사이에 미묘한 스파크가 튀었다. 김서연도 모르게 세운 가시였다. 그러나 그녀는 곧장 꼬리를 내렸다. 지금 이 시점에서 차석진의 미움을 사면 더 가까이 접근할 기회가 사라질 수 있기 때문이다. 그는 그녀가 언젠가 잡아야 할 목표인 것은 맞지만, 지금 이런 방식으로 기회를 날릴 수는 없었다.

"네, 그러면 저는 하고 싶은 말 다 했습니다."

차석진은 원진주를 보며 말했다.

"저도 뭐…. 산학협력단 분들은….”

"저희도 최선을 다해서 돕겠습니다."

"그러면 끝난 거 같네요."

그렇게 회의는 끝났다. 김서연도 이렇게까지 짧을 줄은 생각하지 못했다.

"저희도 잠깐 얘기하시죠."

제멜제약 사람들을 보낸 뒤, 기택근 부장이 빅터 우와 김서연을 붙잡았다.

"이거 저희가 되게 어렵게 성사시킨 기회인 거 아시죠? 총장님도 관심 갖고 계신 거예요."

"총장님이 왜요?"

김서연은 당돌하게 물었다.

"제멜제약이잖아요. 거기에 이거 성공시키면 우리 학교에도 약대 하나 만들 명분이 생기는 거예요. 더 나가면 제멜제약이랑 협력해서 우리학교 학생들, 산학장학생으로 취업도 시킬 수 있고요. 서연 씨가 그 1호 될 수 있다니까요?"

김서연보다 기택근이 더 설레는 듯 말했다.

"그러니까, 우선은…."

기택근의 이야기는 뻔했다. 이제부터 빅터 우 교수와 김서연은 영실대학교의 대표가 되었고 대표를 맡은 만큼 최선을 다해달라는 얘기와 제멜제약 측에서 요구하는 건 다 해주라는 얘기였다.

"그런데 협약은요?"

"네?"

"협약을 맺고 뭔가 시작해야 하는 거 아닌가요? 아까 저분들 계실 때 제가 미처 생각하지 못했는데…."

"아…. 그 부분은 제가 논의를 드려봤어요. 그런데 일단 그분들도 저희를 완전히 믿는 건 아니어서…."

기택근은 웃는 얼굴로 많은 이야기들을 쏟아냈다. 역시나 실속 있는 얘기는 거의 없었다. 요약하자면 제멜제약 측 계획에 반대하거나 의문을 갖는 일은 하지 말아 달라는 것이었다.

김서연은 의문을 갖지 말아 달라는 표현에서 기분이 매우 나빴다. 그러나 당시엔 표현하지 않았고 빅터 우 교수의 개인 연구실에 가서 그와 단둘이 있을 때 풀어냈다.

"말이 된다고 생각하세요? 의문을 갖지 말라니…."

"어쨌든 그쪽이 우리보다 더 전문적인 건 맞으니까…."

"그래도 그렇죠. 이건 우리를 너무 무시하는 거잖아요."

"원래 대기업들은 다 그래. 알고 있었잖아. 제멜제약 기업문화."

"그래도…."

"서연."

"네."

빅터 우는 인자한 미소를 지었다.

"앞으로 서연이 가서 근무하게 될 회사야. 그러니까 너무 안 좋게 생각하지 마."

김서연의 머릿속은 여전히 복잡했다. 일단 샘플을 만들 수 있다는 말을 하긴 했고 실제로도 할 수 있었지만, 상대가 차석진인 상태에서 과연 이것을 진행하는 게 맞는지에 대한 의문이 있었기 때문이다.

김서연은 다시 머릿속을 정리하기 시작했다. 바다 바이오라는 안정성을 선택할 것이냐, 제멜제약이라는 불안정성을 선택할 것이냐. 일단 이것부터 해결해야 했다.

"그런데 지윤이는 요즘 뭐 하나…. 연락이 없어 애가. 설마 휴학한 건 아니겠지?"

"제가 당분간 잠수 타라고 했어요. 어쩌면 휴학했을지도 몰라요."

"왜?"

"왜긴요. 프랑스 괴한이 아직 돌아다니고 있을지 모르는데…."

"아…. 그놈의 앙투앙 드마르크…. 도대체 무슨 말을 했길래…. 어쨌든, 서연."

"네."

"같이 할 거지?"

- 위이이잉.

이때, 교수의 휴대전화가 진동했다.

"네, 빅터 우입니다."

『교수님, 기사 떴어요.』

"아, 네. 확인할게요."

전화를 끊은 빅터 우는 곧장 휴대전화로 검색을 시작했다. 그리고 그 결과를 김서연에게 보여줬다.

"정말이지? 식약처장."

식약처장 사퇴 기사였다. 이유는 알 수 없었지만 어쨌든 가장 거대한 장벽 하나가 무너진 셈이었다.

"같이 하자, 서연. 지난번에 우리가 했던 말은 다 잊고."

김서연은 약간의 시간을 갖고 고민하다가 결론을 내렸다.

"네, 할게요."

한바탕 폭풍이 몰아친 그녀의 머릿속에서 내린 결론은 결국 제멜제약이었다. 그녀 자신의 명예를 위해서가 아닌 남편의 복수, 더 나아가서는 차석진과 제멜제약에 대한 분노였다. 거기에 이 임상을 성공하게 되면 치니코프에 대한 복수도 할 수 있었다. 결국, 김서연은 어떤 대가를 치르더라도 자신이 선하다고 생각하는 일을 행하는 사람이었다.

이틀 뒤, 김서연은 산부인과에 가는 것을 한 주 더 미루고 서울 도심 한복판에 있는 15층짜리 제멜제약 건물에 도착했다. 이틀간 만든 TPDD 치료제 샘플과 성분 분석표도 스티로폼 박스에 넣어왔다. 비록 컴퓨터 하드디스크는 사라졌을지라도 김서연의 머릿속에 모든 제작 과정이 생생히 들어있었다.

"선행약물 개발팀 차석진 책임 연구원님 뵈러 왔습니다."

"네, 잠시만요."

제멜제약의 건물 내부는 마치 최고급 호텔처럼 화려했다. 업계 국내 1위 기업다운 웅장함이었다. 옅은 석양빛 조명이 내리쬐는 로비는 평온한 느낌을 주어서 그런지 돌아다니는 사람들이 아무리 많아도 바쁘다는 느낌이 들지 않았고 조명색과 잘 어울리는 목조벽면은 보기만 해도 마치 숲에 들어온 것처럼 건강해지는 느낌이었다.

김서연은 현재 이 인공 숲 한가운데에 있는 데스크에서 정장을 잘 차려입은 사람과 대화를 나누는 중이었다.

"방문자등록은 되어 있으신데, 지금 차석진 책임님이 출장 중이시네요."

"출장이요? 오늘 만나기로 했는데. 오전 11시."

"네. 지금 그렇게 등록은 되어 있으신데요, 차석진 책임님이…."

"혼자선 못 들어가는 거죠?"

"네. 혼자선 불가하십니다. 방문자는 항상 동행자와 함께 움직이셔야 합니다. 전화 한 번 해보시겠어요?"

"네."

김서연은 불쾌했지만, 그것을 굳이 표현하지 않았다. 이 정장 입은 사람은 죄가 없었다.

"네, 책임님. 저 영실대학교 김서연입니다."

『아! 네! 아이고 이런…. 제가 급한 출장 건이 하나 잡혀서…. 지방에서 올라오셨을 텐데, 죄송합니다. 샘플 가지고 오신 거죠?』

"네."

『제가 지금 다른 사람 내려보낼게요. 죄송합니다.』

"재현 실험은 해볼 수 있는 거죠?"

『네. 제가 다 세팅은 해놨어요. 새로 가는 인원한테도 설명하겠습니다. 미안해요.』

"아닙니다."

- 뚝.

차석진 책임은 먼저 전화를 끊었다. 이때 김서연의 기분은 더 나빠졌지만 어쩔 수 없었다.

잠시 후, 30대 초반으로 보이는 남성 연구원 한 명이 로비로 내려왔다.

"김서연 박사님 되시죠?"

"아…. 네…."

사실 김서연은 아직 박사가 아니었다. 박사라는 칭호를 듣기 위해 노력하는 박사과정일 뿐이었다. 그래서 그의 호칭이 좀 어색하긴 했지만, 굳이 그것을 언급하진 않았다.

"이쪽으로 오세요."

30대 초반 남성은 자기 목에 걸려있는 사원증을 안내 데스크 왼쪽에 있는 출입 게이트에 가져다 댔다. 이곳은 마치 지하철 출입 게이트와 비슷했다. 그리고 잠시 후 그들은 엘리베이터에 탑승했다.

"8층부터 12층까지가 연구 층이고요. 8,9,10층은 실험실, 11,12층은 사무실로 사용하고 있어요."

"아…. 네…."

30대 남성 연구원은 어색했는지 묻지도 않은 이야기를 김서연에게 해줬다.

― 띵.

스몰토크가 끝나자 엘리베이터는 8층에 도착했다.

"신발 벗으셔야 해요."

8층 공기는 달랐다. 진짜 숲에 들어온 것처럼 맑은 공기가 김서연의 콧속을 상쾌하게 했다.

"8, 9, 10층 전체가 감압실이라 먼지에 좀 예민해서요."

"네."

김서연과 30대 남성 연구원은 왼쪽 신발장에 신발을 넣고 양말만 신은 채 8층 복도를 걷기 시작했다. 8층은 로비와는 다르게 조립식 구조물들이 각각의 연구실들을 구분하고 있었다. 30대 남성 연구원은 김서연을 8층 가장 구석에 있는 연구실로 안내했다. 20평 남짓의 넓은 네모 모양인 이 공간도 사원증이 있어야만 들어갈 수 있는 곳이었다.

"오늘 재현 실험하신다고…."

"네. 제멜제약에서도 동일하게 약물이 만들어지는지 확인을 해봐야 해서요."

"차석진 책임님이 저기에 준비해 두셨다는데, 한 번 확인해 보세요. 기구들이랑 시약들 전부…."

이 네모 모양 실험실의 모든 벽면은 여러 장비로 가득 차 있었다. 문을 열자마자 보이는 'ㄱ' 모양의 두 변에는 시약들이 가득 찬 시약장과 그 밑에서 웨잉(Weighing, 무게측정)을 할 수 있는 저울이 배치되어 있었다.

"일단 제가 가져온 이 샘플부터 보관하고 싶은데…."

"그거는 저기 보관함에 넣어두시면 됩니다. 조건 맞는 곳에 이름표 붙여서요."

"네."

그리고 나머지 'ㄴ' 모양의 두 변에는 각종 오븐과 보관 장소 그리고 실험기구들이 벽 쪽에 붙어 배치되어 있었다. 김서연은 스티로폼 박스를 열어 학교에 있는 조건과 가장 비슷한 보관함에 샘플을 넣어 뒀다. 그리곤 차석진 책임이 준비해 뒀다는 시약들과 실험기구들을 확인한 뒤 남성 연구원에게 고개를 끄덕였다.

"그러면 자유롭게 실험하시면 됩니다."

"네."

김서연은 준비된 자리에 앉아 장갑과 고글 그리고 하얀 실험 가운을 입은 뒤 웨잉을 시작했다. 30대 남성 연구원은 이 네모난 실험실 한가운데에 있는 네모난 검은 테이블에 노트북을 올려놓고 알 수 없는 문서를 열심히 만들었다.

"저 신경 쓰지 마세요. 외부 분이 들어오시면 보안상 혼자 계시게 둘 수 없어서 있는 거니까요. 감시하거나 그런 거 아닙니다."

"네. 괜찮습니다."

괜찮다고 말은 했지만, 김서연은 신경 쓰지 않을 수 없었다. 물론 부당하다는 생각은 안 했다.

한 시간 정도 뒤, 김서연은 실험을 마치고 라텍스 장갑을 벗었다.

"다 끝났습니다."

"아, 그러세요?"

"저 반응기에 반응 돌려놨고요. 내일 이 시간쯤에 완료될 텐데, 그거는 차석진 책임님이 마무리해 주시기로 했어요."

"네. 그러면 가시죠."

두 사람은 다시 엘리베이터로 걷기 시작했다. 그런데 그때.

- 위잉.

김서연에게 임지윤이 보낸 문자 하나가 도착했다.

「언니, 어렵게 찍었어요.
왼쪽에 있는 사람이 치니코프 쪽 사람이에요.
가운데가 재현이 엄마. 그리고 오른쪽 사람은 잘 모르겠네요.
아무튼, 참고하세요. 혹시나 마주치시면 주의하시고.」

김서연은 걷는 도중 임지윤이 보낸 문자를 천천히 읽었다. 그리고 그 밑에 있는 현장감 넘치는 사진 하나를 유심히 살폈다. 어느 넓은 카페에 앉은 세 사람은 심각한 표정이었다. 왼쪽 사람은 그녀가 처음 보는 사람이었다. 50대 초반으로 보이는 남성은 모자를 푹 눌러쓰고 있었고 가운데 재현이 엄마는 선글라스를 끼고 있었다. 그런데 오른쪽에 앉은 사람은 이상하게도 김서연의 관심을 끌었다. 너무 평범해 보이는 의상과 흐리멍덩한 눈빛. 그녀는 미간을 찌푸린 채 맨 오른쪽 사람을 유심히 살폈다. 그리고 그녀는 깨달았다. 그가 차석진이라는 사실을.

순간, 김서연은 그녀의 휴대전화를 재빨리 주머니에 넣었다. 그리고 옆에서 걷고 있는 30대 남성의 눈치를 살폈다.

김서연의 심장은 빠르게 뛰었다. 그리고 그녀의 머릿속에서 또다시 폭풍이 몰아쳤다. 어떻게 된 일일까, 치니코프와 임상 대상자의 보호자 그리고 제멜제약을 대표하는 이 사람들은 왜 한자리에 모여 있던 걸까. 김서연에겐 시간이 없었다. 직관적인 시나리오를 떠올릴 수밖에 없었다. 그리고 그녀가 이 짧은 시간에 내린 결론은 치니코프, 재현이 엄마 그리고 제멜제약이 그녀의 임상을 의도적으로 방해했다는 것이었다.

"안 돼…."

김서연은 나지막이 읊조렸다. 그러고는 생각했다. 7년을 투자하며 만든 이 귀중한 샘플을 절대로 이들에게 넘길 수 없다고. 그녀의 목표는 차석진과 친해져서 그를 끌어내리는 것이었지 차석진이 원하는 것을 넘겨줘서 그에게 날개를 달아주는 것이 아니라고.

"네?"

엘리베이터 앞에 가만히 서 있던 30대 남성 연구원은 김서연의 작은 소리를 듣고 그녀를 바라봤다. 김서연은 그런 그에게 무언가 설명하려 입을 뗐다. 그런데 그때.

– 띵.

때마침 엘리베이터의 문이 8층에서 열렸고.

"어!?"

차석진이 내리며 김서연에게 손을 흔들었다.

"아직 계셨네요."

차석진을 마주한 김서연은 순간 얼음이 되어 버렸다.

"서연 씨…?"

차석진과 30대 남성은 동시에 얼음이 된 김서연을 바라봤다. 김서연은 뭐라도 대답해야 했다.

"아…. 제가 저혈압이 조금 있어서…."

"아, 네. 너는 가 봐. 실험은 다 끝나셨어요?"

차석진은 30대 남성을 보내고 김서연에게 말을 걸었다.

"네…. 그런데 다시 생각해 보니까 제가 뭐 하나를 잘못한 것 같아요. 괜찮으시면 다시 가서 확인해 봐도 될까요?"

"그래요? 아니 뭐 굳이…."

"부탁드릴게요."

"샘플은 가져오셨죠?"

"그것도 생각해 보니까 조금…."

차석진은 의아한 눈빛으로 김서연을 바라봤다.

"그럼 뭐, 일단 가시죠."

두 사람은 다시 그 네모난 실험실에 들어왔다. 김서연은 차석진의 눈치를 살피며 이미 돌아가고 있던 반응기의 반응을 멈췄다.

"그거 그렇게 멈추면 처음부터 다시 해야 하는 거 아니에요?"

차석진은 놀라며 말했다.

"그냥 보기만 한다면서요."

"이거 잘못된 거예요. 색깔만 봐도 알아요."

"아니…."

"죄송해요."

김서연은 반응기에 있던 약물들을 모두 빼내 폐시약통에 버렸다. 차석진은 그녀의 뻣뻣한 움직임을 경계했다.

"샘플은 어딨어요?"

"네?"

"저 스티로폼 박스에 담아온 샘플."

차석진은 한쪽 손가락으로 쓰레기통 근처에 있는 스티로폼 박스를 가리켰다.

"죄송해요. 그것도 잘못 만들었어요. 제 머릿속에 있는 지식으로 하려다 보니…."

"이러면 곤란한데…."

"죄송해요."

"아니, 됐고요. 샘플 어딨어요."

김서연은 답을 하지 않았다.

"제가 찾아보면 되죠, 뭐. 어차피 뻔한 곳에 있을 텐데."

차석진은 벽면에 1열로 배치되어 있는 샘플 보관함의 문을 하나씩 열었다.

"잘못된 샘플이에요."

"그건 제가 판단해 볼게요."

"차석진 책임님이 어떻게 판단해요? 레퍼런스도 없을 텐데."

"산학에서 보내준 성분표 있잖아요."

"그걸론 안 돼요."

"그럼 그 표를 왜 보냈어요."

차석진은 계속 샘플 보관함을 뒤졌다.

"정확한 분석은 저희 학교에서만 할 수 있어요."

"여기에서도 다 해요. 영실대학교보다 더 좋은 분석 장비 많습니다."

"원진주 차장님은 잘 지내세요?"

"참나, 그걸 제가 어떻게 압니까. 친하지도 않은데."

"그러면 재현이 엄마는요?"

차석진은 김서연이 던진 이 말에 모든 동작을 멈췄다.

"그분이랑은 좀 친하세요?"

순간 얼음이 된 차석진은 천천히 김서연을 바라보기 시작했다. 이때, 김서연의 심장은 그 어느 때보다 더 빠르게 뛰었다. 차석진은 그런 김서연을 빤히 쳐다보다가 또 다른 샘플 보관함을 열었다. 그리고 그 안에 있던 김서연의 샘플을 들고 흔들었다.

"이거죠?"

그가 샘플을 공중에 들고 흔들기 시작하자 이 네모난 실험실은 진공에 가까운 침묵으로 가득 채워졌다. 그곳엔 오로지 김서연의 심장 소리만 들릴 뿐이었다. 이런 정도라면 다시 한번 그녀의 머릿속에 폭풍이 들이닥칠 만도 했지만, 실상은 그렇지 않았다. 오히려 이 순간, 그녀의 머릿속은 그 어느 때보다 맑고 고요했다. 왜냐하면 지금 그녀에겐 단 한 가지의 목적만 있었기 때문이다.

김서연은 양말 신은 발로 차석진을 향해 뛰었다. 배 속에 있는 단단이는 생각할 겨를이 없었다.

"뭐야!?"

당황한 차석진은 뒷걸음질 쳤지만, 자신의 배를 향해 총알처럼 날아오는 김서연의 어깨는 피할 수 없었다.

"끄학!"

그렇게 차석진은 넘어지며 샘플 병을 놓쳤다. 김서연은 재빨리 그 샘플을 주워 들고 싱크대로 향했다. 샘플을 버리려는 의도였다.

"뭘 이렇게 많이 감아놨어!"

싱크대 앞에 선 김서연은 과거의 자신을 원망하며 누출을 방지하려고 샘플 주변을 감아놓았던 반투명 필름을 하나씩 벗겨내기 시작했다.

"이봐요!"

그러나 그녀가 그 필름을 다 벗겨내기도 전에 차석진도 그녀에게 달려왔다. 김서연은 싱크대를 포기했다. 그리곤 곧장 복도로 나가 화장실을 찾았다. 그곳엔 세면대와 변기가 있었기 때문이다. 그녀는 절대로 이 샘플을 넘길 수 없었다.

"김서연 씨!"

이 연구소 복도에서 뛴다는 것은 매우 어려운 일이었다. 먼지 하나 없는 미끄러운 바닥을 양말만 신은 채 뛰어야 했기 때문이다. 그래서인지 차석진의 속도는 김서연보다 아주 살짝 빠른 수준이었다.

김서연은 뒤따라오는 차석진을 체크하면서도 빠르게 고개를 돌려가며 화장실을 찾았다. 사실 바닥에 뿌릴 생각도 했지만 그럴 순 없었다. 왜냐하면 워낙 청소가 잘 되어있는 바닥이었기 때문에 다시 주위 담아도 오염 정도가 크지 않을 것이 뻔했기 때문이다.

마침내 김서연은 저 멀리에서 화장실의 방향을 표시하는 화살표 하나를 찾아냈다. 그 화살표는 왼쪽을 가리키고 있었다. 그래서 그녀는 속도를 줄이고 코너를 돌 준비를 시작했다.

"김서연 씨!"

김서연은 양팔과 한쪽 발을 마치 탈춤을 추듯 높이 들고 코너를 돌았다. 그러나 차석진은 코너를 돌 필요가 없었다. 그녀를 붙잡고 넘어뜨리기만 하면 됐을 테니까. 그래서인지 그의 달려오는 속도는 더 빨라졌다. 그리고 마침내.

- 쿵!

차석진은 양팔을 벌려 김서연에게 돌진한 뒤 그대로 그녀의 배를 잡고 함께 쓰러졌다.

"이거 놔!"

김서연은 양팔과 다리를 휘두르며 몸부림쳤다. 차석진은 눈을 게슴츠레하게 뜬 뒤 그녀가 돌리는 팔과 다리를 붙잡기 위해 안간힘을 썼다.

순간, 김서연은 생각했다. 이제 곧 자기의 7년이 담긴 샘플이 이 악의 무리에게 넘어갈 것이라고. 화장실이 바로 저 앞에 있는데 자기는 저곳으로 갈 힘이 없다고. 이들이 왜 TPDD 임상을 방해했고 이 샘플을 노리는 건진 알 수 없지만, 원액이 보존된 상태로 이것이 이들에게 넘어가면 그 무엇이 됐든 자기에게 더 큰 재앙이 될 거라고.

그러다가 문뜩 이런 생각도 해냈다. 어쩌면 화장실은 더 가까이에 있을지 모른다고.

김서연은 미리 조금씩 제거해 둔 반투명 필름을 마침내 모두 벗겨 내고 샘플의 뚜껑을 열었다. 그리곤 그 샘플 병 안에 있는 액체를 모두 그녀의 입에 털어 넣었다. 이렇게 된 이상 아무리 피를 뽑아서 검사해 봐도 정확한 성분분석은 불가능했다.

"김서연 씨!"

그러자 차석진의 강력한 외침이 들려왔다. 그리고 그제야 비로소 두 사람의 실랑이는 멈췄다.

"지금 뭐 하는 겁니까! 예!?"

"재현이 엄마랑 뭐 하고 있었는지부터 설명해요!"

김서연은 지지 않았다. 그리고 그들 주변으로 연구원들이 하나둘 몰려들기 시작했다.

"무슨 일이에요?"

"아니…."

차석진은 일단 천천히 일어났다. 사람들은 김서연도 일으켜 세워 줬다. 그런데 그때.

"잠시만요…."

김서연은 갑자기 표정을 찡그리며 배를 만지작거렸다.

"왜 그러세요?"

김서연을 일으켜준 사람 중 한 명이 물었다.

"차…. 차 좀 불러주세요…."

"네? 무슨 차요?"

"구급…. 구급차요…."

차석진은 어이없다는 듯한 웃음을 보였다. 이 모든 게 김서연의 쇼라고 생각했기 때문이다. 그러나 아니었다.

"끄하!"

김서연은 비명을 질렀다. 그러자 그녀의 바지가 순식간에 젖어버렸다. 차석진은 그제야 그녀의 도움 요청이 진짜라는 것을 알게 되었다. 그리곤 눈치를 보며 그 자리를 천천히 빠져나갔다.

동시에 김서연은 그대로 기절했다.

5
그다음은 당신이 상상하는 대로

    몇 시간 뒤. 김서연은 모든 배경이 새하얀 어느 병원에서 눈을 떴다. '도산 병원'이라는 글씨가 적힌 병원복이 입혀진 채였다. 그리고 그때의 창밖은 어두웠다.
"일어났어?"
김서연이 일어나자마자 윤태구가 따뜻한 목소리로 반겼다.
"오빠…. 여기 어디야…."
김서연의 빛나는 눈은 흐릿한 몽롱함으로 바뀌어 있었다.
"서울 도산 병원. 제멜제약에서 제일 가까우면서도 우리나라에서 제일 큰 병원."
"어떻게 된 거야…."
"수술했어."
"무슨 수술…."
"제왕절개. 전신마취로."
김서연은 무언가 생각난 듯 자신의 배를 더듬기 시작했다. 그녀의 볼록 나왔던 배는 어느새 들어가 있었다.

"단단이…. 단단이는…."

윤태구는 잠시 멍한 표정을 지었다. 그리고 이내 휴대전화에 있는 사진 하나를 보여줬다. 김서연은 그 사진 속에서 복잡한 관과 테이프를 온몸에 두르고 있는 작은 아기와 만났다. 손바닥보다 더 작은 것처럼 보이는 이 아기는 눈을 감은 채 얼굴만 드러내놓고 있었다.

"267g 초미숙아래. 살아날 확률은 1% 정도고…."

김서연은 갑자기 일정한 템포로 콧김을 내뿜었다. 그러고는 괴성과 함께 눈물도 뿜어냈다.

"단단이…. 우리 단단이…!"

김서연은 서럽게 울었다. 불과 며칠 전까지만 해도 단단이를 보내줄 생각이었던 김서연이었지만, 막상 자신의 몸에서 빠져나온 이 작은 생명체를 마주하는 순간, 그 모든 것들은 한낱 연기처럼 스러졌다. 윤태구도 김서연을 붙잡고 흐느꼈다. 그들은 밤새 울었다.

"살릴 거야…! 단단이 살려줘…. 단단이 살려주세요…."

그렇게 3일이 지났다. 윤태구는 촬영지로 출근했다. 원래라면 출산한 산모 근처에 친인척 한 사람 정도는 있을법했지만, 김서연 주변엔 아무도 없었다. 그래서 그녀는 홀로 몸을 추스르며 겨우 병실을 천천히 걷기 시작했다. 그런데 그때. 빅터 우 교수가 찾아왔다.

"얘기 들었어."

김서연은 멍하니 허공만 바라봤다.

"몸은 좀 어때."

"그냥 그래요…."

김서연에겐 말할 힘도 없어 보였다.

"이런 와중에 이런 얘기가 어떨지 모르겠는데…."

빅터 우는 말끝을 흐렸다.

"왜 그런 거야, 그날은…. 차석진 책임이 많이 놀랐다던데…."

김서연은 임지윤이 보내온 사진을 교수에게 보여줘야 할지 말아야 할지 고민했다. 빅터 우는 김서연의 그런 고민이 끝나기도 전에 자기가 뱉은 말을 이어갔다.

"겨우 찾아온 기회잖아. 제멜제약이야."

김서연은 마음을 굳혔다. 보여주지 않기로.

"드릴 말씀이 없어요."

"적어도 왜 그랬는지는 알려 줘."

"샘플이 잘못됐어요."

"그렇다고 그걸 마시는 사람이 어딨어?"

"여기 있네요. 이미 1상 통과한 거라서 몸에 이상도 없을 거고."

"서연!"

빅터 우는 언성을 높였다. 그리곤 갑자기 이상한 얘기를 꺼냈다.

"너 보험은 있어? 애기 지금 NICU(Neonatal Intensive Care Unit, 신생아 집중치료실)에 있다며. 거기 돈 엄청 나오는 거 알지? 몇천씩 그냥 깨져."

빅터 우의 말은 사실이기도 했지만, 사실이 아니기도 했다. NICU는 실제로 비용이 많이 발생하는 곳이지만 대부분 국민건강보험으로 해결됐다. 그럼에도 빅터 우가 이런 협박성 멘트를 뱉은 것은 이것이 김서연에게 먹힐 거라 생각했기 때문이다. 그는 김서연이 어릴 때 사고로 부모를 모두 잃어 고아로 자란 것을 알고 있었고 당연히 이런 보험과 관련된 것들은 모를 거라 생각했다.

"그런데 그냥 미숙아도 아니고 초미숙아면 억대로 나올걸? 그거 감당할 수 있겠어? 아이 키우는 거는…. TPDD가 그렇게 만만한…."

"교수님."

김서연이 빅터 우의 말을 막았다.

"그런데 돈 얘기는 왜 하시는 거예요? 갑자기."

교수는 입술을 꾹 다물고 깊은 콧김을 내쉬었다.

"이것만 성공하면, 제멜제약이 우리 연구실 평생 지원해 주겠대. 서연도 지윤도 제멜제약 취업하는 거고. 우리 연구실 들어오는 애들 전부 다 취업시켜 주겠대. 그게 무슨 말인 줄 알아? 우리 연구실이 제멜제약 부속 연구실이 되는 거라고. 전국에서 우리 연구실 들어오려고 난리를 칠 거란 말이야. 수능 올 1등급 받는 애들이 우리 연구실 올 수도 있는 거라고!"

빅터 우는 마치 이미 그렇게 된 것처럼 설레는 마음을 드러냈다.

"그런데 왜요?"

"어?"

"왜 그런 건데요. 교수님은 아세요? 저 사람들이 왜 TPDD 치료제에 관심을 갖는지? 앙투앙 드마르크 교수는 왜 실종됐는지? 그 금발 청년은 왜 죽었고 우리 연구실 하드디스크는 누가 왜 털어갔는지?"

김서연의 목소리도 높아졌다.

"그걸 알기 전엔 전 절대로 못 움직입니다."

"돈도 준대!"

빅터 우는 이제야 진짜 목적을 말했다. 이쯤에서 누구나 이런 의문을 가질 것이다. 왜 빅터 우는 김서연에게 매달리는가. 그가 직접 치료제를 만들 수는 없는 것인가. 결론적으로 말하면 그건 아니다. 빅터 우 교수도 레시피를 활용하면 충분히 치료제를 만들 수 있었다. 그러나 문제는 시간이었다. 빅터 우는 짧은 시간 내에 김서연이 만든 '그' 샘플 그러니까, 임상에 사용됐던 '그' 샘플을 만들 수 없었다. 왜냐하면 화학실험은 매우 단순하지만 복잡하기 때문이다. 아무리 같은 사람이 같은 방법으로 같은 시간, 같은 환경에서 만들어도 결과는 달라진다. 그런데 이렇게 자료도 부족하고 환경도 달라지고 사람도 달라져서 다시 만들어야 하는 경우라면 사실상 실험을 처음부터 하는 것과 다름없다. 빅터 우는 지금 조급한 상태였다. 그렇기 때문에 이런 위험을 감수하고 처음부터 TPDD 치료제를 직접 만드는 것은 피하고 싶어 했다. 시간이 지연되다가 제멜제약이 다른 곳으로 갈까 두려웠기 때문이다.

"일단 선금으로 1억. 잘 돼서 양산까지 가면 보너스로 또 2억. 거기에 판매 로열티까지. 그거 나눠줄게. 5분의 1, 아니…. 3분의 1로 나눠서 내가 줄게."

"전국에 TPDD 환자가 얼마나 있다고…."

"약값이 비싸면 얘기는 달라지는 거야."

"그러면 사람들이…."

"보험!"

빅터 우의 목소리는 한층 더 높아졌다.

"보험 안에 포함할 수 있대. 그러면 국가가 그걸 사서 주는 거라고. 약값 생각 안 하고 치료받을 수 있는 거라고."

"그게 제멜제약이 한 말이에요?"

"그래."

김서연은 말없이 창문으로 보이는 하늘을 바라봤다.

"서연…."
"잘 들었어요. 생각해 볼게요. 이제 혼자 있게 해주세요."
빅터 우는 거의 울 것 같은 표정이었다.
"하기 싫으면…. 샘플이라도 넘겨. 너 받아준 나한테 보답은 좀 해줘야 하는 거 아니야?"
"선은 넘지 마세요, 교수님. 저 아직 안 하겠다는 말은 안 했어요."
"이젠 협박까지 해?"
"나가주세요."
빅터 우는 여러 번의 뜨거운 콧김을 내뿜은 뒤 말없이 김서연을 떠나갔다. 그가 떠난 뒤 김서연은 다시 창문 밖을 바라봤다. 그리곤 이 텅 빈 병실에 아무도 없음을 느끼며 눈동자에 눈물을 모았다.
김서연은 어릴 때 사고로 부모를 모두 잃었다. 어릴 적 그녀는 말괄량이였다. 생각을 너무 많이 해서 문제가 되는 지금과는 너무나 달랐다.
그날은 폭풍우가 몰아치던 여름날이었다. 그녀는 불어오는 강풍과 내리는 비를 느끼고 싶다는 이유만으로 밖에 나가서 이곳저곳을 돌아다녔다. 그리고 그녀의 부모는 김서연을 찾기 위해 온갖 것들이 날아다니는 밖에 나가 그녀를 애타게 찾아다녔다. 그러나 결국 김서연이 먼저 쓰러져 있는 그녀의 부모를 찾고 말았다. 그날 이후로 김서연의 생각은 깊어졌고 또 많아졌다. 윤태구 역시 보육원에서 자란 탓에 부모가 없었고 두 사람 모두 성인이 되었을 때, 그러니까 윤태구가 한창 극단에서 온갖 고생을 하고 있을 때쯤, 두 사람은 만났다.
"산모님."
김서연이 한창 눈물을 모으던 사이, 간호사 한 명이 들어왔다.

"단단이는 어때요?"

김서연은 간호사가 들어오자마자 단단이의 안부부터 물었다.

"그것 때문에 온 건데요…."

순간 김서연의 머릿속은 하얗게 변했다.

"왜요!?"

"혹시 보호자님 안 계세요?"

"지금은 없어요…. 왜요!?"

"혹시 그러면 지금 저랑…."

입원해 있는 동안 김서연은 사진으로만 단단이를 지켜보고 있었기에 단단이와 마주하는 것은 처음이었다. 그러나 그녀는 그런 설렘보다는 다른 이유의 걱정을 가득 안고 간호사의 부축을 받으며 NICU로 향했다. 여러 절차를 거쳐 마침내 들어온 NICU에는 의사와 간호사들이 단단이 근처에 모여있었다.

"무슨 일이에요?"

김서연은 여전히 겁에 질린 채 그 사람들의 얼굴을 번갈아 봤다.

"원래 초미숙아는 자발적 호흡조차 불가능한 거 아실 거예요…."

그 무리 중 의사가 대표로 김서연에게 말했다.

"그러면…."

"근데 이 친구는 달라요."

"네?"

"모든 게 빠릅니다."

"그게 무슨…."

"20주 차 초미숙아 수준은 아니라는 거죠."

"그러면…. 잘못된 게 아니라는…."

"아니요, 오히려 잘 크고 있어요. 심지어는…."

의사는 신이 난 듯한 표정으로 김서연을 단단이와 가까운 곳으로 안내했다. 그리고 그때, 김서연은 인큐베이터 안에 있는 단단이를 처음 보며 입을 틀어막았다. 그렇지 않으면 심장이 입으로 쏟아져나올 것만 같았기 때문이다. 동시에 의사는 하얀 장갑을 낀 검지 하나를 단단이 앞으로 가져갔다. 그러자 단단이는.

- 덥석.

이제 막 흙에서 빠져나온 새싹 같은 손으로 의사의 검지를 잡았다.

"한번 해보시겠어요?"

김서연은 고개를 끄덕였다. 그리고 천천히 다가가 그녀의 검지를 단단이에게 내줬다.

- 덥석.

단단이는 또다시 그 작은 손으로 엄마의 검지를 힘껏 잡았다. 그렇게 김서연은 행복과 슬픔이 어느 비율로 섞였는지 모를 눈물을 쏟아냈다. 간호사들과 의사는 그녀의 눈물이 소진되기까지 천천히 기다려줬다. 그리고 그녀가 진정되었을 때 다시 대화를 이어 나갔다.

"이 친구…. 이대로만 간다면 살 확률이 높습니다."

"살려주세요, 선생님…."

"너무 큰 걱정은 안 하셔도 될 것 같아요. 오히려…."

의사는 말끝을 흐렸다. 더 큰 이야기를 하기 위한 도약이었다.

"여러 검사를 해봤는데, 뇌 활동이 무척이나 강해요. 건강한 신생아만큼의 뇌 활동이라고 봐도 무방할 정도로요."

"네? 단단이는…. TPDD라서 뇌 활동이 조금 제한적일 텐데…."

"아, TPDD. 사실 저도 처음 듣는 유전질환이었는데, 산모님 얘기는 다 들었습니다. TPDD 치료제 연구하신다는 것도요. 그래서 급하게 TPDD 관련 논문도 보면서 밤새 공부했죠. 그런데 단단이는 거기에 해당한다고 보기 힘든 결과들만 나왔어요."

"TPDD는 유전질환이에요. 유전자 검사해 보면…."

"물론 유전자 검사상으로는 TPDD가 맞습니다. 그런데 일반적인 TPDD 유전자와는 달랐어요. 약간 변형이 됐다고 해야할까? 이런 이유는 아마도…. 산모님이 드신 그 치료제 때문인 것 같고요."

김서연이 만든 TPDD 치료제는 임상에서도 어느 정도 효과를 보인 적이 있었다. 그녀는 지금 그것을 떠올렸다.

"아, 그리고 만약에 이런 속도로 단단이가 성장을 한다면…."

의사는 다시 한번 도약을 위해 말끝을 흐렸다.

"단단이의 현재 뇌 활동으로 미루어보아서는…."

이번엔 두 번 흐렸다.

"희대의 천재가 될 수도 있습니다."

김서연은 눈물 생산을 멈췄다. 그리고 머릿속에 오직 한 가지만 남겨둔 채 모든 것을 지웠다. 그 한 가지 생각은 이것이었다. 사람들이 왜 그렇게 TPDD 치료제에 관심을 갖는 것인지. 앙투앙 드마르크 교수는 왜 실종됐는지. 그리고 그 금발 청년은 왜 죽었고 우리 연구실 하드디스크는 누가 왜 털어갔는지.

이제 김서연은 그 이유를 알았다. 최소한 짐작 정도는 할 수 있었다. 그녀가 만든 TPDD 치료제는 천재를 양산할 수 있는 약물이었다. 동시에 김서연에겐 한 가지 질문이 생겼다.

"선생님…. 이 약물은요…. 건강한 성인들 대상으로 한 1상에서 아무런 부작용이 없었거든요. 뇌 활동도 떨어지거나 높아지지 않았고요. 2상에서 TPDD 환자들 대상으로 시험했을 때도 약간의 효과는 있긴 했지만…. 천재…. 그 정도까진 아니었는데….”

"2상 대상자들의 나이가 어떻게 됐었죠?”

"7세부터 21세까지요.”

"그러면 그럴 수 있어요. 7세 아동이라도, 태아였을 때의 세포분열 속도를 따라갈 수가 없거든요. 그러니까 어릴수록 약물에 민감한 건 맞지만, 태아일 때가 가장 민감하기 때문에….”

"약물의 효과가 극단적으로 나타날 수 있다는 거네요.”

"맞아요. 약물로 인해서 태아 세포분열이 영향을 받으면 평생 그렇게 살아야 하니까. 그래서 임산부들은 약물을 함부로 먹으면 안 되는 거고.”

이제 김서연의 머릿속은 더욱 깨끗해졌다. 모든 걸 다 이해한 사람의 표정이었다. 동시에 그녀의 깊고 빛나는 눈빛도 다시 돌아왔다.

"선생님….”

"네.”

"이 이야기 비밀로 해주세요.”

"네?”

의사는 당황스러운 눈치였다.

"사실…. 이거 논문으로 쓰면 어떨까 해서….”

"안 돼요. 위험해요.”

"무슨 말씀인지….”

"간호사분들도 잘 들으세요.”

김서연은 사람들을 한곳에 더 가까이 모았다.

"이거 밝혀지는 순간, 이 병원에 괴한들이 침입할 수도 있어요.”

김서연은 얼마 전, 학교에 알 수 없는 괴한이 침입해 하드디스크를 털어간 이야기를 꺼냈다. 물론 프랑스 얘기까진 하지 않았다. 처음에 의사와 간호사들은 김서연을 매우 이상한 사람으로 봤으나, 뉴스 기사가 나와 있는 것을 보곤 고개를 끄덕였다.

그러나 김서연에게도 한 가지 풀리지 않는 의문이 있었다. 만약 그들이 '천재'를 양산할 수 있는 이 약의 효과를 알고 있었다면, 과연 그건 어떻게 알았을까? 금발 청년이 했던 말에 의하면 치니코프 측과 앙투앙 드마르크 교수의 어떤 만남 이후 치니코프 측에서 급격한 관심을 보였다고 했다. 그 만남에서 치니코프가 이것을 인지했을 가능성이 높다고 해도 그들은 왜 자기들의 약을 카피해서 물의를 일으킨 제멜제약과 만난 건가? 애초에 앙투앙 드마르크 교수는 이 사실을 어떻게 알았을까. 이제 겨우 가벼워졌던 김서연의 머릿속은 다시 무거워지려 했다.

그리고 잠시 후, 그녀는 다시 병실로 돌아와 임지윤에게 전화를 걸었다.

– 뚜루루루루. 뚜루루루루.

KIST 친구에게 맡겼다던 혈액 검사가 어떻게 됐는지 알아보기 위함이었다.

* * *

2년 전쯤이었다. 차석진은 회사 책상에 앉아 멍하니 모니터만 바라보고 있었다. 100평은 되어 보이는 넓은 사무실에서 그의 자리는 창가 쪽이 아닌 통로 쪽에 있었다. 이때도 그는 책임 연구원이라는 명패를 파티션 위에 올려두고 있었지만, 그의 자리는 그 명패의 무게와는 거리가 멀어 보였다.

그렇게 하염없는 고뇌와 한숨으로 시간을 보내던 차석진은 메일 한 통을 발견했다. 영실대학교 빅터 우 교수에게서 온 메일이었다.

「안녕하십니까, 영실대학교 빅터 우 교수입니다.
희귀유전질환 TPDD 치료제 개발⋯.」

차석진은 그가 보내온 메일의 제목도 제대로 보지 않고 곧장 휴지통에 넣어버렸다. 지금 그에겐 그게 중요한 게 아니었다.

"차석진 책임님."

"왜."

20대 후반으로 보이는 남성 연구원 하나가 차석진에게 조심스럽게 다가와 말을 걸었다. 그는 김서연이 제멜제약에 도착했을 때 그녀를 8층 연구소까지 안내한 사람이었다.

"혹시 메일 확인하셨습니까? 저한테도 왔던데⋯."

"무슨 메일?"

"희귀유전질환⋯."

"그거 할 시간이 어딨어. 게다가 영실대학교 따위랑. 돈 벌어야 할 거 아니야, 돈. 돈 되는 거 찾아와."

차석진은 누가 봐도 신입사원인 그에게 짜증부터 냈다. 그리곤 창가 쪽에 앉아서 이 상황을 바라보고 있는 40대 초반의 남자와 눈이 마주쳤다. 창가 쪽에 앉아 있던 그는 누가 봐도 차석진보다 10살은 어려 보였지만, 그의 파티션 위에는 수석 연구원이라는 명패가 올라가 있었다. 한마디로 10살은 어려 보이는 이 남자가 차석진보다 높은 직급을 가졌다는 의미였다.

"무슨 일이세요?"

"아니야. 신경 쓰지 마."

차석진은 그에게 퉁명스럽게 말했다.

"이번엔 실수하시면 안 되는 거 아시죠?"

10살 어린 그의 목소리는 부드러웠지만, 누가 들어도 차석진을 꾸짖는 듯한 어투였다.

"안다."

"치니코프가 하는 거라고 다 따라 하시면 안 됩니다."

"안다고!"

차석진은 창가에 앉은 10살 어린 수석 연구원에게 대뜸 소리쳤다. 일반적이라면 이 100평 넘는 사무실의 분위기는 차가워졌겠지만, 의외로 평화로움을 유지했다. 익숙하다는 의미였다.

사실 차석진도 수석 연구원이라는 명패를 붙인 채 창가 자리에 앉던 때가 있었다. 그러나 치니코프의 마약성 진통제 카피약 임상시험의 책임자였던 그는 그 책임을 지고 직급을 강등당한 채 통로 쪽 자리로 옮겨진 것이었다. 그래서 그는 지금, 회사에 엄청난 손해를 끼친 그 사건을 만회하기 위해 돈이 되면서도 빠르게 개발할 수 있는 신약 후보들을 찾고 있었다.

며칠 뒤, 차석진은 고급 한정식집에서 친구와 만났다. 영화나 드라마에 나오는 정치인들이나 고위 관료들이 비밀 얘기를 할 때마다 가는 그런 한정식집이었다.

"뭐 나온 거 있냐?"

차석진은 청색 빛의 고급 술잔을 들고 상대에게 말했다.

"미안해…. 미안한데…."

상대는 차석진과 비슷한 또래의 남성이었다.

"미안하면 빨리 좀 아무거나 가져와 봐. 김 수석 그 새끼 눈치 보느라 죽겠다. 회사에서."

김 수석은 차석진보다 10살 어린, 창가에 앉은 사람이었다.

"미안하다. 그놈들이 마약을 팔 줄 누가 알았겠어…."

"새끼, 의약품안전국에서 근무한다는 놈이 성분분석도 제대로 안 하고…."

"안 하긴 뭘 안 해? 다 했는데, 치니코프 그놈들이 워낙 자신 있게 팔길래 우리도 그냥 이 정도면 괜찮은가보다 했던 거지…. 너희는 인마, 왜 안 했냐?"

"우리도 했는데 너희가 통과시킨 거잖아!"

차석진은 이 남자로부터 치니코프의 마약성 진통제 정보를 얻은 뒤 곧장 개발에 들어갔다. 성황리에 팔리고 있던 진통제를 몰래 카피하면 그들도 성황리에 팔 수 있을 줄 알았던 것이다.

"야, 그래도 그거 덕분에 윗사람들 날아갈 거 같거든? 조금만 참아. 이럴 때 대가리 안 된 게 얼마나 다행인지 모르겠다."

상대 남성은 조기구이를 입에 넣고 침을 튀기며 말했다.

"이 노원중이! 이제 곧 식약처장 된다! 그러면 치니코프 놈들 조져서 좋은 거 하나 물어다 줄게. 이번엔 진짜 세계시장에 진출할 수 있는 걸로!"

이 노원중은 실제로 식약처장이 되어 훗날 있을 김서연의 임상을 일방적으로 취소하는 지시를 내렸다.

　　"우리나라 제약회사도 이제 세계 물먹고 놀아야지! 언제까지 쌍, 세계 100위에도 못 들어서 아등바등 살래. 문화, 반도체, 음식, 전부 다 앞에 대문자 K가 붙는데, 제약만 이 모양이면 되겠냐고."

　　"내 말이 인마! 그러니까 우리 제멜제약…. 아니, 나 좀 제발…."

　　"내가 그래도 요즘에 치니코프 쪽이랑 관계 계속 유지하고 있거든? 진짜 조금만 참아. 조금만 참으면 다 끝나."

　　"정말이지?"

　　"그럼 내가 언제 거짓말하는 거 봤어? 야, 그리고 제멜제약이 잘 돼야 식약처가 잘 되는 거야. 너야말로 내가 막상 밀어줄 때 못 하겠다고 발 빼지 마. 알겠어?"

　　"새끼…."

　　- 칭.

　　두 사람은 그렇게 술잔을 부딪쳤다. 그리고 2년 뒤, 이들의 대화는 현실이 되었다.

　　『어, 차석진 책임. 나야. 오랜만에 술 한잔할까?』

　　이들은 2년 전과 같은 곳에 모여 미처 못다 한 이야기를 이어갔다.

　　"치니코프 쪽에서 아주 재밌는 이야기를 들었어."

　　"뭔데?"

　　"프랑스의 어떤 교수가, 천재를 만드는 약을 만들었다네?"

　　"천재?"

　　"그래. 이미 치니코프 미국 본사에서 그거 개발한다고 난리 났대. 나한테 그거 한국 가져올 테니까 판매 승인해 달라고 아주 그냥…."

노원중은 미소를 지으며 고개를 절레절레 흔들었다. 가소롭다는 의미였다.

"그러면 말만 하지 마시고 샘플이라도 좀 가져오셨어야죠, 식약처장님. 센스가 없으시네."

"기다려. 아직 치니코프도 샘플 못 구했대. 구하면 바로 줄 테니까 걱정 마셔."

"우리나라는 그런 거 연구하는 데 없나? 요즘 대학들이 도전정신이 이렇게 없어서…."

"그러게 말이다."

- 칭.

두 사람은 술잔을 부딪치고 이번엔 고급 금태구이를 뜯어먹기 시작했다.

"근데 그 교수는 어쩌다 그런 연구를 시작했대? 천재 약? 그런 거 만든다고 하면 허풍떨지 말라고 연구비 지원도 안 될 텐데."

"아, 그게. 처음부터 그런 건 아니고 무슨 희귀유전질환 치료제 만들다가 우연히 발견한 거래. 동물실험으로."

"희귀유전질환? 뭔데?"

"TP…. 뭐라고 그러던데. 기억은 잘 안 나."

"TP…?"

"응."

차석진은 눈을 깜빡였다. 무언가 그의 머릿속에 아른거리는 것이 있었기 때문이다. 그래서 그는 곧장 어디론가 전화를 걸었다.

"어, 주말에 전화해서 미안한데, 너 기억력 좋냐?"

『그냥 조금….』

전화를 받은 건 그의 밑에서 근무하던, 이제는 30대가 된 남성 연구원이었다.

"너 예전에 우리한테 희귀유전질환 연구 같이하자고 했던 그 메일 기억 나냐?"

『아, 예. 영실대학교였고 교수 이름은 생각 안 나는데….』

"질환명만 말해봐."

『TPDD였습니다.』

"TPDD?"

『네.』

차석진의 입에서 TPDD라는 단어가 나오자 노원중은 두 눈을 크게 뜨며 고개를 끄덕였다.

"야, 그거 지금 연구 어디까지 됐는지 찾아봐. 논문이든 뭐든 다!"

『그때 메일로는 임상 들어갈 준비 한다고 했던 거 같은데….』

"임상!?"

『네….』

"벌써!? 야, 너 지금 걔네 임상 어디까지 갔나 당장 확인하고 바로 연락해."

『아, 네…. 잠시만….』

– 뚝.

차석진은 곧장 전화를 끊었다.

"뭐야? 국내에도 있던 거야? 좋아해야 하나, 말아야 하나?"

"좋아하면 안 되지."

차석진의 표정은 심각했다.

"왜?"

"얌마, 너는 왜 항상 네 중심으로 생각하냐. 내 중심으로 생각해야 할 거 아니야, 제멜제약 중심으로!"

"무슨 소리야?"

"약대도 없는 영실대학교가 임상을 혼자 했겠어? 그래서 우리한테 메일 보낸 걸 테고…. 지금은 다른 제약회사랑 하고 있겠지."

"그러면 그게…."

"그게 진짜 천재가 되는 약이면, 인마! 제멜제약은 세계 시장은커녕 국내 1위도 못 지켜! 내 목숨도 날아간다고! 잠깐, 그러고 보니까 이거 네가 승인해 준 임상 아니야?"

"그런가….'

– 위이이잉.

"어, 찾아봤어?"

『네, 책임자는 빅터 우 교수로 되어있고요, 광개토대학교병원에서 무궁화학이랑 같이 진행하고 있습니다. 2상 임상.』

"무궁화학? 거긴 또 어디야…. 일단 알겠어."

– 뚝.

"당장 임상 승인 취소해."

"일단 진정해. 아무리 식약처장이라도 한번 승인한 건 그렇게 쉽게 취소 못 해."

"왜 못 해?"

차석진은 당당하게 목소리를 높였다. 노원중은 그의 알 수 없는 당당함에 고개를 갸웃거렸다.

며칠 뒤, 차석진과 재현이 엄마가 한 카페에서 만났다. 차석진과 일하는 30대 남성 연구원도 함께였다.

"나와주셔서 감사합니다."

재현이 엄마의 표정은 차가웠다.

"제 연락처는 어떻게 아셨는지 모르겠지만 짧게 하시죠."

차석진은 정말로 짧게 말했다. 임상을 중단시키라고. 그렇지 않으면 그녀의 남편이 하는 일을 방해할 수밖에 없다고.

"남편분이 보험을 파시더라고요. 개인사업자 내셔서, 종신보험. 그래서 돈이 꽤 있으신 것 같은데…. 아시다시피 종신보험은 중도해지가 참 많잖아요. 그러면 최근 2년간 남편분이 받으신 그 돈…. 그중에 상당수를 다시 뱉으셔야 할 텐데…. 괜찮으시겠어요? 보험이란 게 참 그래요. 내가 계약금을 받아도 이게 내 돈 같지가 않단 말이죠. 언제 토해야 할지 모르니까. 그렇죠?"

이 말을 듣는 재현이 엄마는 계속 차가운 표정을 유지했다.

"거기에 허위 사실로 영업하셨다는 신고가 금감원으로 들어가면…. 허이고…. 잘못하다가는 징역까지…."

차석진은 옅은 미소를 띠고 그녀를 바라봤다.

"저희가 바라는 건 단 하나입니다. 임상이 취소될 수 있게만 해주시면 돼요. 오케이 하시면 자세한 내용은 저희가 다 알려드릴게요."

재현이 엄마는 여전히 바뀌지 않은 표정으로 한참을 말없이 차석진을 바라봤다. 그러다 천천히 일어나 그대로 카페를 나갔다.

"안 붙잡으세요?"

"내가 왜."

"저희 신고라도 하면 어쩌시려고…."

"저 여자는 신고 못 해."

"왜요?"

"자기 아들도 저 모양인데 남편에다가 돈까지 사라지면, 너는 버틸 수 있겠냐?"

이 대화가 이뤄진 뒤, 김서연의 임상은 전원 사망이라는 큰 실패로 끝났다. 회사에서 이 소식을 들은 차석진은 약간 당황한 눈치였다.

"너 제대로 가르친 거 맞아? 왜 죽여! 애들을!"

"분명…. 용량 알려줬는데…."

"하…. 진짜…."

"어떻게 할까요…."

차석진은 잠시 말없이 콧김만 내뿜었다.

"일단 입단속 잘 시켜. 그 계획은 나중에 실행하게."

"바로 하는 게…."

"야 인마. 저기 지금 초상집인데 바로 했다가 괜히 일만 더 키우려고? 그랬다가 수사 들어가서 우리한테까지 오면 어쩌려고? 일단 조용히 지켜봐. 알겠어?"

"네."

그들의 계획은 영실대학교 나노생화학 연구실에 있는 자료들을 훔치는 것이었다. 그러나 그들도 나름의 고충을 겪었다.

"책임님!"

얼마 뒤, 30대 남성 연구원은 신문 기사 하나를 차석진에게 보여줬다. 영실대학교 나노생화학 연구실에 괴한이 침입해 하드디스크들을 모두 탈취해 갔다는 내용이었다.

"뭐야?"

"누가 먼저 선수 친 거 같습니다."

"누가 선수를 쳐? 어디서? 이거 노리는 곳이 또 있다고?"

"그건 모르겠습니다….."

"하…. 진짜!"

"무슨 일이에요?"

이때, 김 수석이 지나가며 그들에게 물었다.

"별거 아니야."

"별거 아니면 안 될 거 같은데."

"뭐?"

"팀장 회의에서 차 책임님 얘기가 나왔어요."

"무슨 얘기?"

"계속 신사업 발굴 못 하시면…."

김 수석은 말끝을 흐렸다. 그리고 동시에 웃으며 지나갔다. 누가 봐도 '당신 이제 곧 잘릴 거야'라는 말을 얼굴로 표현하는 것이었다.

"야."

그러자 차석진은 김 수석의 뒤통수를 보며 젊은 연구원을 나지막이 불렀다.

"네…."

"영실대학교 연락해. 산학협력단."

이렇게 제멜제약 측과 영실대학교 사람들은 창문이 넓게 뚫린 회의실에서 모이게 됐다. 이 회의는 짧았지만 순조롭게 끝났고 이틀 뒤, 김서연에게 샘플을 받게 될 거라는 약속도 얻어냈다. 그리고 그날이 되어 차석진은 그녀만을 기다리고 있었다. 그런데.

- 위이이잉.

차석진에게 한 통의 전화가 걸려 왔다.

『만나시죠.』

재현이 엄마였다. 차석진은 그녀가 불러준 장소로 나갔다. 그리고 사람이 많은 카페에서, 모자를 푹 눌러쓴 어떤 남성과 함께 있는 그녀를 발견했다. 그녀 역시 선글라스를 끼고 있었다.

"인사하세요. 여기는 치니코프 한국지사 최 팀장. 여기는 제멜제약 차 책임."

"네?"

두 남자는 두 눈을 크게 뜬 채 서로를 바라봤다. 서로 경쟁 관계에 있는 회사 사람들이 한자리에 모일 줄은 몰랐기 때문이다. 차석진은 경계심을 잔뜩 품고 천천히 자리에 앉았다.

"놀랐죠? 다 끝났는데 불러서."

두 남자는 답이 없었다.

"그 일이 있기 전, 양쪽 모두한테 제안받았어요. 임상 취소시키라고."

두 남자는 바늘에 찔리기라도 한 듯 동시에 움찔하며 재현이 엄마를 바라봤다.

"협박하는 것도 똑같더라고요. 제 남편. 근데 두 분 모두 제가 거절한 거 아실 거예요. 그래서 말인데…. 누구 꼬셨어요? 누구 꼬셔서 내 아들 죽인 거냐고."

두 남자는 이제 서로의 눈치를 보기 시작했다.

"그래요. 말하기 힘드시겠지. 그래서 나 이제 당신들한테 복수할 거야. 그래서 미리 유럽으로 휴가도 다녀왔어. 미국에 있는 치니코프 본사도 다녀왔고. 표정들이 왜 그래요? 그때 나 불러냈을 때는 당당했잖아. 내 남편 얘기하면서 협박도 하셨잖아. 지금은 왜 죄인들처럼 앉아 있어? 아…. 경쟁사 앞에서 협박하긴 또 부끄러우신 건가? 괜히

트집 잡힐까 봐?"

두 사람은 여전히 아무런 반응이 없었다. 임지윤은 이때쯤, 이들의 사진을 찍었다.

"해 봐. 우리 남편을 금감원에 신고하든 경찰에 신고하든 당신들이 할 수 있는 거 다 해 봐. 나도 내가 가진 거 전부 다 쏟아부어서 당신들이 가장 사랑하는 거 죽여버릴 거야. 굳이 왜 이걸 말하는 거냐고? 난 당신들이 불안해하면서 살길 바라니까. 아직 닥치지 않은 현실을 상상하는 게 얼마나 큰 공포인지 당신들도 알길 바라니까."

재현이 엄마는 그렇게 카페를 떠났다. 두 사람도 말없이 어색하게 남아 주변을 둘러보다가 천천히 그곳을 떠났다.

차석진은 화가 잔뜩 난 채로 회사에 복귀했다. 재현이 엄마가 선전포고한 것 때문에 그런 것은 아니었다. 사실 차석진에게 그건 그리 큰 공포는 아니었다. 오히려 그가 화가 난 이유는 치니코프 쪽에서 제멜제약이 TPDD 치료제를 연구한다는 사실을 알게 됐다는 것 때문이었다. 이러면 경쟁은 더욱 치열해질 수밖에 없었다. 재현이 엄마는 그 사실을 알고 두 사람을 동시에 부른 것이 분명했다.

- 띵.

차석진은 여전히 흐리멍덩한 눈빛으로 8층에 도착했다. 그런데 그때 그에게 김서연이 보였다.

"아직 계셨네요."

차석진은 퉁명스러운 말투로 김서연에게 아는 척했다. 그리고 잠시 후, 그들은 네모난 실험실에서 신경전을 벌였다.

"그러면 재현이 엄마는요?"

김서연의 입에서 재현이 엄마라는 말이 나오자 차석진에게 더 큰 짜증이 몰려왔다. 김서연은 어떻게 재현이 엄마랑 만난 걸 알았을까, 첩자가 있는 건가? 그러면 우리가 그녀한테 실험 실패를 사주했다는 것도 알고 있는 건가? 왜 이렇게 일이 복잡하게 돌아가는 건가. 뭐가 어찌 됐든 차석진은 일단 샘플 하나만 지키면 됐다.

"이거죠?"

그러나 김서연은 그리 간단한 인물이 아니었다.

"끄학!"

차석진은 애써 확보한 샘플을 다시 빼앗겼고 복도의 추격전이 시작됐다.

"김서연 씨!"

차석진은 끝내 그녀가 화장실로 진입하는 것을 막아내며 안도의 한숨을 쉬었지만, 김서연은 그의 생각을 아득히 뛰어넘는 훨씬 더 복잡한 인물이었다. 차석진은 그녀가 그 샘플을 그 자리에서 마실 줄은 상상도 못 했다.

"지금 뭐 하는 겁니까! 예!?"

"재현이 엄마랑 뭐 하고 있었는지부터 설명해요!"

차석진이 절망스러운 표정으로 그녀를 바라보고 있는 사이, 사람들이 하나둘 몰려들었다. 그리고 잠시 후, 김서연은 갑자기 배를 어루만지기 시작했다.

"차…. 차 좀 불러주세요…."

"네? 무슨 차요?"

"구급…. 구급차요…."

차석진은 그녀의 양수가 터지는 모습을 바라보며 그곳을 천천히 빠져나왔다.

5. 그다음은 당신이 상상하는 대로

그날 하루, 차석진은 가만히 있었다. 회사 차원에서 어떻게 된 일인지 조사할 때도 그리 적극적인 답변은 하지 않았다. 그러나 그는 그다음 날, 빅터 우를 서울로 호출하는 것으로부터 본격적인 활동을 시작했다.

"이거 어떻게 된 겁니까, 예!?"

"죄송합니다…."

"아니…. 하…. 참…. 제멜제약을 너무 우습게 보는 거 아닙니까?"

"그런 건 아닙니다."

"김서연 당장 제외하세요."

"책임님…."

"밑에 석사 한 명 더 있다면서요?"

"지금 그 친구는 연락이 잘…."

"교수님!"

차석진은 목소리를 높였다.

"교수님 연구실 왜 이렇게 엉망입니까!? 연락이 안 되다뇨!"

"임상 실패한 뒤로 연락이 잘…. 아마 휴학한 것 같습니다."

"아니 교수가 그걸 몰라요?"

"죄송합니다."

"후우…!"

차석진은 강한 한숨을 내쉬었다.

"그러면 교수님이 하세요."

"뭐를…."

"샘플 제작이요. 교수님이 직접 해도 되는 거잖아요."

"아…. 그게…."

빅터 우는 현실적으로 자신이 직접 하기엔 어렵다는 설명을 시작했다. 하드디스크가 다 털려서 정확한 레시피가 사라진 것, 연구실 스케일의 화학실험은 사람의 손을 많이 탄다는 것 등.

"어떻게든 김서연 다시 설득하겠습니다."

"당신."

"네…."

"김서연 설득 못 하면 매일 서울로 출근해요. 퇴근은 하지 마. 실험실에 박혀서 될 때까지 만들어요. 대신 우리 프로젝트 성공하면, 제멜제약이 당신 연구실 평생 지원할 거야. 이 연구실 들어오는 학생들 전부다 제멜제약 취업시켜 줄 거라고. 그게 무슨 말인 줄 알아요?"

"그러니까…."

"영실대학교 화학공학과 입학 경쟁률이 올라가는 거라고요. 그게 누구 덕분?"

"제멜제약…?"

"아니. 당신 덕분."

"네?"

"당신이 있으니까, 당신이 제멜제약에 자꾸 취업을 시키니까 학생들이 오는 거잖아. 이해가 안 돼요? 그리고 그다음엔 어떻게 될까?"

"설마…."

"중간 과정 생략하고 말하면, 총장. 총장도 할 수 있어요. 학교 경쟁률을 이렇게 올려놨는데 그 정도는 해 줘야지. 그것뿐인가? 경쟁률 올라가면 약대, 의대 다 만들 수 있고. 그런데 그게 누구 덕분?"

"제멜…."

"아! 진짜! 당신 덕분! 빅.터.우.교.수. 당신 덕분!"

"총장 돼서 약대, 의대 만들면 그다음은 뭘까요?"

"그건…."

빅터 우는 말을 더듬었지만, 입꼬리만큼은 확실하게 하늘로 솟아 있었다.

"그다음은 당신이 상상하는 대로."

두 사람 사이에 잠시 살랑거리는 봄바람이 흘러갔다. 이때는 초겨울을 바라보는 가을이었음에도 말이다.

"좋아요. 샘플 확보하면, 일단 1억. 잘 돼서 양산까지 가면 보너스로 또 2억. 거기에 판매 로열티까지 드릴게. 어때요?"

사실 차석진이 말하는 모든 내용은 제멜제약과 협의한 바 없었다. 모든 것이 차석진의 머리에서 나온 것이었다. 그러나 빅터 우는 그것을 믿을 수밖에 없었다. 왜냐하면 차석진의 말은 이제껏 그가 그토록 듣고 싶었던 말이었기 때문이고 무엇보다 그는 김서연만큼 복잡한 사람이 아니었기 때문이다.

빅터 우와의 미팅을 마치고 나온 차석진은 젊은 연구원에게 전화를 걸었다.

"어, 난데. 임지윤이라고 찾아봐. 빅터 우 교수 제자야."

『네…? 그걸 제가 어떻게….』

"그걸 왜 나한테 물어!?"

『네….』

"그리고 또 한 가지."

『네.』

"김서연 애기 낳았대?"

『네. 그런데 아마 곧 죽을 거랍니다. 초미숙아라서….』

"그래서, 그렇게 버리자고?"

『무슨 말씀인지….』

"뺏어와. 전부 다 뺏어와. 임지윤인가 뭔가도 뺏어오고 그 애기도 뺏어와. 김서연이 가진 샘플도 다 뺏어와!"

『책임님…. 제가 어떻게….』

"수단이랑 방법은 네가 알아서 하고 어떻게든 다 뺏어오라고! 그 여자 세포막 안으로 들어가서 전부 다 우리 걸로 만들어버리라고!"

* * *

- 뚜루루루루. 뚜루루루루.

임지윤은 계속 전화를 받지 않았다. 그러나 김서연은 그리 큰 걱정은 하지 않았다.

6
왜 이러세요!?

　며칠 뒤 저녁, 김서연은 퇴원을 앞두고 단단이의 사진을 보며 흐뭇한 미소를 짓고 있었다. 그런데 그때.
　- 위이이잉.
　윤태구에게 전화 한 통이 걸려 왔다.
　"어, 오빠. 잘 끝났어?"
　『서연아…. 잘 들어.』
　상냥한 김서연의 목소리와는 달리 윤태구의 목소리는 매우 침체되어 있었다.
　『나, 한동안 서연이 못 만날 거 같아.』
　"뭐?"
　『미안해.』
　"뭔데? 무슨 일인데?"
　『프랑스 다녀온 이후로…. 정말 딱 한 번 했는데….』
　"설마…."

『나한테 약 준 놈이 경찰에 잡혔대. 그래서 아마 나도 곧….』
"야! 윤태구!"
김서연은 목소리를 높여 그의 이름을 불렀다.
"사장님도 알아?"
『말씀드렸어. 당분간 여행을 다녀오든 뭘 하든 눈앞에 나타나지 말래…. 계약도 아마…. 해지될 거 같아….』
"하아…."
김서연은 이마를 부여잡고 깊은 한숨을 내쉬었다.
『내가 죽일 놈이야…. 내가…. 미안해 서연아.』
윤태구는 울먹였다.
"발작은."
반면 김서연의 목소리는 차가웠다.
『이번엔 없었어….』
"그러면 그냥 자수해."
『안 돼….』
"왜!?"
『대체 배우 구할 때까진 절대로 잡히지 말래…. 대표님이….』
"오빠…. 도대체 왜 하필 지금 같은…."
『미안해. 입이 열 개라도 할 말이 없어.』
윤태구의 힘없는 목소리가 귓가에 들리자 김서연의 깊은 눈에서 나오던 총명한 눈빛은 차석진의 눈빛처럼 흐리멍덩해졌다. 마치 그에게 전염이라도 된 것만 같았다.
"그래서 어디로 갈 건데…."
『나중에 도착하면…. 잘 숨게 되면…. 그때 연락할게.』

- 뚝.

그렇게 윤태구가 걸어온 전화는 끊겼다. 김서연은 허탈함에 허공만 바라봤다.

"왜 하필 지금…."

다음 날 아침. 김서연은 퇴원 수속을 밟기 위해 사복을 입고 1층 로비에 도착했다. 아직은 제왕절개 수술로 인해 거동이 자유로운 것은 아니었지만 그래도 천천히 걸을 만했다. 단단이는 면회 시간에 맞춰 볼 계획이었다. 그런데 그때, 김서연의 시야에 누군가 들어왔다. 아는 얼굴이었다. 얼마 전, 제멜제약 측과 미팅을 했었던 영실대학교 산학협력단 김철호 대리였다.

"김철호 대리님?"

김서연은 아무런 표정 없이 지나가는 그를 보며 인사를 건넸다.

"어? 안녕하세요."

김철호는 잠시 놀란 눈을 했지만 그래도 그녀를 반갑게 맞이했다.

"여긴 어쩐 일이세요?"

김서연이 먼저 물었다.

"제멜제약 담당자분이랑 미팅이 있어서요."

"여기서요?"

"네. 여기가 제멜제약이랑 가깝고…. 임상도 여기서 한다고."

"임상이요? 누구랑 만나는데요?"

"그…. 차석진 책임님은 아니고 다른 분이던데…. 목소리가 되게 젊으셨어요."

김서연은 곧장 차석진의 밑에서 일하던 연구원을 떠올렸다.

"그런데 서연 씨는 여기 혼자 오신 거예요?"

"아…. 그게….")

김서연은 시선을 살짝 내리고 김철호에게 그간의 상황을 어떻게 설명해야 할지, 어디까지 설명해야 할지에 대해 고민했다. 그러나 그 고민은 필요 없는 일이 되어 버렸다.

"다른 분들은 제멜제약 본사로 가셨다던데. 연구 성과 보고 하러."

"연구 성과 보고는 또 무슨 말이에요?"

"TPDD 치료제…."

"뭐라고요?"

"아…. 모르셨구나…."

김서연은 얼마 전에 찾아온 빅터 우 교수를 떠올렸다. 그때만 해도 그는 김서연에게 간절히 부탁하는 입장이었다. 동시에 김서연은, 김철호가 처음 내뱉은 말을 다시 상기했다.

"잠시만요…. 그런데 다른 분들이라뇨? 교수님 말고 또 누가 제멜제약으로 간 사람이 있나요?"

"네."

"누구요?"

김서연은 김철호의 입에서 제발 '기택근 부장이요'라는 말이 나오길 간절히 바랐다.

"그…. 석사과정…."

"지윤이요!? 임지윤!?"

"네…."

이때, 김서연의 입은 벌어졌고 새까만 동공은 사방으로 확장됐다. 마치 블랙홀 하나가 점점 더 커지는 것만 같았다.

"그럴…. 리가 없어요."

"아니에요. 저희 어제 술도 마셨는데…."

김철호는 사진 한 장을 보여줬다. 김철호, 기택근, 빅터 우, 임지윤, 이렇게 네 사람이 어두운 이자카야를 배경으로 카메라를 응시하는 사진이었다.

순간, 김서연은 다리가 풀려 넘어질 뻔했다. 그리곤 곧장 임지윤에게 다시 전화를 걸었다.

『지금 거신 전화는 없는 번호입니다.』

임지윤은 그사이, 전화도 바꿨다. 김서연은 하룻밤 사이에 가장 가까웠던 세 사람을 잃었다. 어제는 남편 윤태구를 오늘은 빅터 우와 임지윤을.

"말씀 다 되신 거 아니었어요? 저는 세 분 다 같이 참여하시는 걸로 알고 있었는데. 어제 술집에 안 오신 것도 다른 일정이 있으시다는 말만 들어서…."

"아니에요…."

김서연은 풀린 동공으로 온몸에 힘을 뺀 채 답했다. 지금 그녀는 마치 강력한 카운터를 맞고 그로기 상태에 빠진 권투선수 같았다.

"그런데 한 명이 더 있어요. 그 사람은 제가 들어본 적 없는 사람이긴 한데…."

김철호는 계속 말을 이어갔다. 그로기 상태였던 그녀는 눈만 살짝 들어 김철호를 바라봤다.

"이름으로 부르진 않고 별명으로 부르던데…."

"누군데요…."

"단단이라고…."

"뭐라고!?"

순간, 김서연은 강력한 힘으로 김철호의 멱살을 잡았다.

"지금 뭐라고 했어!?"

"왜 이러세요!?"

김철호는 당황하며 자신의 목을 조여오는 김서연의 손을 감싸 쥐었다. 그 바람에 그들은 로비에 있던 사람들의 관심을 받게 되었다.

"방금 뭐라고 했냐고!?"

"단단…. 단단이요…! 아는 분이세요?"

"이 개새끼들아!"

김서연은 김철호를 밀어냈다. 그리곤 거친 호흡을 몰아쉬었다.

"그거…. 그거 누구한테 들었어요…."

"지윤 씨가 그랬던 거 같기도 하고…. 빅터 우 교수님이었나…?"

"끄하아아아아아!"

김서연은 실성한 사람처럼 괴성을 질렀다. 그러자 2:8 가르마에 검은 정장을 입은 보안팀 직원이 달려왔다.

"무슨 일입니까?"

"저도 잘 모르겠어요…."

김철호는 죄가 없다는 듯 두 손을 하늘로 올리며 김서연을 바라봤다. 반면 김서연은 여전히 거친 호흡을 내뱉고 있었다.

"선생님, 무슨 일이세요?"

보안팀 직원은 그런 김서연에게 다가가 팔을 슬쩍 잡으려 했다. 그러나 김서연은 그를 강하게 뿌리쳤다.

"끄악!"

그 바람에 김서연의 손이 그의 코를 때리고 말았다. 이 모습을 지켜보던 사람들은 저마다 휴대전화를 들어 김서연을 찍기 시작했다.

"단단이…. 단단이…!"

그러나 김서연은 혼잣말을 중얼거리며 어디론가 달렸다. 이때 그녀는 불과 며칠 전에 제왕절개 수술을 받은 사람이라기보다는 매일 훈련하는 육상선수 같았다.

그런데 동시에, 로비 구석에 있는 의자에서 누군가 천천히 휴대전화를 들고 일어났다. 그리곤 달려가는 김서연을 따라가며 그녀를 계속 촬영했다. 차석진 책임 밑에서 일하는 30대 남성 연구원이었다.

김서연은 NICU에 도착했다. 그리곤 무작정 이렇게 말했다.

"단단이! 단단이 주세요! 단단이 데려가야 해요!"

"어머니! 잠시만요! 왜 이러세요!"

갑작스러운 김서연의 난동에 간호사들은 그녀를 어떻게든 막으려 애썼다. 그러나 김서연은 마치 TPDD환자처럼 한 가지 말만 반복하며 간호사들의 손길을 뿌리쳤다.

"단단이! 단단이! 우리 단단이!"

결국 김서연은 뒤늦게 따라온 보안팀 직원에 의해 NICU와 멀어진 뒤 그대로 경찰서로 향했다. 김서연은 심지어 그곳에서도 단단이의 이름만 외쳐 목이 쉬었고 온몸의 힘이 빠질 때까지 난동을 부리다 겨우 유치장 안에서 잠이 들었다.

다음 날, 정신을 차린 김서연은 경찰들과 대화를 나눴다.

"선생님…. 왜 그러신 거예요?"

유치장에서 하룻밤을 보낸 김서연의 긴 머리는 이제야 완전히 풀려 내려와 허리까지 닿았다. 당연히 부스스했고 그녀의 이런 모습은 마치 목에 칼을 차고 있는 춘향이 같기도 했다.

"선생님…? 제 목소리 들리세요?"

경찰은 두 눈마저 게슴츠레하게 뜨고 허공을 응시하고 있는 김서연을 걱정스러운 눈빛으로 바라봤다. 다행히 김서연은 경찰의 말에 고개를 끄덕였다.

"어제 왜 그런 거예요? 병원에서."

김서연은 답변하지 않았다.

"지금 저희가 선생님 훈방 조치를 하려고 하는데, 이렇게 아무 말씀 없으시면 해드릴 수가 없어요."

김서연은 그제야 힘겹게 눈을 들어 자기 앞에 있는 경찰을 바라봤다. 그리곤 한 마디만 나지막이 읊조렸다.

"죄송해요…."

"그건 알겠고요…. 어제는 왜…."

경찰은 입을 꾹 다물었다. 그러고는 고개를 살짝 흔들며 더 이상 같은 질문은 하지 않았다.

"그러면 그냥 이것만 약속해 주세요. 다시는 어제처럼 난동 안 부리시겠다고. 그러면 훈방해 드릴게요."

김서연은 천천히 고개를 끄덕였다. 그렇게 그녀는 온몸에 모든 힘이 쫙 빠진 채로 경찰서를 빠져나왔다. 아직 완벽히 회복되지 않은 배에 통증이 있었지만 그걸 신경 쓸 수는 없었다. 김서연은 곧장 도산 병원으로 가야 했다. 그런데 이때, 또다시 누군가 김서연의 뒤를 밟았다. 이번엔 30대 남성 연구원은 아니었다.

잠시 후, 김서연은 도산 병원에 도착했지만, 보안팀 직원이 그녀를 막아 세웠다.

"잠시만요."

"내 아들 보러왔어요."

김서연은 힘없이 읊조렸다.

"그러면 일단 저기 앉아서 기다려주세요."

의외로 보안팀 직원은 그녀를 쫓아내진 않았다. 대신 그는 그녀의 뒤를 따라온 사람과 눈을 마주치며 고개를 끄덕였다.

"안녕하세요."

로비 벤치에 앉은 김서연에게 중년 여성이 다가왔다. 경찰서에서부터 김서연을 따라온 그녀는 김서연처럼 머리를 질끈 묶고 청바지에 낡은 운동화를 신은 사람이었다.

"누구세요?"

"예전에…. 선천성 심장기형을 가진 아기가 미숙아로 태어난 적이 있었어요."

그녀는 통성명 따윈 하지 않았다.

"무슨 말이에요?"

"이런 경우라면 수술이 필요하거든요. 수술만 잘 끝나면 그 아이는 아무런 문제 없이 잘 살 수 있으니까요."

"누구신데 갑자기…."

"그런데 그 아기 부모가 사이비 종교에 빠져서 수혈을 못 하게 막는 거예요. 그런 수술이 가능하겠어요? 그래서 아기 죽었어요. 아무것도 못 해보고."

"도대체 무슨 말씀을 하시는 거예요?"

"그래서 그 이후로 법도 좀 바뀌고 병원의 태도도 좀 바뀌어요. 병원 입장에서도 자기들 관리하에 있는 아기가 살아야 도움이 되지, 죽으면 평가 때 감점 요인이 되잖아요."

"도대체 누구신데…!"

"그건 중요하지 않고요…. 어머니는 당분간 단단이 못 봐요."
"뭐라고요?"
힘이 빠져있던 김서연이었지만 그녀의 말에 아드레날린이 치솟았다.
"당신 누구예요?"
지금 김서연이 할 수 있는 말은 이것밖에 없었다.
"그건 중요하지 않다니까요. 중요한 건, 제가 말씀드리는 이 모든 게 법적으로 보장이 되어있다는 거죠."
"내가 단단이를 못 본다는 게요?"
"네. 병원에서도 면회를 허락하지 않을 거예요. 당신은 아까 제가 말한 사이비 종교를 믿는 사람과 다를 게 없으니까요. 아니, 어쩌면 더 위험할 수도 있죠."
"무슨 말을 하는 거예요!"
중년 여성은 영상 하나를 보여줬다. 어제 이 도산 병원에서 난동을 부리던 김서연의 모습이 담긴 유튜브 영상이었다.
"어제 올라왔는데 벌써 조회 수가 30만이에요. 댓글도 보시면…."
여성은 스크롤을 내려 댓글들을 천천히 보여줬다. 모두가 김서연을 맹비난하는 욕설로 가득 차 있었다.
"이건…."
김서연은 그제야 정신이 돌아왔다. 그리고 깨달았다. 이 모든 건 누군가 자기의 세포막을 뚫고 침투하는 중이라는 것을.
"안타깝게도 남편분은 연락이 안 되시더라고요. 경찰에서 애타게 찾고 있는 거 같은데…. 혹시 어디 계신지 아세요? 남편분이라도 아기 보셔야 하잖아요. 마약이나 뭐 그런 걸 하는 게 아니라면…."
김서연은 불타는 눈빛으로 40대 여성을 바라봤다. 윤태구의 마약도 이들의 짓이었다.

"심지어 친족분들도 안 계시더라고요. 그래서 고민을 했죠. 누군가는 이 아기를 계속 지켜봐 줘야 하는 거 아닌가…. 그래서 저희가 그나마 우리 단단이를 아껴줄 수 있는, 서연 씨와는 가족과도 다름없는 분들을 추천해서 면회를 허용할 예정이에요."

이 40대 여자의 말에 김서연은 흰자위가 빨갛게 달아올랐고 그녀의 눈물은 이 불을 끄기 위해 한곳에 모이기 시작했다.

"빅터 우 교수님과 임지윤이라는 친구가 평소에 친하셨더라고요. 가족만큼. 그래서 그분들에게 면회를 허용할 예정입니다."

그때, 보안팀 직원이 천천히 그들에게 다가왔다.

"제멜제약이지…. 아줌마…."

김서연은 이를 갈며 읊조렸다.

"어이고, 그런 곳 한 번만 다녀보면 소원이 없겠다. 저는 그냥 하청받아 일하는 조사관 뭐 그런 거예요. 자, 저의 임무는 모두 끝나서…. 이제 가 보겠습니다. 이 얘기는 전부 녹음이 됐어요. 따라서 들으신 걸로 간주가 되기 때문에 지금 즉시 효력이 발생합니다."

40대 여성은 그렇게 그곳을 떠났다. 그리고 그 자리를 보안팀 직원이 채웠다.

"나가시죠. 접근 금지명령 들으셨을 테니."

김서연은 울분을 가슴에 담은 채 도산 병원을 빠져나왔다.

사실 김서연은 이대로 NICU에 쳐들어가서 단단이를 데리고 나오고 싶은 마음이 굴뚝보다 더 두꺼웠다. 그러나 정신이 돌아온 김서연은 집으로 돌아가 밥부터 먹었다. 냉장고에 있는 재료들을 다 섞어 만든 비빔밥은 김서연의 머리에 에너지를 공급했다.

김서연은 우선 그 여성이 말한 게 정말로 법적인 효력이 있는지에 대해 알아봤다. 인터넷으로 법조문을 하나하나 읽으며 공부하기도 했고 10분당 10만 원 하는 이름 모를 변호사에게 문의도 해봤다. 결론적으로 그녀의 말은 사실이었다. 김서연은 이제 그곳에 출입하는 것만으로도 다시 구금될 수 있었다.

김서연은 허망하게 거실에 앉아 창문 밖을 바라봤다. 그녀의 주변엔 남편도 없었고 빅터 우와 임지윤도 없었다. 그런데 그때.

- 위이이잉!

김서연의 휴대전화가 짧게 울렸다. 전화는 아니었다. 김서연은 휴대전화의 메시지를 살폈다. 그러고는 옅은 안도가 섞인 한숨을 내쉬었다. 물론 그녀의 표정에 여전히 걱정은 담겨있었지만, 최소한 조금 전까지 보였던 허망한 표정보다는 훨씬 더 발전한 형태였다.

그리고 김서연은 문득 무엇인가 생각난 듯 휴대전화에 있는 전화번호부를 검색했다. 그리고 그 결과를 바라보며 한참이나 휴대전화를 뚫어지게 바라보다가 마침내 통화버튼을 눌렀다.

『여보세요.』

무궁화학 문지혁 대리였다.

그로부터 3일이 지났다. 김서연은 여전히 단단이를 못 본다는 사실에 분노를 품고 있었지만, 동시에 그녀가 할 수 있는 최선의 것들을 상상했다. 그리고 그 상상의 결과로 문 대리를 만나 화려한 사람들이 북적이는 강남의 밤거리를 걸었다. 혹시나 임지윤 같은 사람들이 따라붙어 사진을 찍을지도 모른다는 불안감 때문이었다.

"내가 그 여자는 그럴 줄 알았어. 처음부터 인상 자체가 더러웠다니까요."

문 대리가 말하는 그 여자는 임지윤이었다. 두 사람은 자주 티격태격하던 사이였다.

"아무튼, 그러니까…. 제멜제약 놈들이 임상 대상자 부모 중에 한 사람을 섭외해서 독극물을 주사했다는 거잖아요."

"그럴 가능성이 높다는 거죠."

"그리고 그 혈액 검사 결과가 KIST에 있을 거라는 거고. 임지윤이 의뢰해서."

"맞아요. 그게 있어야 수사를 통해서 범인을 밝혀낼 수 있고 범인이 밝혀지면 제멜제약을 공격할 수 있어요."

문 대리는 고개를 슬며시 흔들었다.

"아니 근데 그놈들은 왜, 사람들이 잘 알지도 못하는 TPDD 치료제를 가지고 그런 거래요? 우리가 만만했던 건가? 무궁화학이랑 영실대학교가?"

"일단은 그렇겠죠. 그리고 그걸 CSR이라는 이름으로 개발하고 기술력을 과시한 다음…."

"주가를 올리고 나라 지원금 타 먹겠다?"

"그렇죠."

"그리고 서연 씨는 그걸 산학협력단 통해서 알게 됐고…."

"네."

두 사람은 잠시 말없이 강남의 어느 오르막 골목을 걸었다. 문 대리는 김서연에게 들은 이야기들을 머릿속으로 정리하기 위함이었고 김서연은 그런 문 대리에게 시간을 주고자 함이었다. 두 사람 사이로 강남의 시끌벅적한 밤공기가 잠시 흘러갔다.

"근데 서연 씨는 왜 안 갔어요? 제멜제약으로."

순간, 김서연의 머릿속에 단단이가 떠올랐지만 그 얘긴 하지 않았다. 애초에 문 대리는 김서연이 임신한 사실도 몰랐고 단단이 얘기를 하는 순간 '천재 약'이라는 매우 자극적인 말도 할 수밖에 없었기 때문이다. 김서연은 문지혁 대리를 100% 신뢰하진 않았다.

"그건 옳은 일이 아니잖아요."

문 대리는 그녀의 말에 고개를 끄덕였다. 아무리 그가 김서연에게 관심이 없었다고 해도 그녀의 이런 성격 정도는 파악하고 있었다.

"좋아요."

"이제 다시 KIST 얘기로 돌아갈까요?"

"네. 그런데 잠깐만…. 임지윤이 제멜제약 쪽으로 넘어갔으면 당연히 그 자료도 지우지 않았을까요? 그 친구라는 사람한테 말해서."

"그 친구의 개인 컴퓨터에선 지웠을 수도 있죠. 그런데 혈액 분석 장비에 있는 자료는 안 지웠을 거예요. 굳이 그럴 필요가 없죠. 하지만 지웠다고 해도 상관없어요. 제가 복구하는 방법에 대해서는 알려드릴게요. 문 대리님은 그저 혈액 분석 샘플 의뢰랑 KIST 방문자 신청만 잘 해주세요."

"아…. 무서운데…."

"해킹하거나 그런 건 아니잖아요. 데이터만 몇 개 더 가져오는 거고. 문제없을 거예요."

"그럼 서연 씨가 직접…."

"하려고 했죠. 그런데 지윤이 친구는 저를 알고 있더라고요. 전화로 의뢰했을 뿐인데도 당황하던데요? 아마 그 친구한테 다 넘겼겠죠. 제 정보를."

"제 정보는 안 넘겼을까요?"

"네."

"어떻게 알아요?"

"지윤이는 문 대리를 중요한 인물이라고 생각하지 않았거든요."

문 대리는 매우 기분이 나쁜 채로 강남의 밤길 한가운데에 멈춰 섰다. 사실 이건 김서연이 의도한 것이기도 했다.

"하…. 그 여자 생각할수록 짜증 나네. 그래도 일단 오케이. 뭐, 그건 알겠어요. 근데 서연 씨는 아무것도 안 하고 그냥 집에만 가만히 계시겠다? 이건 너무 불공평한 거 아닙니까?"

"저도 가만히 있는 건 아니에요. 제가 따로 할 일이 있어요."

"뭔데요?"

"저희 연구실 하드디스크 다 털렸던 거 기억하시죠?"

"알죠."

"그거 찾으러 가요."

"네? 무슨 수로요?"

김서연은 씨익 웃었다.

"하드디스크 털리기 전에 제가 해둔 설정이 있어요."

"뭔데요?"

"내 디바이스 찾기 기능."

"네?"

문 대리는 한쪽 눈썹을 치켜올렸다.

"그게 가능해요?"

"검색해 보세요. 하드디스크 위치추적, 내 디바이스 찾기. 방법들 나올 거예요."

문 대리는 곧장 휴대전화를 들어 검색했다.

"진짜네…."

김서연이 문 대리에게 전화하기 전, 그녀에게 온 진동이 바로 이 알람이었다.

"이 하드디스크는 방어용이에요. 우리가 혈액 검사 결과로 제멜제약을 공격하면 그들은 분명 반격할 겁니다. 이 하드디스크엔 그동안의 기록들이 모두 담겨있어요. 충분히 그들의 공격을 다 방어할 수 있는 거죠."

"아…."

"문 대리님은 KIST에 무기를 찾으러 가는 거고 저는 방패를 찾으러 가는 겁니다. 잘 부탁드려요. 더 궁금한 거 있어요?"

"지금은 없긴 한데…. 일단 알겠습니다. 서로 필요한 거 다 챙기고 다시 만나시죠."

"네. 그러면…. 일 끝나고 다시 봬요."

"그래요."

그렇게 두 사람은 흩어졌다. 김서연은 이제야 겨우 약간의 미소를 지을 수 있었지만, 돌아가는 길, 단단이의 사진을 바라보는 순간 그녀의 입꼬리는 다시 내려갔다.

다시 3일 뒤 해가 쨍쨍한 대낮. 김서연은 서울행 고속버스 티켓을 끊었다. 질끈 올려 묶은 머리와 청색 카고바지에 운동화 그리고 주머니가 덕지덕지 달린 검은 재킷 하나를 입은 채였다. 원래는 차를 빌려서 가려고 했지만 포기했다. 그녀가 가려는 곳은 주차할 만한 곳도 없었고 무엇보다 인구의 밀집도가 높은 곳이어서 비상 상황이 생긴다고 해도 금방 도움을 요청할 수 있을 거라 생각했기 때문이다. 그녀는 지금 서울 연남동으로 향하고 있었다.

몇 시간 뒤, 검은색 마스크를 쓴 그녀는 홍대입구역에 내렸다. 그리곤 휴대전화에 나온 하드디스크의 위치를 보며 걷다가 적색 벽돌로 만들어진 3층짜리 건물에 도착했다.

"실제로 보니까 더 낡았네."

김서연은 이 오래된 건물 주변 골목을 한 바퀴 돌았다. 그 주변엔 세련된 카페와 규모가 꽤 큰 편의점 그리고 신축 빌라들이 있었지만, 이상하게도 이 건물만큼은 사람이 살지 않는 것처럼 보였다.

김서연은 일단 건물 뒤에 있는 전기 계량기를 확인했다. 이 10개의 계량기 중에 미세하게나마 돌아가고 있는 것은 '0호'라고 쓰인 계량기 단 하나밖에 없었다.

"지하인가…."

김서연은 검은 재킷에 덕지덕지 붙은 주머니에서 페퍼 스프레이 하나를 꺼냈다. 마치 이 모습은 첩보원이 본격적인 침투를 하기 위해 총을 꺼내 드는 모습 같았다. 그러고는 주변을 살피며 이 오래된 건물의 문을 열었다. 다행히 이 유리문은 잠기지 않았다.

건물 안에 들어온 김서연은 이 유리문 위에 작은 방울을 하나 달았다. 누군가 들어올 때를 미리 인지할 수 있도록 대비하는 것이었다. 그러고는 휴대전화의 플래시를 켜며 암흑보다 어두운 지하실 계단을 걸어 내려가 그곳에 하나 있는 철문을 두드렸다.

- 쿵쿵쿵.

겨우 손가락 하나만으로 살짝만 두드렸을 뿐인데 이 오래된 철문은 큰 소리로 반응했다.

김서연은 잔뜩 긴장한 채 이 컴컴한 지하에서 휴대전화 플래시 하나와 페퍼 스프레이 하나를 손에 쥔 채 철문이 열리길 기다렸다. 그러나 꽤 오래 기다렸음에도 철문은 열리지 않았다.

- 쿵쿵쿵.

김서연은 다시 한번 문을 두드렸다. 평소처럼 생각이 많은 김서연이라면 절대로 이곳까지 오지 않았겠지만 지금 그녀에게 중요한 건 오직 단단이 하나였다. 그리고 지금 그녀는 떼쓰고 화를 낸다고 해서 단단이를 다시 찾아올 수 없다는 것도 알고 있었다. 오직 이 방법과 혈액 검사서만이 김서연의 유일한 길이었다. 그래서 그녀는 이 험하고 궂은일을 피하지 않았다.

또다시 꽤 오래 기다렸음에도 철문은 열리지 않았다. 김서연은 휴대전화를 가슴 쪽 주머니에 넣은 뒤 플래시로 철문의 문고리를 비췄다. 그리곤 실핀 두 개를 꺼내 문고리를 열기 시작했다.

이제 가을이 다 가고 초겨울이 시작될 즈음이었음에도 문고리를 여는 김서연의 이마에서는 땀이 흘러나왔다.

- 딸깍!

잠시 후, 그녀는 이 거대한 철문의 잠금을 해제시켰다. 그러고는 다시 페퍼 스프레이를 손에 쥔 채 철문을 열었다.

철문을 열자마자 그녀의 콧속으로 매캐한 냄새가 몰려왔다. 지하실에서만 맡을 수 있는 특유의 날카로운 냄새였다.

- 딱!

김서연은 철문 옆에 있는 불을 켰다. 그러자 꽤 넓은 공간 하나가 나왔다. 네모난 기둥이 세 개나 있었지만, 공간을 구분하는 벽은 없었고 나름 부엌과 화장실도 있었다. 생활감이 그리 잘 느껴지지 않는 이 공간의 넓이는 최소 40평은 되어 보였다.

- 철컥.

그 후 김서연은 다시 철문을 닫은 뒤, 컴퓨터부터 찾아서 전원 버튼을 눌렀다. 그리곤 화면 앞에 앉아 안도의 한숨과 웃음을 내보냈다. 자기가 사용하던 컴퓨터 하드디스크를, 그것도 데이터가 온전한 채로 이 먼 곳에서 발견한 것이었다. 그런데 그때.

- 딸랑.

김서연이 달아둔 방울 소리가 철문을 뚫고 날카롭게 진동했다.

＊＊＊

같은 시각. 문 대리 역시 차를 타고 KIST 내부로 들어가고 있었다. 나무들로 둘러싸인 꼬불꼬불한 2차선 도로를 달리는 것이 마치 군부대로 들어가는 것만 같았다. 실제로 정문을 지나가기 위해서는 신분증도 필요했다. 문 대리는 이 과정을 어렵지 않게 통과한 뒤, 임지윤의 친구인 20대 여성과 만나 간단하게 소개를 나누고 길을 걸었다.

"그런데 무궁화학…. 제가 어디서 많이 들어본 거 같은데 기억이 잘 안 나네요."

"작은 회사예요."

"아닌데…. 뉴스에서 들어 본 거 같은데…. 최근에 병합하거나 뭐 그런 이슈 없으셨어요?"

그녀는 임지윤의 친구답게 호기심이 많았다.

"글쎄요. 저는 잘 모르겠네요. 주식 하시나 봐요? 그런 이슈 챙겨 보시는 거 보면."

문 대리는 화제를 돌렸다.

"네. 주변 사람들은 미국주식 하라는데…. 저는 그래도 한국 주식이 좀 더 편하더라고요."

"종목은 뭐 가지고 계시는데요?"

두 사람은 그렇게 한동안 주식 얘기로 시간을 보내다가 하얀 건물로 들어갔다. 그리곤 실험기기들이 온 사방에 퍼져있는 어느 실험실 안에 도착했다.

"좁죠? 조금만 참아주세요."

이곳은 김서연이 들어간 지하의 방과는 완전히 반대였다. 공간 자체는 20평 정도 되는 곳이었지만, 한 사람도 지나가기 힘든 두 개의 통로만 겨우 있었고 나머지는 실험과 관련된 것들로 채워져 있었다.

"이거예요. 의뢰 주신 장비. 여기에 가져오신 혈액 샘플 로드(Load, 투입)하고 분석 결과 나올 때까지 기다리면 끝입니다."

장비는 꽤 컸다. 심지어 매우 비싸 보였다.

"이 장비 소개 잠깐 드리자면…."

임지윤의 친구는 장비에 달린 장치를 하나씩 가리키며 그 기능들을 설명해 줬다. 문 대리는 그저 고개만 끄덕였다.

"그리고 측정이 끝나면 결과가 이 폴더에 저장이 되는데요…."

임지윤의 친구는 결과에 대한 이야기와 컴퓨터 사용법에 대한 이야기도 시작했다. 문 대리 입장에서는 너무나 고마운 일이었다.

"그래서 여기에 있는 이 자료를 제가 보는 앞에서 메일로 보내시면 됩니다. USB 사용은 안 돼요."

"네, 알겠습니다."

문 대리는 씨익 웃었다.

"근데 처음이에요."

"네? 뭐가요?"

"화학회사에서 혈액 검사 의뢰 들어온 거요."

"아…. 신사업 준비 중이라서…."

문 대리의 미소는 금세 어색한 웃음으로 바뀌었다.

"바이오 회사로 가시는 거예요?"

"네…. 뭐…."

"이런 말씀 죄송하지만…. 아직 기사는 안 나왔죠?"

"네…. 기사는 없어요."

그녀의 이 발언은 문 대리의 등골을 서늘하게 만들었다. 무궁화학과 영실대학교는 TPDD 임상에 함께 들어갈 때 기사를 내보낸 적이 있었기 때문이다. 협약식에서 무궁화학 측과 영실대학교 측이 함께 찍은 사진도 포함된 기사였는데, 이 젊은 여성이 그것을 찾아내기라도 하면 학부 연구생 시절의 임지윤과 문 대리가 나란히 서 있는 모습을 발견할 게 분명했다.

"혹시 이 검사 결과 괜찮으면 기사 나오나요?"

"그럼요. 그래서 제가 여기까지 온 거잖아요. 믿을만한 데이터 얻으려고."

"아…. 진짜 잘 나왔으면 좋겠다."

"잘 나올 거예요."

"그런데요…."

그녀는 말이 많았다.

"그전에는 어디서 검사하셨어요?"

"네?"

"이 혈액 검사요."

"아…. 저희 회사가 지방에 있다 보니 지방 의료원이나 뭐…. 그런 곳에서 했죠."

"그런데 여긴 어떻게 알고 오셨어요? 여기는 특성분석센터가 아니라서 외부에 공개된 곳이 아닌데…."

"아이, 참…."

문 대리는 너털웃음을 내보냈다.

"여기 KIST잖아요. 당연히 혈액 분석 장비가 있을 줄 알았죠. 그런데 특성분석센터는 반도체 재료 이런 것만 분석하길래 그럴 리 없을 거라고 생각해서 여기저기 찾아보다가 여기까지 온 거죠. 연구원님 이름도 공개되어 있었고."

문 대리는 순간 기지를 발휘해서 조금은 부족하지만 나름 그럴듯한 말을 만들어냈다.

"그리고 솔직히…."

거기에 마지막 한 방도 준비했다.

"제가 이제 30대지만 공부도 하고 싶거든요."

"공부요?"

"네. 석사, 박사 다 하고 싶어요. 그런데 여기서도 공부할 수 있다고 해서…."

"어! 맞아요. 할 수 있어요. 저도 석사과정 중이에요."

"아, 그러세요?"

"네."

"그렇구나…. 하하. 그래서 한번 꼭 와 보고 싶었어요. 얼마나 좋은 곳인지 보고 싶어서."

"그러면 진작 말씀하시지!"

임지윤의 친구는 KIST와 관련된 이야기를 시작했다. 이제껏 그녀가 보고 들었던 이야기들과 현실들 그리고 꿈과 희망에 관한 것들이었다. 그러며 그들은 혈액 검사를 시작했고 그 넓지만 좁은 틈에 앉아 즐거운 시간을 보냈다. 그러나 문 대리는 생각해야만 했다. 이 검사가 끝나고 저 컴퓨터에 있는 데이터를 모두 빼내야 하는데 그러려면 이 임지윤의 친구는 이곳에 없어야 한다는 것을. 꼭 혈액 검사가 완료되지 않더라도 혼자 있을 시간만 있으면 된다는 것을. 그래서 문 대리는 이런 제안을 했다.

"커피 한잔하실래요? 제가 살게요."

"좋아요."

그렇게 두 사람은 KIST 내부에 있는 카페에 도착했다.

"저는 아메리카노 마시겠습니다. 샷 두 개 더 추가해서요."

"네?"

임지윤의 친구는 놀랐다.

"이거, 은근히 괜찮아요. 시럽 조금 넣어서 먹으면 완전 꿀맛입니다."

"샷을 두 개나 더 추가하면…."

"드셔보세요. 절대 후회 안 하십니다."

"아…."

문 대리의 계획은 카페인 공격이었다. 더 많은 카페인을 흡수하면 더 많은 이뇨 작용이 일어날 테고 그러면 그녀는 반드시 화장실에 가야만 했다. 문 대리는 이런 생각을 하며 그녀를 바라봤다. 제발 샷을 하나만이라도 더 추가해달라고. 그게 내가 굳이 두 개를 추가한 이유라고.

"그러면 저는 두 개는 좀 그러니까 한 개만 추가할게요."

"네, 후회하지 않으실 겁니다."

문 대리는 그제야 웃었다.

커피를 받은 문 대리는 다시 연구실 방향으로 몸을 틀었다. 빨리 들어가고 싶었던 것이다. 그러나 임지윤의 친구는 그 부분에선 단호했다.

"커피 들고는 연구실 못 가요. 어차피 결과 나오려면 30분은 더 있어야 하니까 여기서 30분 보내다 가시죠."

"아…."

이때, 문 대리의 심장은 다시 벌렁거리기 시작했다. 샷을 두 개나 더 추가해서는 아니었다. 혹시라도 그녀가 이 카페에서 화장실을 가게 된다면 연구실에선 꼼짝없이 붙어있어야 할 것이고 모든 계획은 수포로 돌아갈 게 분명했기 때문이었다.

"네…."

그러나 지금 그는 그녀가 말한 규칙을 깰 수 있을 정도의 사람이 아니었다. 결국, 두 사람은 카페에 앉아 대학원 이야기를 이어갔다. 문 대리는 어떻게든 그녀의 관심을 끌기 위해 웃어보기도 하고 박수도 치고 자기가 살아온 인생 이야기도 했다. 이렇게 그녀의 혼을 쏙 빼놓으면 적어도 이 카페에선 화장실을 가고 싶다는 생각을 못 할 것이라고 봤기 때문이다. 그렇게 혼신의 30분이 지났다.

"저 잠깐 화장실 좀 다녀올게요."

하지만, 문 대리의 마지막 계획은 효력을 발휘하지 못했고 결국, 그들은 커피를 다 마신 후 다시 연구실로 돌아왔다.

"마침 분석이 다 끝나있었네요."

문 대리는 어떻게든 그녀를 이 연구실에서 밀어낼 생각을 쥐어짜 내 봤지만 별다른 방법이 떠오르지 않았다. 그런데 그때.

- 위이이잉.

그녀의 휴대전화가 울렸다.

"네, 선배. 지금요?"

문 대리는 한 줄기 희망의 빛을 바라본 듯 그녀를 응시했다.

"지금…."

반대로 그녀는 문 대리의 눈치를 살폈다.

"잠시만요, 선배. 저기…. 문 대리님…."

"네!"

문 대리는 씩씩하게 답했다.

"혹시 여기 잠시만 혼자 계셔도 괜찮으시겠어요? 제가 잠깐 저희 연구실에 다녀와야 할 것 같아서요."

"당연히 괜찮죠!"

문 대리는 활짝 웃었다.

"아, 네 그러면…. 오래 안 걸릴 거예요. 조금만 기다려주세요."

그녀는 짧은 말을 남긴 채 이 넓지만 좁은 실험실을 빠져나갔다. 순간, 문 대리는 컴퓨터의 키보드를 두드리기 시작했다. 그리곤 임지윤의 친구에게 배운 것과 김서연에게 배운 것을 종합해 필요한 자료들을 살려내기 시작했다.

"제발…."

문 대리는 입구를 계속 바라보며 발을 동동 굴렀다. 그리고 잠시 후, 완료됐다는 창이 뜨자 문 대리는 그 파일들을 압축하고 메일에 첨부했다. 복구된 자료들이 꽤 많아 용량이 컸던 탓에 시간도 꽤 걸렸다. 그렇게 업로드 수치가 50%를 넘겼을 무렵.

"어!? 지금…."

임지윤의 친구가 돌아왔다. 문 대리는 급히 인터넷 창을 내렸다.

"제가 말씀 안 드렸나요?"

"네? 어떤…."

갑자기 변한 그녀의 태도에 문 대리는 식은땀을 흘렸다.

"이거 제 허락 없이는 만지시면 안 되는데."

"아…. 죄송해요. 아까 너무 친절하게 알려주셔서…."

그녀는 천천히 다가와 인터넷 창을 다시 올려 문 대리의 메일을 확인했다. 어느새 업로드는 완료돼 있었다. 이제 보내기 버튼만 누르면 문 대리의 오늘 임무는 완벽하게 끝날 수 있었다. 그 때문에 문 대리는 여기에서도 심각하게 고민을 이어갔다. 그냥 누르고 튈지 아니면 끝까지 기다리는 선택을 할지. 혹시라도 그녀가 메일에 첨부된 비이상적으로 큰 용량을 확인하면 그것 또한 일이 커질 수 있었다.

문 대리는 눈을 질끈 감았다. 그러나 문 대리가 그 고민의 결론을 내리기 전에, 그녀가 그의 고민을 완전히 해결해 줬다.

- 딸깍.

그녀가 업로드 된 파일의 용량은 보지 않고 보내기 버튼을 눌렀던 것이다. 문 대리는 그제야 겨우 숨을 쉴 수 있었다.

"다음에는 이러시면 안 돼요."

"아…. 네…. 걱정 마세요. 다음엔 절대로 안 건드리겠습니다."

문 대리는 긴 한숨을 내쉬며 땀에 절은 미소를 지었다.

"저 이제 가도 되는 거죠?"

"아니요."

문 대리는 예상치 못한 그녀의 이 말에 그나마 내보낸 미소를 다시 거둬들였다.

"아…. 왜…."

"혼자 가시면 안 되죠. 제가 같이 가야죠. 입구까지."

"아…. 하하…."

문 대리의 긴장은 끝나지 않았다.

"그럼 같이…."

"네, 같이 나가요."

두 사람은 건물 밖으로 나와 입구 쪽으로 향했다. 그리고 잠시 후, 그들이 처음 만났던 장소에 도착했다.

"그러면 다음에 또 뵙겠습니다. 오늘 감사했습니다."

"네."

문 대리는 그렇게 등을 돌린 채 자기가 타고 온 차로 돌아갔다. 그러나 임지윤의 친구는 그의 등 뒤에 대고 갑자기 이런 말을 했다.

"그런데 무궁화학 기사는 이미 있더라고요."

문 대리는 깜짝 놀라 다시 뒤돌아 그녀를 바라봤다.

"제 친구도 거기랑 같이 일했었는데."

* * *

- 딸랑.

김서연이 달아둔 방울이 경쾌한 소리를 내며 울리자 그녀는 재빨리 컴퓨터를 끈 뒤 철문 쪽으로 달려가 불을 껐다. 그리곤 세 개의 기둥 중, 문과 가장 먼 곳에 있는 기둥 뒤에 숨었다. 그리고 잠시 후.

- 철컥.

철문이 열렸고.

- 딱!

불이 켜졌다.

김서연은 페퍼 스프레이를 든 채 기둥 뒤에 숨어 모든 신경을 청각에 집중했다.

- 저벅저벅.

누군지 알 수 없는 그 발소리가 가장 처음으로 향한 곳은 컴퓨터 쪽이었다.

- 휘이이잉.

그리고 잠시 후, 컴퓨터의 팬이 돌아가는 소리가 들려왔고 이내 클래식 음악 소리가 김서연의 청각을 지배했다.

김서연은 침을 꿀꺽 삼켰다. 그녀의 심장은 더 빠르게 뛰었다. 이제 그녀는 소리에 온전히 집중할 수 없었다. 기둥 뒤에 등을 대고 서 있는 것조차 도박이었다. 발소리가 들리지 않아 기둥 왼쪽에서 나타날지 오른쪽에서 나타날지도 알 수 없었기 때문이다. 그런데 그때.

- 훅!

김서연의 어깨로 손 하나가 들어왔다.

- 치히히히힉!

김서연은 무조건 반사에 가까운 속도로 페퍼 스프레이를 뿌렸다.

"크으으으!"

그러자 남성의 목소리가 들렸다. 김서연은 그 틈을 놓치지 않고 재빨리 철문 쪽으로 뛰었다. 하지만 페퍼 스프레이가 잘 먹히지 않았는지 남성은 다시 일어나 순식간에 뛰어가는 김서연의 발목을 낚아채 그녀를 넘어뜨렸다. 그 바람에 김서연이 들고 있던 페퍼 스프레이도 철문 쪽으로 날아가고 말았다.

바닥에 쓰러진 김서연은 도대체 누가 자기의 하드디스크를 훔쳤고 자기의 생명을 위협하는지 바라봤다. 결과는 예상대로였다. 프랑스와 영실대학교 지하 주차장에서 봤던 그 라틴계 괴한이었다.

그는 한쪽 눈을 고통스럽게 감은 채 매우 화난 표정을 짓고 있었다. 금방이라도 김서연의 목을 조를 것만 같았다. 이미 모든 걸 잃었다고 생각했던 김서연이었지만, 자신의 목숨은 여전히 가지고 있었다는 것을 그녀는 그때 깨달았다. 할 수만 있다면 마지막으로 단단이 사진을 보며 최후를 맞이하고 싶었다. 그런데 그때, 갑자기 또 다른 곳에서 낯선 목소리가 들려왔다.

"Arrête!"

낯설지만 조금은 익숙한 언어의 목소리였다. 김서연은 고개를 돌려 그 소리가 들려온 곳을 바라봤다. 그러자 철문 앞에도 낯설지만 조금은 익숙한 사람 한 명이 보였다. 실제로 본 적은 없지만, 사진으로는 꽤 많이 봤었던 사람. 그러나 이곳에서 볼 거란 생각은 단 한 번도 해보지 않았던 사람.

"교수…. 님…?"

그는 프랑스에서 실종됐다고 알려진 앙투앙 드마르크 교수였다. 어쩌면 그녀는 모든 걸 잃은 게 아닐 수도 있었다.

7
듣고 싶은 것만 들었으니까

김서연은 곧장 일어나 휴대전화에 있는 번역기를 실행했다.

"드마르크 교수님 맞죠?"

『맞아요. 서연 씨?』

"네, 김서연입니다. 그런데 이 사람은….."

김서연은 여전히 한쪽 눈을 부여잡고 있는 괴한을 가리켰다. 그런데 그때.

- 철컥.

철문이 열리더니 또 한 명의 낯설지만 익숙한 사람이 들어왔다.

"어!?"

죽었다고 생각했던 금발 청년이었다. 그도 그녀를 이곳에서 볼 줄은 꿈에도 생각 못 했는지 당황한 기색이 역력했다.

"죽은 게 아니었어요?"

『나는 사람을 죽이지 않아요.』

드마르크 교수의 음성엔 인자함이 깔려있었다.

"뭐야? 그러면 교수님이?"

『주사로 기절만 시킨 거였어요.』

"분명 심정지 상태였다고요!"

『프로프라놀롤이 들어간 화합물. 서맥(심장박동을 늦추는) 유도제입니다. 고용량을 사용하면 단기간에 심장이 멈춘 것 같은 효과를 낼 수 있죠. 물론 당신들이 떠난 뒤에는 곧장 글루카곤 화합물을 투여했습니다. 해독제.』

"왜요? 저 사람 교수님 제자잖아요! 그런데 왜 주사까지 써 가면서…."

『누구도 믿을 수 있는 상황이 아니었거든요.』

"당신도 알았어요!?"

김서연은 금발 청년에게 물었다.

『아니요…. 당연히 저도 몰랐죠.』

"당신 죽을 뻔했다고요! 그런데 왜 같이 있는 거예요!?"

『교수님은 저를 살려준 거예요.』

"뭐라고요!?"

『제가 그때 죽은 사람이 되지 않았으면 아마도 지금은 정말 죽었을지 몰라요.』

"누구한테?"

『치니코프한테.』

괴한이 답했다. 김서연은 그 괴한의 목소리를 처음 들었다.

『이 친구도 제 제자입니다. 치니코프에 있던 친구죠. 그런데 그들의 계획을 모두 알고 나한테 왔어요. 그들은 정말로 우릴 죽일 작정이었던 겁니다.』

김서연의 머릿속에 또 다른 폭풍이 몰아쳤다. 대낮에 대학교 한복판에서 이 금발 청년이 죽었다는 뉴스가 나오지 않은 것에 대해서도 이해할 수 없었다. 금발 청년이 죽었다는 이야기가 들려야 치니코프가 더 이상 접근하지 않았을 테니까.

"뉴스는 왜 안 나온 거예요? 죽은 게 확정돼야 치니코프가 접근을 안 할 텐데."

『치니코프는 알고 있어요.』

"그러니까, 어떻게요?"

『루카스 리, 그 친구가 다 보고했을 겁니다.』

"네? 잠깐만, 설마 그러면…."

『걱정 마요. 루카스 리는 그냥 일 때문에 보고만 한 걸 테니.』

"그러면 일부러 그날 루카스 리를 부른 거예요? 증인으로 사용하려고?"

『그런 셈이죠. 서연 씨까지 증인이 되면 좋겠다는 생각도 했고.』

"그때 우리 죽는 줄 알았다고요!"

『미안합니다. 근데 서연 씨는 여길 어떻게 알고 온 겁니까?』

"제 하드디스크가 저기 있으니까요!"

김서연은 여전히 씩씩거리며 클래식 음악이 흘러나오고 있는 컴퓨터를 가리켰다.

"하드디스크에 위치 추적 기능이 있어요."

세 사람은 약간 당황한 듯 그들이 가진 두 눈을 크게 떴다.

"사람들은 잘 모르더라고요. 그런데 저희 연구실 하드디스크는 도대체 왜…."

『TPDD 자료는 모두 폐기해야 했습니다. 저희가 모르는 다른 자료가 있는지도 봐야 했고. 그런데 별다른 건 없더군요. 다른 하드디스크들도 별거 없고.』

드마르크 교수는 이 공간 구석에 쌓여있는 나머지 하드디스크들을 가리키며 말했다.

"클라우드에 백업했을 거란 생각은 안 해보셨어요?"

『없던데요. 그 어떤 클라우드에도.』

괴한은 차갑게 말했다. 김서연은 더 차갑게 말했다.

"맞아요. 진짜 TPDD 자료들은 제 머릿속에 들어있으니까."

『그런데 굳이 왜 찾아온 거죠? 아무것도 없는 하드디스크였는데.』

예리한 질문이었다. 그러나 김서연은 이 하드디스크에 들어있는 게 무엇인지 아직은 말할 수 없었다. 아직 이들에 대해 아는 게 너무 부족했다.

"누가 이 연구 자료를 노리고 있는 건지 확인해야 했으니까요. 잠깐만요. 그러면 저는 지금 여기서 죽는 건가요? 제 머릿속에 TPDD 자료가 다 들어있으니까?"

그래서 그녀는 화제를 돌렸다.

『아까도 말했듯, 나는 사람을 죽이지 않아요. 걱정 마요. 그리고 우리도 한국에 들어와서 상황을 지켜보고 있었어요. 임상 실패 소식부터 서연 씨를 제외한 영실대학교 사람들이 제멜제약으로 넘어갔다는 이야기 그리고 최근에 서연 씨가 당한 일에 대해서도 알고 있고. 단단? 그게 아기 이름이죠? NICU에 있고.』

"맞아요⋯."

『안 그래도 연락하려고 했습니다. 물론, 서연 씨한테만.』

김서연은 조금씩 긴장을 풀었다.

『앉읍시다.』

드마르크 교수가 말하자 괴한과 금발 청년이 등받이가 없는 플라스틱 의자를 가져와 이 공간 한가운데에 배치했고 네 사람은 자연스럽게 사각형의 꼭짓점이 되어 자리에 앉았다.

"그런데 한국엔 왜 오신 거예요?"

『당연히 TPDD 치료제 출시 막으러 온 거죠. 그건 세상에 나와선 안 되는 약이니까.』

김서연은 살짝 망설였다. TPDD 치료제가 천재를 만들 수 있는 약이라는 것을 드마르크 교수가 알고 있는지 확실하지 않아서였다.

"왜 그렇게 생각하시는 거죠?"

드마르크 교수는 괴한과 금발 청년을 번갈아 가며 바라본 뒤 고개를 끄덕였다.

『하드디스크를 뒤져보니 제가 알고 있는 실험 결과는 없더군요.』

"그게 뭔데요?"

김서연은 미리 답을 알고 있었지만, 최선을 다해 모르는 척했다.

『경우에 따라서, TPDD 치료제는 천재를 만듭니다.』

"천재요?"

『네. 이게 상용화된다면 세상은 혼란스러워질 겁니다. 윤리적인 문제와는 상관없이 사회적 불평등이 심화 될 게 분명해요. 부모들은 우월한 자녀를 갖기 위해 모든 짓이든 다 할 것이고 그렇게 태어난 아이들은 나머지 사람들을 멸시할 겁니다. 그러면 그건 결국 우월한 자들이 열등한 자들을 학살하는 시나리오로 이어질 수 있겠죠.』

김서연은 쉽게 말을 이어가지 못했다. 단단이가 생각나서였다. 그래서 한참을 고민하다 겨우 그의 말을 되받아쳤다.

"외람되지만, 교수님은 지금 음모론적인 이야기를 하고 계세요."

『TPDD 치료제가 천재를 만들 수 있다는 이야기? 아니면 학살 시나리오?』

"둘 다지만…. 특히 학살 시나리오요. 그건 검증된 바 없는 이야기 잖아요."

『나는 이 모든 걸 동물실험으로 증명했어요.』

"데이터는요?"

『곧 공개할 겁니다. 이미 한 번 실패했기 때문에 이번엔 더 신중하게 발표할 거예요.』

김서연은 이미 한 번 실패 했다는 드마르크 교수의 말에 한쪽 눈썹을 치켜올렸다. 그러나 이내 금발 청년은 그녀의 의문을 해소해 줬다.

『치니코프요. 치니코프가 그 결과 발표를 방해하려고 많이 애썼어요.』

『그래서 내가 교수님을 보호한 거고.』

라틴계 괴한도 거들었다.

『치니코프는 우리가 한국에 있다는 사실은 꿈에도 모를 겁니다. 공식 루트로 온 건 아니니까.』

"그럼 한국에서 자료를 발표하시겠다는 말씀이세요?"

『맞아요. 치니코프와 제멜제약에 경고할 겁니다. 그들은 지금 세상을 파괴할 약을 만들고 있는 거라고.』

김서연은 미간을 찌푸린 채 고개를 저었다. 이해되지 않는 것들이 너무 많았다.

"교수님, 교수님이 TPDD 치료제를 먼저 치니코프 쪽에 보여주셨다고 들었는데 맞나요?"

『엄밀히 따지면…. 아니요.』

"분명 그때 저 금발 청년이…."

『제가 오해했었어요. 물론 완전 아니라고는 못 하지만.』

금발 청년은 김서연을 보며 한 손으로 가슴을 가볍게 두드렸다. 자기의 잘못이란 의미였다.

『치니코프 사람들은 종종 내 연구실에 놀러 왔어요. 그날도 그렇게 놀러 왔다가 내 동물실험 결과를 본 겁니다. 이게 뭐냐고. 나는 아무 생각 없이 다 말했어요. 과학자들은 그렇잖아요. 재밌는 결과가 나오면 자랑하고 싶어서…. 아무튼, 그럼에도 나는 분명히 말했어요. TPDD 치료제는 경우에 따라선 천재를 만들긴 하지만 그렇게 태어난 개체들이 다른 개체를 학살했다고. 내가 한 얘기는 그겁니다. 학살에 초점을 맞춘 이야기였죠.』

"그런데 치니코프는 왜 그걸 출시하려고…."

『듣고 싶은 것만 들었으니까.』

라틴계 괴한이 다시 한번 목소리를 내뱉었다. 김서연은 심각한 표정으로 그를 바라봤고 라틴계 괴한은 말을 이어갔다.

『치니코프는 마약 진통제 문제로 거의 파산 직전까지 간 상태예요. 그래서 한 방이 필요했습니다. 그런 사람들한테 TPDD 치료제 실험 결과는 하늘에서 내려온 한 줄기 빛이었을 거예요. 그들에게 학살이란 단어는 중요하지 않았어요. 천재라는 단어가 중요했던 거죠. 심지어 그 앞에 '경우에 따라서'라는 조건도 붙어 있었는데.』

"잠깐만요…. 경우에 따라서라는 말은 또 무슨 말인가요?"

『TPDD 치료제로 천재가 되기 위해서는 TPDD 유전자가 필요해요.』

『그나마 그것도, 태어난 상태에서는 효과가 없어요.』

괴한과 금발 청년이 연속으로 말을 이어가다 드마르크 교수가 그들의 이야기를 마무리 지었다.

『TPDD 유전자를 가진 태아가 TPDD 치료제를 맞았을 때, 그제야 천재성은 발현됩니다.』

김서연은 다시 긴장하기 시작했다. 자기편인 줄 알았던 이들은 어쩌면 자기편이 아닐 수도 있겠다는 불안함 때문이었다. 만약 이들이 단단이가 태아 시절 TPDD 치료제를 맞은 아기인 줄 알게 된다면 매우 높은 확률로 단단이를 죽이려 할 것이 분명했다. 그래서 김서연은 재빨리 화제를 돌렸다.

"만약에 TPDD 유전자가 없는 태아가 TPDD 치료제를 맞으면요? 그때는 어떻게 되나요?"

『잘 아시겠지만, 건강한 성인한텐 아무런 영향이 없어요. 그냥 물을 맞은 것과 같죠. 하지만 건강한 태아가 TPDD 치료제를 맞는다면…. 유전자 과발현이 일어나서 태어나기도 전에 암에 걸릴 겁니다. 심한 경우엔 급성 반응이 일어나서 맞자마자 죽을 수도 있어요. 이 경우에 산모도 위험할 수 있습니다.』

김서연은 등골이 오싹했다. 만약 단단이가 TPDD 유전자를 가진 아이가 아니었다면, 단단이 뿐만 아니라 그녀 자신도 위험할 뻔했던 것이다.

"아니, 근데 그 위험한 걸 개발한다고 그러는 거예요? 제멜제약이랑 치니코프가?"

『그러니까 우리가 막으러 온 거죠.』

『서연 씨는 다행인 겁니다.』

"어떤…. 게요?"

『단단이가 TPDD 유전자를 가졌다는 것도 우린 알고 있어요. 유감이긴 하지만…. 그 아이에게 TPDD 치료제를 사용하지 않은 건….』

"제가 제 아들이 죽도록 놔두는 걸 다행이라고 생각하시는 거예요? 아무런 시도도 안 해보고!?"

김서연은 목소리를 높였다.

『그럴 리가요. 조금 더 성장한 뒤에 천재성 발현이 없는 치료제를 다시 개발하면 되는 거죠.』

드마르크 교수의 이런 대답에 김서연은 콧김만 내뿜을 뿐 다른 말은 하지 않았다. 사실 김서연은 오히려 다행이라고 생각하고 있었다. 아직 이들은 단단이가 이미 TPDD 치료제를 맞은 걸 모르고 있는 것 같았기 때문이다. 그런데 그때.

- 위이이잉.

김서연에게 전화 한 통이 걸려 왔다.

"저랑 같이 일하는 사람이에요. 전화 받을게요."

김서연은 그들의 허락을 구했다. 세 사람은 다시 한번 서로의 얼굴을 잠시 바라보다가 이내 고개를 끄덕였다.

"여보세요."

『하드디스크 찾았어요?』

문 대리의 목소리는 밝았다.

"네. 찾았어요."

『다행이네요!』

"문 대리님은요?"

『당연히 구했죠! 와…. 진짜 얼마나 우여곡절이 많았는지 아마 상상도 못 하실 겁니다. 누가 임지윤 친구 아니랄까 봐 사람 귀찮게 하는 건 똑같더라고요.』

"고생하셨어요."

『근데요….』

이때, 갑자기 문 대리의 목소리 톤이 낮아졌다.

『지금 실시간 영상 하나 확인하셔야 할 것 같은데….』

"무슨 영상이요?"

『재현이 엄마가 지금 기자회견을 하고 있어요.』

"네?"

『유튜브에 TPDD라고 치면 나오네요, 지금….』

김서연은 급하게 컴퓨터 앞으로 다가가 영상을 틀었다.

『…저희 재현이는 살해당했습니다.』

재현이 엄마는 어느 작은 회의실 같은 공간에서 종이 한 장을 들고 옆에 변호사를 대동한 채 이야기를 시작하고 있었다.

『…제 아들 재현이는 희귀유전질환인 TPDD 환자였습니다. 한 번에 한 가지 생각과 한 가지 말밖에 하지 못하는 아이였죠. 그런데 운이 좋게도 영실대학교와 무궁화학이란 곳에서 TPDD 치료제에 대한 임상을 제안했습니다. 처음엔 망설였지만 1상에서 부작용이 없었고 저희 재현이가 나아질 수 있다는 생각에 저는 수락했습니다….』

『보고 있어요?』

문 대리가 여전히 휴대전화 안에서 김서연에게 물었다.

"네…. 근데, 재현이 엄마가 왜…."

김서연은 아직 재현이 엄마가 제멜제약의 사주를 받고 그 모든 일을 꾸민 것으로 생각하고 있었다.

『…순조로웠습니다. 바이탈도 문제없었고 유전자 검사에서도 좋은 신호를 확인했고 무엇보다 뇌의 활동이 조금씩 활발해지고 있었습니다. 그런데 어느 날, 저희 재현이를 포함한 모든 아이들이 한순간에 죽었습니다. 원인은 알 수 없었지만 저는 그들이 살해당했음을 알고 있었습니다. 왜냐하면 그날로부터 며칠 전, 어떤 사람이 저에게 이런 일을 부탁했기 때문입니다. 이 임상을 실패하게 해달라.』

"제멜제약…."

김서연은 마치 주문을 외우듯 읊조렸다.

『그들은 재현이를 죽였습니다. 저는 확신했습니다. 그래서 영실대학교와 무궁화학 측이 제안한 부검도 거절했습니다. 부검하는 것이야말로 이 사건을 일으킨 사람들을 도와주는 것이라 생각했기 때문입니다. 그들은 분명 우리가 부검할 것을 알고 있었을 것이고, 당연히 그 책임을 다른 곳으로 돌리려는 장치도 마련했을 겁니다. 그러면 죄 없는 사람들이 누명을 쓰고….』

재현이 엄마가 부검을 거부한 것은 이런 이유였다. 김서연은 양쪽 눈꼬리를 내리고 안쓰러운 마음으로 이 장면을 바라봤다.

『…이제 그들이 누구인지 밝히겠습니다. 강력하게 이 임상의 실패를 원했던 그들은…. 제멜제약입니다.』

"그렇지…."

김서연은 안도의 한숨 같은 것을 뿜어냈다.

『그들은 저와 저희 남편을 협박했습니다. 하지만 저는 거기에 굴하지 않았습니다. 그런데도 그들은 다른 누군가를 포섭해서 이 일을 벌였습니다. 그리고 그 누군가는 바로 이 사람입니다.』

재현이 엄마는 사진 한 장을 들어 올렸다. 그리고 그곳엔 다른 임상 대상 보호자의 사진이 있었다. 임상 대상자 중 가장 먼저 심정지가 왔던 17세 여성 상미의 어머니. 법이 낯설래서 어쩔 수 없이 상미를 낳았다던 그녀의 얼굴이었다.

『재현이 엄마가 아니었어요?』

문 대리도 당황한 어투로 말했다.

"기다려 봐요."

김서연은 입을 틀어막고 재현이 엄마의 이야기를 경청했다.

『사실 저는 이것을 경찰이나 영실대학교 혹은 무궁화학 측이 밝혀주길 기대했습니다. 제멜제약이 가해온 협박이 무서웠으니까요. 이제 그들은 저와 제 남편 어쩌면 저희 친인척들한테까지도 무차별적 공격을 퍼부을지 모릅니다. 하지만 저는 저의 사람들과 함께 힘을 모아 그들과 싸우기로 했습니다. 영실대학교 측이 제멜제약과 손을 잡았다는 이야기를 전해 듣고, 남은 선택지는 없다고 생각했기 때문입니다. 그리고 무엇보다, 저에겐 진실이 중요했기 때문입니다.』

김서연은 재현이 엄마를 오해했던 자신을 질책했다. 평소라면 의문의 의문을 던져가며 더 객관적으로 생각했을 그녀였지만 그러지 못했던 자신이 미웠던 것이다. 그러나 김서연에겐, 그녀 자신도 인지하지 못 하는 사실 하나가 더 있었다. 그녀가 생각하는 '평소'라는 단어는 단단이가 조금씩 자라며 지워지고 있었다는 것이었다. 지금 그녀는 진실에 의존하던 김서연이라기보다는 단단이라는 믿음에 더 끌려가는 김서연이 돼가고 있었다.

재현이 엄마의 발표는 이렇게 끝났다. 마지막에 카메라를 응시하는 그녀의 눈빛은 결연했다.

『이거 믿어요?』

오히려 문 대리가 의심을 던졌다.

"모르겠어요…."

『이게 우리한테 도움이 되는 건지 방해가 되는 건지 모르겠네…. 재현이 엄마 말이 사실이면, 애써 가져온 이 혈액 검사 결과가 오히려 우리한테 불리할 수도 있는 거 아닌가?』

김서연은 두 눈을 감고 생각에 잠겼다.

『재현이 엄마 말대로 여기에 함정 물질 같은 걸 숨겨 뒀으면…. 이걸로 반격하는 순간 우리가 피해 보는 거잖아요.』

"그렇겠네요."

『아…. 그러면 이거 완전…. 하드디스크는 어때요? 뭐 건질 거 있어요?』

"그때도 말씀드렸지만, 이 하드디스크엔 우리를 방어할 자료들밖에 없어요. 기억하시죠? 문 대리님은 무기, 저는 방패."

『아….』

문 대리의 한숨은 깊었다.

『우리가 가진 무기면 충분할 것 같은데.』

이때, 드마르크 교수가 이들의 통화에 끼어들었다.

『뭐야? 누구야?』

문 대리는 깜짝 놀라며 말했다.

『저 친구도 여기로 부르는 게 어때요?』

드마르크 교수의 예상 밖 제안에 김서연은 짧게 고민하다가 고개를 끄덕였다. KIST 근처인 월곡동에 있던 문 대리는 30분 만에 연남동에 도착했다.

"다들 주식 봤어요? 제멜제약 주식! 완전 나락으로 떨어지는데!?"

이 말이 문 대리가 세 명의 프랑스인을 처음 보며 한 말이었다. 그들은 굳이 통성명하지 않았다. 이미 전화로 그간의 사정들은 대략 공유했기 때문이다. 심지어 천재 약 얘기까지. 그러나 프랑스인들은 냉정했다. 그런 문 대리가 무례하다고 생각했던 것이다. 문 대리도 차가워진 분위기를 느꼈는지 높아진 목소리 톤을 조금 낮췄다.

"아무튼, 초대해 주셔서 감사합니다. 여러분들 안 계셨으면 오늘 우리가 목숨 걸고 했던 이 일들이 무의미해질 뻔했는데…."

『제멜제약 영상 떴어요!』

문 대리가 드마르크 교수에게 악수를 청하던 순간, 금발 청년이 외쳤다. 그리고 그들은 곧장 컴퓨터 앞으로 다가갔다. 제멜제약 쪽에서는 차석진이 나와서 직접 발표했다.

『존경하는 국민 여러분, 항상 여러분의 건강을 지켜드리고 있는 제멜제약입니다. 조금 전, 저희는 어떤 불순한 의도를 가진 세력으로부터 근거 없는 거짓 공격을 당했습니다. 이것을 본 저희는 혹여라도 저들이 주장한 거짓 중, 존재할 수 있는 미약한 사실이라도 있는지 파악하고자 노력했습니다. 그리고 지금 이 자리에서, 국민 여러분께 그것을 소상히 밝혀드리겠습니다.』

"진짜 빠르긴 하네요. 몇 분 만이죠?"

"딱 30분이요."

문 대리와 김서연은 짧은 대화를 주고받았다.

『우선, 저희 제멜제약은 들어본 적도 없는 타사의 임상시험을 방해한 적이 없습니다.』

문 대리의 얼굴이 일그러졌다.

『거짓 세력이 주장하는 임상 실패로 인한 사망사고가 일어나기 전까지, 제멜제약 직원 중 그 어떤 사람도 그들의 임상시험 장소였던 광개토대학교병원을 방문한 적이 없었고 임상 대상 보호자 및 간호사, 의사들과도 만나거나 연락한 사실이 없습니다.』

"저건 진짜 개소리다. 어떻게 이렇게 빨리 파악을 해? 제멜제약 직원이 몇 명인데."

문 대리의 목소리는 날카로워져 있었다.

다만 그 사망사고 이후, 영실대학교 산학협력단 측에서 저희에게 먼저 연락을 해왔고 TPDD 치료제 개발을 이어가기 위한 협력 관계를 제안한 사실은 있습니다. 그러나 이것은 어디까지나 그 거짓 세력이 주장하는 바와는 전혀 관계없는 일임을 밝힙니다.』

"거짓말이에요."

김서연도 나지막이 읊조렸다.

『사실, 아무리 사소한 단체 간의 만남이라 해도 보안을 유지하는 것이 저희가 지켜온 오랜 관행이었습니다. 보안이 깨지는 순간, 모든 것이 깨질 수 있기 때문입니다. 그러다 보니 자랑스러운 대한민국 1위 제약회사로서, 이런 얘기까지 밝혀야 하는지에 대한 내부 논의가 있었습니다. 자괴감이 들었고 저희의 자부심이 땅에 떨어진 날이었습니다. 그러나 저희는 거짓을 주장하는 자들이 전파하는 허상보다는 단단한 실상이 더 중요했기에, 이런 결정을 내리게 되었습니다. 저들의 이 거짓 공격이 확산되어 빠르게 퍼져나가는 것 또한 중요한 요인으로 작용하였습니다. 국민 여러분께서는 이런 저희의 진실함을 알아주실 거라 굳게 믿습니다.』

"거짓말 맞아요. 겨우 30분 만에 이걸…. 어, 잠깐만…."

문 대리는 주식 차트를 바라봤다.

"오르네…? 아까 완전 하한가 치려고 했는데."

"얼마나 올라요? 원래 상태만큼?"

김서연도 궁금했는지 물어봤다.

"원래 상태만큼은 아닌데, 그래도 80%는 회복한 거 같아요."

"30분 만에 발표한 게 결국엔 이거였구나."

『주식은 기업 경영의 전부라고 할 수 있으니까요.』

프랑스 괴한이 낮은 목소리로 말했다.

『그러나 한편으로는 많은 반성도 하게 되는 순간이었습니다. 이 모든 건, 저희 제멜제약이 국내 1위라는 타이틀에 안주하고 그저 국민들의 건강을 지키기만 하는데 머물러있었던 것이 아닌가라는 생각도 들었습니다.』

"저건 또 뭔 개소리야."

『그러나 이제 저희는 대한민국을 일류보다 더 나은 국가로 만들어 나갈 것입니다.』

『설마….』

드마르크 교수의 두 눈이 동그랗게 변했다.

『앞서 말씀드린 영실대학교와의 협력이 바로 그 첫 번째 약속이 될 것입니다. 최근, 영실대학교 화학공학과 나노생화학 연구실의 빅터 우 교수와 임지윤 석사과정 학생은 엄청난 노력 끝에….』

차석진은 발표를 이어가다 말고 잠시 말을 멈췄다. 이것은 마치 수상 소감을 말하던 연예인이 잠시 울먹거리는 모습 같았다.

『…우리 다음 세대 아이늘의 지적 능력을 급격히 향상시킬 수 있는 약물 개발에 성공했습니다.』

차석진은 감격에 겨워 다시 한번 말을 잠시 멈췄다.

"그런데…. 저 인간들은 어떻게 안 걸까요? TPDD가 천재 약이라는 사실을."

문 대리가 작게 읊조리자 괴한이 기다렸다는 듯이 나섰다.

『치니코프 한국지사에 사람이 한 명 있어요. 그 사람이 노원중과 친합니다. 전 식약처장이죠. 그리고 그는, 화면 속 저 인간과 오랜 친구 사이고요.』

"아…. 그러면 전 식약처장이 이중 스파이였던 거예요?"

『그런 셈이죠.』

"그래도 다행이네요. 어차피 잘린 인물이니까."

『잘렸다기보다는….』

괴한은 김서연의 말을 듣더니 휴대전화에서 무언가를 검색해 김서연에게 보여줬다.

『진급한 것 같은데요.』

"네?"

김서연은 그의 휴대전화 속 기사를 살폈다. 기사의 내용은 전 식약처장 노원중이 국무총리실로 들어갔다는 내용이었다.

『한국의 식약처는 국무총리실의 관리를 받아요. 알고 있나요?』

"대략은…."

『그리고 노원중은 국무총리실 예하, 규제조정실장이 되었어요.』

"뭐라고요!?"

『몰랐나요?』

가만히 있던 드마르크 교수가 물었다.

"잘린 건 알고 있었는데…. 규제조정실로 간 건 전혀 몰랐어요."

『당연히 알고 있을 줄 알았는데. 규제조정실은 말 그대로 규제를 풀고 제한할 수 있는 곳이에요.』

김서연은 이마를 부여잡았다.

『…그리고 이 약은! 이미 영실대학교에서 1상을 마쳤기에, 곧 2상에 들어갈 예정이고 임상 지원자들을 모집 중입니다. 대상은 4주에서 15주 사이의 태아를 가진 산모들입니다.』

『저것도 노원중이 영향을 끼치기 때문에 가능한 거죠.』

괴한은 말을 이어갔다. 그런데 동시에 문 대리는 제멜제약 주식정보를 보며 실소를 터뜨렸다.

"상한가네. 이 개새끼들…."

"산모들이 위험해요! 당장 막아야 해요! 저 약은 1상 통과한 약도 아닐 가능성이 커요! 이제까지 제가 전부 다 만들어왔다고요! 저 사람들이 저 사람들 시약과 저 사람들 장비로 만들면 아무리 레시피가 같아도 다른 약품이 나올 거예요. 도대체 뭘 믿고 이렇게 빨리…. 문 대리님 아시잖아요!"

"알죠. 근데 뭘 그렇게 걱정하세요. 저런 일에 지원하는 사람이 어딨겠어요. 자기 자식을 걸고."

『그건 모르는 겁니다.』

드마르크 교수는 단호했다.

『그 외의 자세한 소식들은 현재 제멜제약 홈페이지에 자세히 나와 있음을 알려드립니다. 짧지 않은 시간, 저희 제멜제약의 방송을 들어주셔서 감사합니다. 다시 한번, 저희는 그 어떤 범죄와도 티끌만큼의 교집합이 없다는 점을….』

그런데 갑자기, 30대 남성 연구원이 화면 안으로 들어와 A4용지 한 장을 차석진에게 건넸다. 차석진은 당황하며 A4용지에 쓰인 글씨들을 읽기 시작했고 30대 남성 연구원은 천천히 화면에서 사라졌다.

『아…. 방송을 마무리하려던 시점이었는데요. 진행이 매끄럽지 못했던 점에 대해 사과드립니다. 워낙 다급한 상황이었습니다.』

"뭐야?"

『현재 저희의 조사에 따르면…. 제멜제약에게 해악을 끼치려는 거짓 세력을 뒤에서 조종하고 있는 또 다른 세력이 있다고 합니다.』

"뭐? 설마…."

김서연은 드마르크 교수를 바라봤다.

『그럴 리가…. 우리가 얼마나 은밀히 움직였는데.』

프랑스인 세 사람은 매우 걱정스러운 표정으로 방송을 지켜봤다.

『온전치 못한 정신으로 망상에 빠져 제멜제약을 악마화하려는 세력. 조금 더 정확히는 한 사람입니다. 바로….』

이때, 화면에 김서연의 사진 한 장이 떠올랐다.

『이 여자입니다.』

"뭐!?"

김서연은 소스라치게 놀랐다.

『사실 이 여성은 영실대학교 나노생화학 연구소의 박사과정생입니다. 그러나 학교에서의 품행이 올바르지 못했고 크고 작은 사건에 휘말린 적도 꽤 많았으며, 특히 아무도 관심 갖지 않는 음모론에 심취해 있어 주변 사람들의 걱정을 한 몸에 받았다고 합니다. 인자하기로 소문난 빅터 우 교수가 이제껏 이 여성을 책임지려 했지만, 이젠 그럴 수 있는 상황을 벗어났다고 합니다.』

"이 개새끼들!"

이 상황에서, 김서연이 할 수 있는 건 소리 지르는 것밖엔 없었다.

『영상이 준비돼 있다고 합니다. 같이 보시죠.』

안정적으로 차석진의 얼굴만 나오던 화면은 갑자기 도산 병원의 로비로 바뀌었다. 그리고 그곳에서 누군가와 언쟁을 벌이는 김서연의 모습이 나왔다. 이 화면을 본 김서연은 지그시 눈을 감았다.

화면 속 김서연은 갑자기 어디론가 뛰기 시작했다. 이 상황을 찍고 있던 사람도 같이 뛰었다. 그렇게 짧은 추격전이 시작되었고 김서연은 이내 NICU에 도착했다. 그리고 그녀는 그곳에서도 난동을 부렸다. 화면 속 김서연의 모습은 생각보다 폭력적이었다.

『이것은 저희에게 들어온 제보 중 극히 일부라고 합니다.』

화면은 다시 차석진의 얼굴로 바뀌었다.

『저희를 악마화하려는 그녀의 이런 시도에도 불구하고, 저희는 그녀에게 진심 어린 연민을 느낍니다. 김서연 씨.』

차석진은 갑자기 그녀의 이름을 불렀다. 입꼬리가 슬쩍 올라가려다 마는 것을 김서연은 발견했다.

『이제 그만 하세요. 가족을 생각해야 하지 않겠습니까? 이상입니다. 앞으로도 저희 제멜제약을 지켜봐 주십시오. 저희는 반드시, 이 대한민국을 일류보다 더 나은 국가로 만들겠습니다. 감사합니다.』

그렇게 영상은 종료됐다. 한동안 이 지하에는 적막이 감돌았다.

『영리한 놈들이군요. 부정적인 이슈로 주목을 받았을 때, 단순한 해명이 아닌 천재 약 홍보를 하면서 완벽한 반격에 성공했어요..』

드마르크 교수가 이 적막을 깼다.

『저 영상, 서연 씨 맞아요?』

괴한이 물어봤다.

"맞아요."

김서연은 짧게 답했다. 해명을 요구하는 듯한 괴한의 표정에 김서연은 조금 더 긴 문장으로 이야기했다.

"빅터 우 교수와 임지윤이란 석사과정 친구가 제멜제약으로 넘어갔다는 이야기를 들은 시점이었어요. NICU에 가서 저랬던 건…."

김서연은 잠시 말을 멈추고 머릿속을 회전시켰다. 잘못 말했다가는 이들이 단단이가 TPDD 치료제를 맞은 상태라는 것을 알게 될 수도 있었다.

"제멜제약이 제 아기로 협박을 했기 때문이에요. 아까 차석진도 영상에서 그랬죠? 가족을 생각하라고. 도산 병원은 사실상 제멜제약과 협약 관계에 있는 병원이에요. 얼마든 도산 병원에 말해서 제 아기를 해할 수 있는 상황이죠. 변명 같겠지만, 자기가 직접 낳은 아기가…."

김서연은 울먹거리기 시작했다.

"협박의 수단으로 쓰이면…."

『그만. 거기까지만 말해도 괜찮아요.』

괴한도 마음이 약해졌는지 미안한 표정으로 바뀌었다. 김서연은 이 지하 공간 가운데에 있는 플라스틱 의자로 가서 앉았다. 그러고는 두 손으로 얼굴을 부여잡고 자괴감에 빠져 고통스러워했다.

『우리 자료로 제멜제약을 공격하기 전에, 서연 씨 아기부터 찾아올 생각을 해야겠군요.』

드마르크 교수의 말에 김서연은 천천히 고개를 저었다.

"단단이는 어차피 제가 데려올 수 있는 상황이 아니에요. NICU에 있을 수밖에 없어요."

"병원을 바꿀 수는 없어요? 그러면 마음이 좀 놓일 거 같은데."

"그러려면 더 좋은 NICU로 간다는 걸 입증해야 해요. 부모의 이

상한 욕심으로 수준이 더 낮은 곳으로 가면 아기가 위험하니까. 그런데 지금 우리나라에 도산 병원보다 좋은 NICU는 없어요….”

또다시 적막이 감돌았다. 김서연은 직감했다. 이 풀리지 않는 난제가 존재하는 한, 제멜제약을 공격할 수 없다는 것을. 그래서 그녀는 과감한 결단을 내렸다.

"드마르크 교수님."

『네.』

"공개하시죠. 교수님이 가지신 자료."

『서연의 아기가 위험하지 않겠어요? 조금 냉정한 말이지만 NICU에 있는 거라면 언제든 아기가 죽어도 이상하지 않아요. 우리가 이걸 공개하면 그들이 단단이를….』

"괜찮아요."

김서연은 단호했다. 눈에는 눈물이 고였지만 사실 그녀는 알고 있었다. 그들도 김서연만큼이나 단단이가 필요하다는 것을. 그리고 단단이는 쉽게 죽지 않을 거라는 것을. 그러나 지금 이 프랑스인들과 문 대리에게는 그걸 말할 수 없었다.

『정말로 괜찮습니까?』

"이게 더 중요한 일이에요. 교수님 말씀대로라면 저 임상은 성공하지 못할 거고 태아와 산모들도 위험해질 거예요."

『좋아요. 시작합시다.』

"지금 바로 공개하시게요?"

문 대리가 물었다.

『지금은 때가 좋지 않아요. 사람들은 흥분한 상태입니다. 정말로 이 나라가 바뀔 거라고 생각하는 중이니까. 이때 우리가 발표해 봐야

묻힐 겁니다. 그러니 일단 이대로 둡시다. 그리고 이성이 되돌아올 때쯤, 우리가 자료를 발표하면 사람들은 하나둘 꿈에서 깰 겁니다.』

"일단 우린 가만히 있고요?"

문 대리는 질문이 많았다.

『일단은.』

"자료 좀 볼 수 있을까요? 어차피 한 배를 탄 사람들이라면…."

드마르크 교수는 금발 청년과 괴한의 눈치를 살폈다. 아주 살짝 김서연의 눈도 바라봤다. 그리고는 속주머니에서 USB 하나를 꺼내 컴퓨터에 연결했다.

『여기에 다 들어있어요.』

드마르크 교수의 USB에는 많은 영상이 있었고 그는 그중 한 영상을 실행했다.

『이 영상은 정상 유전자를 가진 임신한 쥐들이 TPDD 치료제를 맞았을 때 어떻게 반응하는지에 대한 실험을 찍은 겁니다.』

영상은 드마르크 교수의 얼굴로 시작했다. 영상 속에서 그는 이 실험의 취지와 방법 그리고 예상 결과 등에 대해 언급했다. 이 실험이 TPDD 실험이라는 것을 설명하는 일종의 독백이었다.

그의 간단한 설명이 끝난 뒤, 영상은 전환되어 여러 마리의 쥐들이 모습을 드러냈다. 영상 속 쥐들은 시간이 지날수록 활동성이 줄어들었다. 그리고 영상의 끝부분에 가서는 대부분 하혈하기 시작했고 몇몇 개체들은 완전히 생명 활동을 멈췄다. 지하 공간에 모인 사람들은 말없이 이 영상을 관람했다.

영상이 완전히 끝나자, 드마르크 교수는 다른 영상 하나를 더 실행했다. 이 영상엔 30여 마리의 쥐들이 있었고 그중 10마리 정도가 새끼였다.

『이 영상은 조금 깁니다. 저기 새끼들 보이죠? 저놈들이 TPDD 유전자를 가진 상태에서 TPDD 치료제를 맞고 태어난 녀석들이에요. 그리고 이 개체들은….』

드마르크 교수는 다른 영상 하나를 실행했다. 그곳엔 빨간색 페인트가 묻은 10마리의 쥐와 나머지 20여 마리의 쥐가 있었다.

『빨간색 녀석들이 성장한 천재 쥐들입니다. 이놈들의 행동 패턴을 자세히 보세요.』

10마리의 빨간 쥐들은 무리 지어 다녔다. 그리고 그들은 상대적으로 흩어져 생활하는 20마리 중 두 마리를 무리에 껴서 친하게 지내는 것처럼 보였다. 그러나 시간이 흐르자 빨간 무리에 낀 일반 쥐들은 벽을 긁어댔다.

『탈출하고 싶은 겁니다. 괴롭힘을 견디는 게 힘든 거죠.』

그리고 그다음 장면에선 두 마리의 일반 쥐는 죽어있었다.

『현존하는 다른 연구 결과에 따르면, 쥐들도 우울증에 걸립니다. 그리고 그들은 다른 쥐들보다 생명에 대한 욕구가 적죠.』

"그러면….".

『맞아요. 빨간 쥐들은 저 두 마리의 쥐를 죽인 겁니다. 괴롭힘으로. 무리에 끼워준 게 아니었던 거죠. 더 미래로 가면….』

영상 속 20마리였던 일반 쥐는 어느새 10마리로 줄어들었다.

"그런데 저 쥐는 뭐예요?"

김서언은 빨간 쥐 중 한 마리를 가리켰다.

『저 개체는 일반 쥐들과 같이 생활하다가 죽었어요. 한 가지 특이했던 건, 나머지 9명의 천재 쥐를 모두 죽이려고 했다는 거였죠.』

"반란인가요?"

『그렇다고 봐야겠죠. 정확한 이유는 모르지만, 일반 쥐들을 지키려는 것처럼 보였어요.』

드마르크 교수는 영상을 넘기며 설명을 이어갔다. 영상 속 일반 쥐의 개체는 어느덧 멸종했으며 반란을 저지른 쥐를 제외한 총 9마리의 순수한 천재 쥐만 남아 그들만의 왕국을 건설했다.

『저는 이 천재 쥐들이 더 많은 일반 개체들과 섞이면 어떻게 되는지 보고 싶었습니다. 그래서….』

드마르크 교수는 다른 영상을 실행했다. 그곳엔 빨간 쥐 9마리와 일반 쥐 50마리가 섞여 있었다. 그러나 이 영상의 끝에도 역시나 9마리의 빨간 쥐만 남았다.

"이 친구들의 자손들도 있나요?"

김서연의 날카로운 질문에 드마르크 교수는 웃었다.

『계속 보면 아실 겁니다.』

드마르크 교수는 또 다른 영상을 보여줬다. 9마리의 빨간 쥐들은 갑자기 14마리로 늘어났다. 그러나 그것도 잠시 그 14마리의 빨간 쥐들은 다시 12마리가 되었고 10마리, 6마리 그리고 마지막 두 마리만 남게 되었다.

『여기까지가 제가 진행했던 결과입니다. 천재 쥐 9마리는 한동안 평화로웠어요. 자손도 5마리나 생겼죠. 그런데 전쟁이 시작됐습니다. 이번에도 아까처럼 우울감을 유발하는 왕따 작전이었죠. 물론 이 빨간 쥐들은 일반 쥐들처럼 호락호락하게 당하지 않았습니다. 폭력성이 발현돼서 물리적 충돌도 있었으니까요. 하지만 결과는 이들 중 가장 똑똑하고 힘이 센 녀석 둘만 남았습니다. 재밌는 건 저 두 마리는 암수 한 쌍이라는 거죠.』

"자기 자손들을 죽인 거예요?"

"경쟁자의 자손들이겠죠…."

문 대리의 말에 김서연은 나지막이 읊조렸다.

『맞아요.』

"아니, 왜 다 죽이는 거야? 이놈들은 공동체 의식이란 게 없나?"

『모두가 천재들이니까요. 이들은 모두, 우두머리가 되어야 하는 존재들입니다. 자신들의 능력을 발산하지 않고는 버틸 수 없는 거죠.』

"아니 그래도…."

"그러면 저 두 마리는 이제 어떻게 될까요? 예상하신다면…."

김서연은 문 대리의 이상한 푸념을 끊고 다른 질문을 던졌다.

『계속된 근친 교배로 기형아가 태어나겠죠. 그게 아니라면 전쟁이 반복되거나. 어찌됐든, 멸종의 길로가는 건 확실합니다.』

김서연은 이 끔찍한 이야기를 듣고 표정이 어두워졌다. 반면 문 대리는 의외로 밝았다.

"이건…. 그냥 쥐 얘기잖아요. 쥐랑 사람이랑 같나?"

『맞는 지적입니다. 쥐와 사람을 1대1로 비교하는 건 옳지 않죠. 하지만 추세는 언제나 같았습니다. 존 캘훈 박사가 쥐들에게 무한대의 음식을 공급했던 실험도 그랬고 프란스 드 발 교수가 쓴 침팬지 폴리틱스도 그랬죠.』

"그러면 침팬지로 실험한 건 없으세요?"

『실행하려 했지만…. 할 수 없었습니다. 침팬지 유전자 실험은 조금 더 어려운 일이라서. 이제 됐나요?』

드마르크 교수는 USB를 뺀 뒤 다시 속주머니에 넣었다.

"네…."

문 대리는 입술을 쭉 내밀며 고개를 끄덕였다. 마치 '나쁘지 않네'라고 말하는 듯했다.

"감사해요, 교수님. 그러면 발표 시점은…."

『일주일 뒤로 하시죠. 그때쯤이라면 괜찮을 겁니다.』

"네…."

김서연과 문 대리는 이 어두운 지하를 빠져나와 아직 떠 있는 햇살을 온몸으로 맞았다. 딸랑거리는 방울도 제거했다. 그리고 김서연은 그들이 가져갔던 하드디스크도 다시 챙겼다.

"그럼 이대로 그냥 기다리는 거예요?"

"일단은 그렇게 해야죠."

"하아…. 목숨 걸고 자료 빼냈는데 쓸데가 없다니 좀 아쉽네."

"미안해요."

"서연 씨가 뭘요…. 그럼 일단 기다리는 수밖에 없다고 하니…. 저는 가 보겠습니다."

"네."

문 대리는 그렇게 차를 타고 연남동을 벗어났다. 김서연은 떠나가는 그의 뒷모습을 바라보며 한숨을 내쉬었다. 홍대입구역까지 태워 줄 거라고 생각했는데 그러지 않아서였다.

일주일 뒤 해가 저물어가는 저녁 5시쯤, 김서연은 다시 연남동 지하에 도착했다. 이 일주일간 제멜제약의 주가는 연일 솟아올랐고 이제야 겨우 평탄한 그래프를 그리기 시작했다. 김서연에 대한 이야기들도 비슷했다. 며칠간 크고 작은 루머들이 솟아오르긴 했지만, 불행

인지 다행인지 그녀 자체는 유명하지 않아서 그리 큰 화제가 되진 않았다. 그러나 이건 시간문제였다. 티핑 포인트(Tipping point) 즉, 김서연에 대한 관심이 일정 수준 이상을 넘고 범람하는 강물처럼 온 국민의 관심을 받게 되면 그녀의 남편이 윤태구라는 사실이 자연스럽게 알려질 것이고 그러면 김서연에 대한 악마화는 무서운 속도로 성장할 것이 분명했다.

"안녕하세요."

김서연은 한창 방송 준비 중인 프랑스인들에게 인사를 건넸다.

"문 대리는 안 왔어요?"

『아까 일찍 왔다가 지하철역 화장실 간다고 잠깐 나갔어요. 곧 돌아올 겁니다.』

"화장실이요? 저기 있잖아요."

『못 쓰겠데요. 무서워서.』

김서연은 어이가 없었지만, 아예 이해하지 못하는 건 아니었다. 이 지하에 있는 화장실은 너무 오래됐다.

"그런데 이 방송, 사람들이 볼까요? 외람되지만 교수님은 한국에선 유명하지 않으시고…."

『그건 걱정 마세요.』

금발 청년이 웃으며 말했다.

『한국은 외신을 인용하는 걸 참 좋아해요.』

"네? 무슨 말이에요?"

『제가 아는 친구 중에 프랑스에서 유튜브하는 친구가 있어요. 구독자도 꽤 되고. 그 친구가 이 영상을 실시간으로 중계해 줄 거예요. 그러면 자연스럽게 한국의 기자들도 우리 영상에 대해 말하기 시작할 거고요. 외신이라는 이름으로.』

"계획대로만 되면 좋겠네요. 알아보니까 제멜제약 임상시험 신청자 수가 역대 최대치래요. 심지어 아직 출시도 안 했는데 선주문 들어간 사람들도 있고요. 약값이 얼마든 지불하겠다고. 그래서 규모를 늘릴 거라는 말도 나와요. 그러면 피해자가 더 늘어날 게 분명해요. 빨리 저 사람들을 제압해야 해요."

『늦어도 내일은 반응이 있을 거예요.』

금발 청년은 씨익 웃은 뒤 방송 준비를 이어갔다.

『시작하겠습니다. 레디, 액션.』

『안녕하십니까. 저는….』

당연하게도 드마르크 교수는 프랑스어로 방송을 시작했다. 김서연은 이어폰을 귀에 꽂은 채 휴대전화 번역기에서 들려오는 그의 이야기를 조용히 감상했다. 방송에 휴대전화 스피커에서 울리는 음성이 들어가선 안 됐기 때문이다.

『…바로, 세계적인 제약회사 치니코프와 한국에서 가장 유명한 제멜제약이라는 곳입니다. 그들은 현재 천재 약이라는 이름으로 약물 개발에 성공했다며….』

드마르크 교수는 꽤 진지하게 주어진 대본을 잘 소화했다. 자신에 대한 소개부터 두 제약회사의 위험한 약물 개발 그리고 그것의 부작용에 대한 경고를 차분히 전달했다.

『…그리고 지금부터, 충격적인 영상을 보여드리겠습니다. 제가 언급한 부작용을 그대로 담은 실험 영상입니다.』

드마르크 교수는 자신의 속주머니에 손을 넣었다. 영상이 담긴 USB를 꺼내기 위함이었다. 그런데 김서연은 뭔가 이상함을 감지했다. 사실 김서연뿐만 아니라 그곳에 있는 모든 사람이 느꼈다. 드마르크 교수가 갑자기 자기 옷에 달린 모든 주머니에 손을 넣어보기 시작했던 것이다. 그리고 잠시 후, 드마르크 교수의 얼굴이 벌겋게 달아올랐다. 그러자 괴한과 금발 청년은 누가 먼저랄 것도 없이 이 지하 공간을 샅샅이 뒤지기 시작했다. 김서연도 함께 뒤졌다. 심지어는 그 무서운 화장실까지도 뒤졌다. 그러나 결국 USB는 나오지 않았다.

『…영상이 아직 준비가 안 된 것 같습니다. 준비되는 대로 다시 여러분들께 반드시 보여드리겠습니다.』

그렇게 며칠간 준비한 방송은 허무하게 끝났다. 김서연은 곧장 문 대리에게 전화했다. 그러나 받지 않았다. 대신 한 통의 문자메시지가 도착했다.

「미안합니다. 나도 제멜제약에 합류하기로 했어요.
스톡옵션에 연봉이 두 배라는데 어떻게 거절해요.
이해해 주실 거라 믿습니다.
영상은 잘 폐기할게요. 그동안 감사했습니다.」

사실, 문 대리는 이미 포섭되어 있었다. KIST에서 빠져나오기 직전, 임지윤의 친구에게 정체를 들켰고 프랑스인들과 만났던 그날 저녁, 제멜제약 사람들과도 만남을 가졌다.

김서연은 맨바닥에 털썩 주저앉았다. 세 명의 프랑스인들도 허탈하게 주저앉았다.

"죄송해요…. 문 대리를 믿었던 제 잘못이에요…."

세 명의 프랑스인은 그녀의 자책에 아무런 답변을 하지 않았다. 문 대리를 이곳에 부른 건 드마르크 교수였기 때문이다. 그렇게 이 지하엔 꽤 오랫동안 바람 소리조차 들리지 않았다.

『난 최선을 다했어요.』

드마르크 교수가 읊조렸다.

『진실은 결국 승리할 겁니다.』

희망 섞인 말도 함께였다. 그러나 그 뒤에 설명한 승리의 과정은 희망적이지 못했다.

『다 죽을 거예요. 그리고 제멜제약과 치니코프는 망하겠죠. 그러면 적어도 진실은 승리하게 되는 겁니다.』

"안 돼요. 그렇게 둘 수는 없어요."

『저들은 이미 허울뿐인 믿음으로 단단한 세포막을 만들었어요. 우리가 가진 진실로는 저들의 세포막 안으로 들어갈 수 없습니다.』

"할 수 있어요. 아니, 해야만 해요."

『방법이 없어요.』

"있어요."

『무슨 방법.』

"가장 원초적인 방법이요."

『그러니까 그게….』

"직접 쳐들어가야죠."

드마르크 교수의 한쪽 눈썹이 살짝 올라갔다.

"제가 리포솜이 돼서. 직접 쳐들어갈 거예요. 그리고 그 안에서 진실을 알릴 거예요."

8
그 희망이 뭔데요?

『그러니까 어떻게.』

드마르크 교수의 눈동자 안엔 여전히 물음표가 갇혀있었다.

"솔직히 이건 방패로 사용하려던 건데…. 특허를 가지고 시비를 거는 거죠."

『특허?』

"네. 빅터 우 교수는 특허가 없어요. 특허를 출원하면 제조 방법이 들어가게 되는데, 그러면 우리만의 비밀이 공개되는 거잖아요. 빅터 우 교수는 그걸 극도로 꺼려했어요."

『근데 그걸로 어떻게 시비를 건다는 거죠?』

"제가 먼저 출원을 하는 거죠. 우선 심사로 빠르게 신청해서요."

『저 사람들은 이미 준비에 들어갔을 거예요. 심지어 팀으로 움직이고 있을 거고. 서연 씨가 이미 준비를 끝내지 않은 이상….』

금발 청년의 말에 김서연은 씨익 웃었다.

『설마….』

"준비는 이미 해놨어요."

『어디에?』

"그때 가져간 제 하드디스크에요."

『서연 씨 하드디스크에? 거긴 아무것도 없었는데.』

"실험 데이터는 없죠. 그런데 논문이랑 특허 초안은 있어요. 물론, 교수님이 보시면 안 되니까 암호화하고 조각내서 숨겨놨고."

괴한이 나노생화학 연구실에 침입해서 하드디스크를 가져가기 전, 김서연은 빅터 우와 논쟁을 벌인 아침부터 퇴근 전까지 컴퓨터 앞에 앉아 무언가를 만들었다. 그날 김서연은 특허 초안을 만들었다. 동시에 하드디스크 위치추적 실험까지.

『그럼 그 하드디스크를 찾아온 이유가….』

"네. 이거예요. 이거면 그나마 저를 방어할 수 있을 거라고 생각했거든요. 그때 말씀 못 드린 건 죄송해요. 당시만 해도 여러분들을 완벽히 믿을 수 없어서…."

『난 아직도 이해가 안 되는데요. 그러니까, 저들이 임상시험을 진행하려면 특허가 필요하다는 말인가요? 미국 임상시험에서는 특허권 침해를 인정하지 않아요. 마음 놓고 얼마든 특허권 침해를 할 수 있죠.』

치니코프 출신의 괴한이 예리한 지적을 날렸다.

"한국도 같아요. 대한민국 특허법 제96조 제1항 제1호. 여기도 임상을 위해서라면 타인의 특허권을 무시할 수 있어요."

『그런데 특허 이야기는 왜 하는 거죠? 지금 당장 임상을 막을 수 없는데.』

"그래서 제가 말했잖아요. 저 사람들이 저를 공격하면 방패로 사용할 예정이었다고."

『시비 걸려던 건 아니었습니다.』

김서연의 목소리가 살짝 높아지자 괴한은 두 손바닥을 어깨높이로 올렸다. 약한 사과의 의미가 담긴 몸짓이었다.

"아무튼…. 제가 지금 특허 이야기를 하는 이유는 우리가 가진 게 이것밖에 없기 때문이에요. 하지만 그렇다고 이 공격이 미약할 거라는 뜻은 아니에요. 저들이 머지 않은 미래에 이 약을 팔기 위해선 특허가 반드시 필요하니까요. 그리고 저는, 아직 다가오지 않은 저들의 미래를 조금이라도 흔들고 싶은 거죠."

『미래를 흔든다…?』

"네. 그리고 만약에 이 사실이 공개되면, 일시적일지라도 주주들은 실망할 거예요. 그것도 타격이 될 수 있겠죠."

『근데 특허는 결국 돈 문제예요. 서연 씨가 아무리 버텨도 제멜제약이 소송을 걸어오면 감당할 수 있겠어요?』

"그 전에 끝내야죠."

『좋아요. 그럼 가 봅시다. 아, 그런데 아까 리포솜이 돼서 직접 쳐들어간다고 했죠? 어딜 쳐들어간다는 겁니까?』

"제멜제약이요."

『그건 알죠. 그러니까 정확히 어디로?』

"모든 걸 조종할 수 있는 뇌로 가야죠. 제멜제약 회장한테."

김서연은 곧장 휴대전화를 들었다.

『네. 제멜제약 고객 상담센터입니다.』

"영실대학교 김서연입니다. 제멜제약 회장님한테 전달해 주세요. 이대로 못 물러난다고. 그리고 저 만나 달라고. 저는요, 이 바닥에서

7년이나 굴러먹은 대학원생이에요. 웬만한 인간들보다 이런 억울한 일에 익숙하고 그만큼 대응력이 뛰어나죠. 제멜제약이 저를 건든 건 아주 잘못된 선택이었어요."

『고객님…. 무슨 말씀인지….』

"무슨 말인지는 차석진이라는 사람이랑 제멜제약 회장이 잘 알 거예요. 지금이라도 천재 약 임상 중단하면 다 끝날 겁니다. 제멜제약 회장을 만날 일도 없겠죠. 만나기 싫으시다고 하면 이렇게 말씀하세요. 제가 제멜제약의 주가를 한방에 무너뜨릴 키를 가지고 있다고. 3일 연속 상한가 치셨죠? 4일 연속 하한가 치게 만들어드릴 수 있어요. 그러니 연락하라고 하세요. 내일 자정까지. 제멜제약 회장과 만날 수 있는 장소와 시간을 가지고."

- 뚝.

김서연은 마치 영화에 나오는 주인공 같았다. 무언가를 빼앗긴 뒤, 빼앗아 간 사람에게 경고하고 마침내 복수하는 영화의 주인공. 금발 청년과 드마르크 교수도 그것을 느꼈는지 두 눈을 크게 뜨고 김서연을 바라봤다. 그러나 괴한은 고개를 저으며 김서연을 불렀다.

『서연 씨.』

"네."

『우선 심사 제도 바뀐 거 알고 있었어요? 한국 특허법 검색하니까 나오는데.』

"바뀌어요? 뭐가요?"

『얼마 전부터 개인 신분으로는 우선 심사 안 받는다는데요.』

김서연은 깜짝 놀라며 자기의 휴대전화로 따로 검색했다. 그러고는 이마를 부여잡았다.

"하아…."

『우선 심사는 벤처기업 인증을 받은 기업만 신청할 수 있다는데…. 제발 있다고 말해줘요. 벤처기업 인증서.』

김서연은 고개를 떨궜다.

"바뀐 줄 몰랐어요…."

세 명의 프랑스인도 김서연을 따라 고개를 떨궜다.

"잠깐…."

김서연은 뭔가 생각난 듯 어디론가 전화를 걸었다. 그리고 잠시 후, 김서연의 휴대전화 안에서 어떤 여성의 목소리가 들려왔다.

『네.』

바다 바이오 김수경 대표였다.

이틀 뒤, 김서연은 서울 도심 한복판에 있는 15층짜리 제멜제약 건물 앞에서 단단이의 사진을 꺼내본 뒤 미소를 지었다.

"조금만 기다려…."

그리곤 결단의 깊은 눈빛으로 제멜제약 건물에 들어섰다.

"김서연이요."

김서연은 다시 만난 안내 데스크 직원에게 자신의 이름을 말했다. 그 전보다 훨씬 더 당당한 목소리였다. 그러자 그는 대답도 없이 그녀를 직접 안내했다. 그리고 이내 그들은 이 15층짜리 건물 가장 꼭대기에 있는 회장실 앞에 도착했다.

"김서연 씨입니다."

안내 데스크 직원은 15층에 있는 비서에게 김서연을 전달했다. 그러자 비서는 곧장 회장실로 걸어가 김서연이 왔음을 알렸다. 그렇게 김서연은 아무런 어려움 없이 회장실로 들어갔다.

회장실은 의외로 작고 답답했다. 호텔처럼 세련된 로비와는 다르게 80년대 드라마에서나 보던 탁 닫힌 곳이었다. 그나마 한쪽 벽면엔 창문이 있긴 했지만, 권위를 상징하는 낮고 두꺼운 소파들과 상석이 존재하는 길고 네모난 테이블이 있는 인테리어와는 어울리지 않아 오히려 답답해 보였다. 회장 책상 양쪽에 있는 의미 없는 깃발들도 이 답답함에 큰 몫을 차지하고 있었다.

"어서 와요."

김서연이 회장실의 이미지를 파악하는 사이, 하얀 머리의 회장이 다정한 목소리로 김서연을 맞이했다.

"안녕하세요. 김서연입니다."

"마실 거라도?"

"아니요. 대화면 충분합니다."

"앉으세요."

회장은 낮고 두꺼운 의자 상석에 앉았고 김서연은 그 옆에 앉았다.

"그래…. 무슨 키 하나를 가지고 계신다던데."

"특허요."

김서연은 당돌했다.

"특허? 이해가 잘 안되는데요. 우린 빅터 우 교수와 이미…."

"제가 먼저 출원했어요. 그것도 우선 심사로."

회장은 어이가 없다는 듯 얼음이 되어 김서연을 바라봤다. 그리곤 천천히 일어나 창문 쪽으로 걸어갔다. 유리창에 희미하게 비친 회장의 입꼬리는 살짝 올라가 있었다.

"김서연 씨."

"네."

"특허 출원의 기본 원칙이 뭔가요?"

"신규성과 진보성이죠."

"잘 아는군요."

회장은 주머니에서 휴대전화를 꺼내 어디론가 전화를 걸었다.

"납니다. 제 방으로 좀 올라오세요."

그 뒤, 짧은 통화를 마치고 네모난 테이블 상석이 아닌, 자기 명패가 있는 책상 의자에 앉았다.

잠시 후, 회장실의 문을 열고 누군가 들어왔다.

"어…?"

빅터 우 교수였다.

"저기 앉아요."

회장은 나긋한 목소리로 빅터 우에게 지시했고 동시에 김서연은 그를 날카롭게 노려봤다. 빅터 우는 그런 김서연의 깊고 날카로운 눈빛을 피하기 바빴다.

"저기 김서연 씨가, TPDD 치료제 특허 출원을 했다는데요. 그것도 우선 심사로."

"회장님, 제가 바뀐 특허법도 모르는 줄 아세요? 기업들만 우선 심사받는 법으로? 전부 다 알고 처리해 놨습니다."

김서연은 여전히 당돌했다.

"홋홋홋홋."

그런데 회장은 웃었다.

"어려움이 있으셨겠어요. 나는 그런 건 생각도 안 했는데."

그랬다. 하마터면 김서연에게 좌절을 안겨줄 뻔했던 이 큰 이슈가 그들에겐 전혀 문제가 아닌, 심지어는 알 필요도 없는 일이었다.

"뭐 하세요, 박사님. 얼른 말씀해 주세요. 특허의 신규성이란 뭔지."

"서연…."

민망함에 쭈뼛거리던 빅터 우는 이내 입술을 뗐다.

"특허…. 있어…."

"네?"

"예전에…. 특허 냈다고…."

"교수님, 크게 말씀하셔야죠. 제 귀가 어두워서 이 자리까진 안 들리네요."

회장은 여전히 웃고 있었다.

"무슨 말이에요. TPDD 관련 특허는 없어요. 제가 확인 안 해본 줄 아세요?"

"하하하하하하. 서연 씨, 오늘 처음 뵀는데 재밌으시네요."

"우승리. 그걸로 검색하면 하나 나와. 4년 전 특허. 유전질환 치료제로…. TPDD라는 이름은 사용 안 했어…."

김서연은 곧장 휴대전화로 그가 말한 특허를 찾아봤다. 그 자료는 존재했다.

"내가요. 서연 씨가 주장하는 그 키가 뭔지 너무 궁금해서 생각을 해봤어요. 온종일. 그런데 그중에 특허는 없었어요. 안타깝게 됐네요. 기왕 여기까지 온 거, 구내식당에서 밥이라도 먹고 가요. 우리 회사 밥이 유기농이라 건강하고 맛있어."

"미안해…."

"기술 유출을 그렇게 혐오하시더니, 저 몰래 내셨네요."

"언젠가 기업에 이 기술 팔려면 특허가 필요했어."

"근데 왜 저한텐 말씀 안 하셨어요?"

"서연은 성공 근처도 못 갈 줄 알았거든. 서연이 졸업한 뒤에나 특허를 넘길 일이 올 줄 알았어. 그래서….."

"회장님."

김서연은 회장을 불렀다.

"네. 아, 식권? 식권은 비서한테 말해요. 구해다 줄 겁니다."

"그거 말고요. 우승리 교수님 특허 얼마에 사셨어요?"

"에이, 그거는 보안 사항인데…. 그런 거 함부로 말하면 안 돼요."

"얼마를 주셨는지는 모르겠지만…. 돈 더 쓰셔야겠는데요?"

순간, 회장과 빅터 우는 의아한 표정으로 김서연을 바라봤다.

"이 특허, 무효예요."

"무슨 소리야?"

"4년 전이면 제가 같이 일하고 있을 때예요. 근데 여기에 제 이름이 없잖아요. 공동 연구자인데."

"그때만 해도 서연은 그냥 아무것도 모르는…."

"지분은 낮았을지라도 이름은 있어야죠. 이 특허, 부정 출원된 거예요."

회장의 표정이 굳었다.

"굳이 살리고 싶으시면 저랑 소송을 하셔야겠네요."

"회장님, 아닙니다. 걱정 마세요. 만약에 문제가 있다면 소송비용은 제가 전부 부담하겠습니다."

"돈 많이 받으셨나 봐요? 변호사 비용이 대단할 텐네."

"내 걱정은 안 해도 돼. 서연 걱정이나 해."

"제 걱정도 하지 마세요. 근데 회장님은 걱정되시나 봐요. 표정이 안 좋아지셨는데."

조금 전까지 김서연에게 밥이나 먹고 가라던 회장의 표정은, 실제로 경직돼 있었다.

"아…. 특허 소송 들어가면 주가 떨어질 테니까 그런 거겠네요."

"회장님! 걱정 마십시오. 이건 이 여자의 헛소리입니다!"

"이 여자? 이제 이름도 안 부르시네요."

"원하는 게 뭐야."

회장의 목소리는 여전히 인자했지만, 뉘앙스엔 짜증이 담겨있었다.

"천재 약, 출시하지 마세요."

"야!"

갑자기 빅터 우가 소리치며 일어났다.

"너 지금 뭐 하자는 거야!?"

그동안 김서연에게 한 번도 보인 적 없던 모습이었다. 그러나 김서연은 전혀 당황하지 않았다. 이미 그에 대한 신뢰는 무너져 있었기 때문이다. 그래서 그녀는 회장만 바라봤다.

"어떻게 하시겠어요?"

회장은 천천히 일어나 다시 네모난 테이블 상석에 앉았다.

"우 교수는 나가서 일 보세요."

"회장님…!"

"나가요."

빅터 우는 울먹일듯한 표정으로 한참을 서성이다가 결국 회장실을 빠져나갔다.

"그 약 출시 못 하면, 우리 주식은 더 떨어집니다. 그건 제대로 된 거래가 아니지요. 주식으로 협박을 할 거면, 적어도 우리 주식이 떨어지지 않는 걸 가져와서 협박을 하셔야죠. 예를 들어 나한테 돈을 원한다거나…. 안 그래요?"

"아니요. 저는 지금 회장님의 피해를 최소화할 방법을 제안한 거예요. 임상 시작하시면 더 끔찍한 주가 하락이 있을 테니까요."

"상상이 지나치시네요."

"그 약, 독극물이에요."

"훗."

회장은 고개를 저으며 웃었다.

"증거는?"

"저한텐 없어요. 문지혁 대리가 없앴어요."

"문지혁 대리는 또 누구야?"

"얼마 전에 제멜제약 입사한 사람. 차석진한테 물어보세요."

"결국, 증거가 없다는 거잖아요."

"하지만 그게 진실이에요."

"내가 볼 땐, 믿음 같은데? 우리 회사가 망했으면 하는 믿음?"

"그것도 있죠. 그런데 이건 아니에요."

"진실이라면 눈에 보이는 뭔가를 내놓으세요."

"방금 말씀드린 것처럼…."

"물증도 없이 진실을 논하는 건, 믿음을 강요하는 행위밖에 안 돼요. 만약 그게 서연 씨의 계획이라면…. 저는 당신이 진실이라 주장하는 그 믿음을 사지 않겠습니다."

"후회하실 거예요."

"이미 당신들이 1상 했잖아요. 건강한 사람들한테 투여했고, 이상 없었잖아. 그런데 그게 무슨 독극물이라는 겁니까?"

"태아한텐 안 해보셨잖아요."

"이봐요, 서연 씨. 문제가 없으니까 식약처에서도 허가해 준 거라는 생각은 안 해봤어요?"

"욕심 많은 규제조정실장 노원중 씨가 허가해 준 거라는 생각은 안 해보셨어요?"

회장은 한 방 맞은 듯 아무런 말없이 잠시 김서연을 응시했다.

"회장님이 평생 일군 이 회사가 한 방에 무너지는 거…. 두려우시잖아요."

"두려움이라…."

회장은 나지막이 읊조렸다.

"나 정도 위치가 되면요…. 진짜 두려워지는 게 있어요."

"뭔데요."

"아무것도 못 해보고 그냥 죽는 거."

"회장님은 이미 국내 1위 제약회사를 만드셨어요."

"그깟 일이 뭐가 중요해! 세계 100위도 못 드는데!"

회장은 진심으로 화난 듯 외쳤다.

"난 평생을 이 15층 빌딩에서 살았어요! 국내 1위? 국내 1위 제약회사가 겨우 이 15층짜리 빌딩을 사옥으로 가지고 있는 게 말이 된다고 생각합니까!?"

"평생 1층에서 사는 사람도 많아요."

"나는 우주를 바라보는 사람이야!"

"회장님은 지금 고장 난 우주선에 탑승해 있어요!"

"이게 내가 우주로 갈 수 있는 유일한 방법이니까!"

"회장님이 죽어도요?"

"우주에 갈 수 있다면! 서연 씨는 아니야? 살면서 우주 한 번쯤은 가 봐야 하는 거 아니냐고! 그런 꿈도 없어!?"

"저는 우주 싫어해요. 게다가 혼자 죽는 게 아니잖아요. 주변 사람들, 주주들, 모두 다 죽을 수 있다고요. 그게 두려워서 주식으로 협박하는 저를 잡으신 거 아니에요?"

"시작도 하기 전에 우주선부터 부수려니까 그런 거잖아! 일단 우주선 출발은 시켜야지!"

회장의 눈빛엔 광기가 가득했다. 김서연은 이때 알았다. 이 사람은 설득될 수 없는 사람이라는 것을. 하지만 여기까지 와서 아무것도 못 가지고 나갈 수는 없었다.

"그러면 차석진 자르세요."

김서연의 선택은 차석진이었다. 이 사업의 책임자인 차석진이 사라진다면 임상은 잠시나마 중단될 것이 분명했다.

"허허허."

조금 전까지 소리치며 화내던 회장은 너털웃음을 뱉어냈다.

"차석진은 또 왜?"

"오히려 제가 묻고 싶네요. 차석진은 제멜제약에 큰 해악을 끼친 사람 아닌가요? 치니코프 마약 진통제 카피약 사건. 아직도 소송 중인데."

회장의 표정은 다시 굳었다.

"근데 그 책임자를 왜 아직도 데리고 계시는 거예요?"

"차석진한테 감정이 있나?"

"있죠."

"무슨 감정."

"제 아기를 빼앗아 갔어요."

"아기?"

"도산 병원 NICU에 있는 아기요. 저한테 누명을 씌워서 접근 금지명령 받아냈죠."

"차석진…."

회장은 허공을 응시하며 고개를 저었다. 과거를 회상 중인 듯했다.

"차석진은 못 줘요. 크게 실패한 놈이라서."

"무슨 말씀이죠?"

"한번 실패한 놈들은 절박해요. 내 우주여행을 위해선 절박한 놈들이 필요하고. 게다가 그놈이 다른 회사 가서 우리 소송에 불리한 자료를 제공하면? 그놈을 여기 가둬서 입을 틀어막을 필요도 있죠."

"그러면…."

김서연은 잠시 머뭇거렸다. 그리고 잠시 후, 그녀는 최후의 수단이었지만 사실은 가장 선호하던 카드를 꺼냈다.

"제 아기 돌려줘요."

"난 당신 아기 뺏은 적이 없는데?"

"접근 금지명령 해제시키라고요."

"난 법원이나 복지시설에서 근무하지 않아요."

"지금 당장 도산 병원 NICU에 있는 내 아기, 광개토대학교병원 NICU로 옮겨요. 시설이 부족하다면 그것도 같이."

회장은 잠시 미간을 찌푸린 채 김서연을 바라봤다. 그러고는 이내 휴대전화를 들었다.

"어, 나예요. 그 아기, 광대토대학교병원으로 보내세요. 엄마 접근 금지명령 해제시키고. 가능한가? 알겠어요."

회장은 휴대전화를 네모난 테이블에 올려놓았다.

"자, 이제 나는 김서연 씨의 천재 아기를 광개토대학교병원으로 보냈어요. 그런데 김서연 씨는 내 우주선을 어떻게 지켜줄 거죠?"

"그건 제 아기가 무사히 광개토대학교병원으로 가면 그때 생각해보죠."

"이건 공정한 거래가 아닌 거 같은데."

"그래서요?"

김서연은 씨익 웃었다.

"아기가 안 움직이면 제가 가진 정보들, 모두 언론사에 도착할 겁니다. 잘 선택하세요."

그리곤 뒤도 돌아보지 않고 회장실을 나갔다. 회장은 그런 김서연의 뒷모습을 바라보며 다시 휴대전화를 들었다.

"어, 들었죠? 저 여자는 이대로 포기 안 해요. 곧 우리 얘기를 공개적으로 꺼낼 겁니다. 어쩌면 실제 타격이 있을지도 모르고. 그러니까 그 전에 신경을 좀 써야겠어요. 아기? 상관없잖아요, 보내줘도. 어차피 자료는 다 확보한 거 아닌가? 그럼 됐어요. 아기한테 한눈팔게 해줘요. 그 사이에 우리 작업 들어가면 되니까. 그리고 임상시험 일자, 조금 당깁시다. 원래 2주 뒤였나? 그러면 이틀 뒤에 바로 시작해요. 대상자가 계획보다 적으면 뭐 어때. 아 그리고."

회장은 한쪽 입꼬리를 날카롭게 들어 올렸다.

"임상 장소도 바꿔요. 굉개토내학교병원 임상시험센터로. 지금은 서울이고 지방이고 그게 중요한 게 아닙니다. 보여주는 게 필요하다고요. 실증. 진실. 알겠어요?"

- 뚝.

전화를 끊은 회장은 그녀가 나간 곳을 매섭게 응시했다.

두 시간 뒤. 단단이는 앰뷸런스를 타고 광개토대학교병원에 도착했다. 김서연은 그로부터 또 두 시간 뒤에 단단이가 있는 광개토대학교병원 NICU에 들어갔다.

김서연은 단단이를 보자마자 가슴이 벅차올라 눈물이 고였다. 어쩌면 애통함의 눈물일 수도 있었다.

겨우 며칠 못 본 것뿐인데 단단이는 그 사이, 조금 더 자라 있었다. 김서연은 그 사실을 인지하곤 눈물을 흘리며 미소 지었다.

"엄마 안 보고 싶었어?"

단단이는 눈을 뜰 수 없었다. 아무리 조금 더 자랐다지만, 단단이는 이제 겨우 300g을 넘어선 초미숙아였다.

"엄마는 단단이가 참 많이 보고 싶었어. 단단이한테 해주고 싶은 말도 얼마나 많은지 몰라."

이때였다. 내가 내 엄마의 따듯한 목소리를 처음 인지했던 것이. 이때부터 나는 그녀가 말하는 모든 것을 기억했다.

"엄마는 말이야…."

김서연, 그러니까 내 엄마는 이제껏 살아온 그녀의 일생에 관해 이야기했다. 그녀의 단순한 욕심으로 부모를 잃은 끔찍한 이야기, 윤태구와 어떻게 처음 만났고 어떻게 사랑하게 됐는지에 대한 아름다운 이야기, 심지어는 나를 낳지 않으려 했던 이야기와 지금 벌어지는 이 무시무시한 상황에 관한 이야기도 해줬다. 더불어 엄마는 이런 이야기도 했다. 안타깝게도 언제나 진실은 믿음을 이기지 못한다고. 때론 진실과 믿음이 한편이 되어 승리하기도 하지만, 서로 적대적 관계가 되면 언제나 진실은 믿음에 패한다고.

"그런데 엄마는, 진실이 믿음을 이길 거라고 믿어."

나는 궁금해졌다. 언제나 진실은 믿음을 이기지 못하는데, 왜 내 엄마는 진실이 믿음을 이길 거라 믿는 건지. 하지만 나는 이것에 대해 더 이상 파고들지 않았다. 그 이유가 무엇이든 그저 그녀를 응원하고 싶었다. 그리고 내가 할 수 있을진 모르겠지만 그녀가 믿는 것을 진실로 만들고 싶었다.

그런데 그때, 엄마의 휴대전화가 울렸다. 난생처음 듣는 진동 소리에 조금은 놀랐지만, 엄마가 놀랄까 봐 따로 반응하진 않았다.

"네."

『인터넷에 온통 서연 씨 얘기예요..』

드마르크 교수의 목소리였다.

"제 얘기요?"

『한동안 사람들이 별로 없는 곳에 있는 게 좋을 거 같아요. 아니, 아예 집 밖으로 나오지 말아요..』

"교수님은요?"

『내 걱정은 하지 말고. 우린 어떻게든 버텨볼 테니까.』

진심 어린 드마르크 교수의 목소리에 김서연은 미안한 표정을 지었다. 그리고 이내 작은 목소리로 말했다.

"죄송해요."

『뭐가요?』

"마지막 공격…. 실패해서…. 제 아기만 데리고 나와서."

『아기라도 데리고 나와서 다행이죠. 그거면 됐어요. 나중에 잠잠해지면 다시 봅시다.』

- 뚝.

내 엄마는 드마르크가 왜 저렇게 무서워하는지 알 수 없었다. 어떤 이야기가 돌고 있길래 사람이 많은 곳에 가지 말라고 하는 건지, 왜 지금 만날 수 없는 건지.

하지만 나와 함께 있는 지금, 그녀는 굳이 이미 끊긴 휴대전화를 다시 들지 않았다. 그저 나만 바라보며 미소 지었고 미처 다 하지 못한 이야기들을 들려줬다.

"산모님, 면회 시간 다 됐어요."

간호사의 이 이야기가 들리기 전까지 나는 행복했다. 도산 병원의 몇몇 간호사들도 나에게 좋은 이야기들을 많이 들려줬지만 재밌진 않았다. 하지만 엄마가 들려준 이야기는 재밌었고 내 마음에 행복을 심어줬다. 그래서 더 듣고 싶었고 이 이야기의 주인공이 행복한 결말을 맞이했으면 했다. 하지만 엄마는 가야만 했다.

"단단아. 또 올게. 건강히 잘 있어야 해, 알겠지?"

나는 대답하고 싶었지만 몸을 움직일 수 없었고 눈을 떠서 그녀를 보고 싶었지만 그럴 수 없었다. 그렇게 엄마는 떠났다.

광개토대학교병원을 떠난 나의 엄마 김서연은 곧장 집으로 갔다. 그러고는 휴대전화 속 내 아빠 윤태구의 전화번호를 지그시 바라봤다. 그녀는 내가 광개토대학교병원에 있다는 사실과 건강히 잘 지내고 있다는 사실을 얘기하고 싶었던 것이다. 그러나 그녀는 끝내 전화를 걸지 못했다. 혹시라도 윤태구가 곤란한 상황이 될까 봐. 어쩌면 그녀 자신이 그렇게 될까 봐.

대신 김서연은 유튜브에 들어갔다. 그리고 자신의 얼굴이 대문만큼이나 크게 박힌 썸네일들이 줄지어 있는 것을 보며 두 눈을 동그랗게 떴다.

「충격! 도산 병원 난동녀의 진짜 정체!」

"뭐야….."
 동공이 흔들리던 김서연은 일단 아무 영상이나 눌렀다.
 『여러분, 이 여자 아시죠? 얼마 전에 도산 병원에서 난동 부린 여자. 그때는 그냥 미친 여자인 줄 알고 끝났습니다. 그런데! 그게 아니었습니다. 지금부터 제가 그 충격적인 반전을 여러분께 전해드리겠습니다.』
 영상의 만듦새는 나름 수준이 높았다. 개인이 운영하는 채널이었음에도 마치 뉴스를 진행하는 듯한 화면 구성과 예쁜 테이블 그리고 귓가에 박히는 크고 날카로운 목소리 톤까지. 김서연도 처음엔 그녀 자신의 충격적인 반전이 무엇인지 궁금할 정도였다.
 진행자의 멘트가 끝나자 화면이 전환되고 영실대학교의 전경이 나오는 영상이 재생됐다. 그리고 김서연이 이 학교에 다니고 있음을 인증하는 문서들과 모자이크 처리된 인터뷰들이 그 뒤를 이었다.
 『어휴…. 말도 말아요. 여기선 이상한 여자로 유명해요. 제멜제약에 가고 싶은 욕망을 막 드러내면서 히스테리 부리고 그래요. 그런데 영실대학교 나와서 제멜제약을 어떻게 가요? 그냥 망상이지. 솔직히 불쌍해요.』
 이 누군지 모를 인물의 인터뷰가 끝나자 역시나 누군지 모를 여성의 폭언과 폭력이 담긴 영상이 이어졌다. 이 영상 역시 모자이크 처리되어 있었다.

『야! 이 삐- 삐- 삐- . 너 죽고 싶어! 미쳤냐!? 이 삐- 삐- 삐- .』

그러나 김서연은 알았다. 이 영상 속 인물은 그녀가 아니라는 것을. 연속된 모자이크 영상이 끝나자 다시 화면은 진행자를 비췄다.

『끔찍한 그녀의 진짜 모습이었습니다. 그런데, 여기서 끝이 아닙니다. 대학원생이었던 이 여자는, 논문 표절도 아무렇지 않게 하던 인물이었습니다.』

화면은 다시 모자이크 인터뷰로 바뀌었다.

『당연히 경고했죠. 요즘은 논문 표절하면 다 들켜요. 그런데 계속하더라고요. 뻔하죠. 아무리 노력해도 능력이 안 되니까. 표절이라도 하지 않으면 자기가 그렇게 원하는 제멜제약 못 가니까. 그래서 결국 그분, 논문이 한 편도 없어요. 7년인가 대학원 생활을 했는데.』

이 영상 속 인물은 임지윤이 분명했다. 모자이크 처리가 돼 있었지만, 김서연은 알 수 있었다. 그래서인지 김서연의 몸은 축 처졌고 양쪽 눈꼬리는 더 내려갔다. 그사이, 화면은 다시 진행자를 비췄다.

『여기까진 그럴 수 있습니다. 얼마나 답답했겠습니까. 그녀는 날 수 없는 닭이었고 제멜제약은 저 높이 떠 있는 구름이었을 테니까. 하지만 그녀의 기행은 선을 넘었습니다.』

화면은 광개토대학교병원을 비췄다. 그리고 진행자의 차분한 목소리가 들려왔다.

『얼마 전, 이 여자는 이곳 광개토대학교병원에서 임상시험을 진행했습니다. 그런데 사망사고가 있었죠. 처음엔 그러려니 했습니다. 그러나 드러난 실상은 충격적이었습니다.』

『약물이 나왔어요. 나오면 안 되는 약물.』

또다시 모자이크 속 어느 인물이 등장했다. 이번엔 문 대리가 분명했다. 그는 KIST에서 가져온 혈액 검사지를 들이밀며 말했다.

『여기 이 성분이 원래 나오면 안 되는 건데, 임상 대상자들 몸속에서 다 검출이 됐거든요. 그 여자 잘못이죠.』

화면은 다시 진행자의 진지한 표정.

『여러분…. 이 여자는 살인자입니다. 그리고 아직 우리 주변에 섞여 언제든 2차 3차 살인을 준비하고 있죠. 바로 썸네일에 드러난 얼굴의 여자. 김서연입니다.』

그리고 이내 김서연의 얼굴이 화면 전체를 채웠다. 어디서 구했는지는 모르겠지만 유독 그녀의 표정은 표독스러웠다.

『이 여자는 살인자입니다. 여기에서 그 기행이 끝날까요? 아니죠. 그녀는 협박도 일삼았습니다.』

『영실대학교 김서연입니다.』

화면은 검게 변했다. 그리고 영사기 같은 것이 돌아갔다.

『제멜제약 회장님한테 전달해 주세요. 저 만나 달라고. 만나기 싫으시다고 하면 이렇게 말씀하세요. 제가 제멜제약의 주가를 한방에 무너뜨릴 키를 가지고 있다고. 3일 연속 상한가 치셨죠? 4일 연속 하한가 치게 만들어드릴 수 있어요.』

중간 과정이 생략된 채 들려오는 그녀의 목소리는 정말로 협박하는 말투로 들렸다. 화면은 다시 진행자의 얼굴을 비췄다. 이번엔 조금 더 가까이 클로즈업된 상태였다.

『심지어 그녀는 제멜제약을 대상으로 주가 조작을 시도했습니다. 회장을 협박해서요. 여러분, 이 여자는 살인에 협박에…. 말 그대로 우리 사회를 좀먹는 악인입니다. 이대로 놔둬서 되겠습니까? 여러분들이 이 여자를 막아주십시오. 그녀의 이름은 김서연입니다. 다음 영상에서는 김서연과 관련된 또 다른 사실을 발표할 텐데요. 기대하셔도 좋습니다. 오늘 이 영상보다 더 충격적일 테니까요. 도대체 어떻게 이 여자는 이 모든 짓을 할 수 있었을까요. 누가 뒤를 봐줬길래.』

영상은 그렇게 끝났다. 김서연의 심박수는 이미 치솟아있었다. 손도 꽤 심하게 떨렸다. 다음 영상이 윤태구를 겨냥한 것이 분명해서도 있었지만, 그냥 그녀 자체가 받은 충격이 너무 컸다. 드마르크 교수가 말한 집에만 있으라는 이유가 이 정도일 줄은 몰랐던 것이다. 김서연은 이 끓어오르는 분노와 억울함을 발산해야만 했다.

"후…. 후…."

혹시나 해서 다른 영상들도 찾아봤다. 다른 영상들도 이 영상의 구성과 비슷했다. 마치 누가 설명서를 준 것만 같았다. 그리고 각 영상들의 조회수는 실시간으로 치솟고 있었다.

"후…! 후…!"

심호흡으로는 부족했다. 그녀의 마음속에 타오르는 불꽃은 겨우 이 미약한 바람 한 줄기로 사그라들 수 없었다. 그래서인지 그녀는 마치 무언가에 쫓기듯 주방으로 달려가 유리그릇 하나를 집고 그대로 문 쪽으로 집어 던졌다.

- 쨍그랑!

유리가 깨지는 소리마저도 김서연의 마음을 날카롭게 찔렀다.

"왜! 왜! 왜!"

- 쨍그랑! 쨍그랑!

그 후로 유리는 더 많이 깨졌다. 그동안 겨우 부여잡고 있던 김서연의 멘탈도 같이 깨졌다.

"크아아아아아아!"

김서연은 가슴을 부여잡았다. 그리곤 눈물도 뱉어냈다. 그 후로도 한참 동안 괴성을 지르며 집안의 가구와 집기들을 때려 부쉈다. 그리고 더 이상 움직일 힘조차 남지 않았을 때쯤, 마침내 그녀는 거실 한가운데에 쓰러졌다. 오직 기절만이 그녀의 마음속에 타오르는 불꽃을 진정시켰다. 그렇게 밤이 왔다.

- 위이이잉. 위이이잉.

휴대전화 진동 소리에 김서연은 슬며시 눈을 떴다.

- 위이이잉. 위이이잉.

김서연은 난장판이 된 집안을 돌아봤다. 그리곤 천천히 일어나 소파에서 진동하는 휴대전화를 집어 들었다.

"네."

『서연 씨.』

바다 바이오 사장, 김수경이었다.

"네…."

김서연은 작은 소리로 읊조렸다.

『특허 문제는 잘 해결됐어요?』

"네…. 덕분에…. 감사합니다."

『잘됐네요. 그런데 한 가지 확인 좀 하고 싶어서요.』

"네…."

뭔가를 확인하겠다던 김수경은 쉽게 말을 이어가지 못했다. 그래서 몇 초간의 침묵이 두 사람 사이를 흘러갔다.

『영상 봤어요. 서연 씨, 그런 사람이에요?』

김수경의 질문은 그나마 조금 줄어든 김서언의 미움속 불꽃을 다시 끓게 했다.

『미안해요. 잔인한 질문이긴 하지만 확인하고 싶었어요.』
"왜요."
『그런 사람이 아니라면, 여전히 같이 일하고 싶으니까요.』
"후우…."

김서연은 눈물 섞인 한숨을 길게 내뺐다.
"그게 중요한가요. 사람들은 이미 저를 그런 사람이라고 믿는데."
『그래서, 그렇게 믿도록 놔둘 거고요?』

김서연은 눈물을 터뜨렸다. 우는 것밖에는 할 수 있는 게 없었다.
"지키고 싶었어요. 그래서 싸웠어요. 저 사람들이 제 세포막 안으로 들어오지 못하게 열심히 싸웠어요. 그런데 이제 남은 게 없어요. 저를 방어할 수단이 하나도 없어요. 저 사람들이 다 뺏어 갔어요."
『뭘 뺏어 갔는데요.』
"전부 다요. 사람도 가족도…."

순간, 김서연의 머릿속에 단단이가 떠올랐다. 그녀가 말한 것처럼 모든 것을 빼앗긴 와중에 단단이만은 되찾았기 때문이다. 그러나 그 생각도 잠시였다. 일이 이렇게 된 이상 그녀는 당분간 외출조차 힘들게 분명했다. 결국 그녀는 단단이도 빼앗긴 것이나 다름없었다.
"믿었던 동료들도, 결정적 증거들도 전부 다요."
『결정적 증거는 뭔데요?』
"영상이 있어요. USB 안에 들어있던 영상인데…. 그것만 공개할 수 있으면 될 텐데…."
『무슨 영상인데요?』

김수경은 TPDD 치료제 특허 출원은 도와줬지만, 이제까지 벌어진 자세한 내용은 알지 못했다. 그래서 김서연은 잠시 망설였다. 물론 그 고민은 오래가지 않았다.

"제멜제약이 지금 하려는 임상, 이대로 진행하면 산모와 태아들이 위험해요. 그 증거가 담긴 영상인데…."

『본 적 있어요?』

"네?"

『USB에 들어있다던 그 영상, 서연 씨가 직접 본 적 있어요?』

"네…. 물론…."

『그 영상 본 컴퓨터는? 그것도 뺏겼어요?』

"아니요…."

갑작스러운 김수경의 질문 세례에 김서연은 눈물을 그쳤다.

『그러면 하드디스크만 떼서 가져와요.』

"네? 무슨 말씀인지…."

『복구할 수도 있다는 말을 하는 거예요.』

"정말요?"

이때, 김서연의 정신은 또렷해졌다.

『확실하진 않아요. 근데 불가능한 건 아니에요. 직접 봐야 해요.』

"그걸 어떻게…."

『뭘 어떻게요. 복구 뭐 이런 거? 어떻게 할 줄 아냐고요?』

"네…."

『훗.』

김수경은 피식 웃었다. 그러자 김서연의 집안 공기가 순식간에 비 온 뒤 숲의 공기처럼 상쾌해졌다.

『나도 내가 다 했어. 대학원에서.』

다음 날, 김서연은 김수경에게 하드디스크를 넘긴 뒤 집으로 돌아가는 중이었다. 때마침 찬 바람이 불어 마스크를 끼는 것이 그리 어색하지 않아 주변의 이목을 끄는 일은 없었다. 그런데 그때, 기사 하나가 떠올랐다.

「제멜제약, 임상 대상자 모집 완료.
천재 약 임상시험 내일 시작.
장소는 광개토대학교병원 임상시험센터.」

이 기사를 본 김서연은 곧장 광개토대학교병원 임상시험센터로 향했다. 갑작스럽게 일정이 당겨진 이 임상을 어떻게든 막아야 했다. 장소는 왜 또 광개토대학교병원으로 바뀐 것인지에 대한 의문도 품었지만, 한시가 급한 지금은 부차적인 요소들을 고민할 시간이 없었다. 그나마 다행인 건, 광개토대학교병원 임상시험센터는 김서연에겐 익숙했다는 것이었다.

주차장에 도착한 김서연은 잠시 멈춰 임상시험센터 옆에 있는 또 다른 큰 건물을 바라봤다. 저 건물 1층 구석에 단단이가 숨 쉬고 있는 NICU가 있었다. 당장 단단이를 보러 가고 싶은 마음은 너무나 컸지만, 지금은 아니었다.

김서연은 곧장 임상시험센터를 뒤졌다. 센터는 2층부터 6층까지 저마다 암 병동, 심혈관 병동, 희귀유전질환 병동처럼 질환별로 나뉘어 있었는데 천재 약은 그 어느 카테고리에도 들어가지 않아서였다. 그리고 마침내 김서연은 5층, 희귀유전질환 병동 507호에서 차석진과 산모들을 발견했다.

"멈춰요!"

마스크를 벗고 헐떡거리는 김서연의 외침에 507호 안에 있는 사람들이 모두 그녀를 바라봤다. 지금의 507호는 과거와는 다르게 6인실로 변경되어 있었다.

"여러분들! 1상도 안 한 약이에요! 건강한 성인도 어떤 부작용이 있을지 모르는 약이라고요!"

"1상 통과했잖아요."

이때, 한쪽 구석에서 익숙한 목소리가 들려왔다.

"지윤아…."

"언니, 이만 가세요. 더 계시다가는 쫓겨나실 수도 있어요."

"도대체 왜…."

"아시면서 뭘 그러세요."

"알다니 뭘?"

"저희 영실대학교잖아요. 제멜제약에 서류도 못 넣는…. 이해하실 거라 믿어요. 언니도 제멜제약 가고 싶어 했으니까."

"그래도 이건 아니지. 지금 이거 2상이잖아. 너희가 만든 걸로는 1상 임상해 본 적도 없잖아! 성분이 완전히 다를 수도 있는…!"

"언니."

임지윤은 낮은 목소리로 김서연의 말을 끊었다.

"언니, 너무 교만한 거 아니에요? 아무리 컴퓨터 하드디스크를 도둑맞았다고 해도 그동안 메일로 오간 보고서들 많아요. 레시피는 그대로 있다고요."

"알지, 아는데…!"

"언니가 직접 만든 게 아니라서 위험하다?"

"그래!"

"그게 교만이에요 언니."

임지윤은 주머니에서 종이 한 장을 꺼내 김서연에게 보여줬다. 거기엔 날카로운 그래프들과 복잡한 영어 단어 그리고 숫자와 % 기호가 가득 쓰여있었다.

"언니가 만든 거랑 똑같다는 증거에요. 제멜제약은요, 우리 영실대학교 나노생화학 연구실처럼 구려서, 사람 손 타거나 하지 않아요. 그러니까 가세요."

임지윤은 김서연을 슬며시 밀어냈다.

"그게 아니더라도, 태아가 TPDD 치료제 먹으면 죽을지도 몰라!"

김서연의 이 발언에 임신 중인 임상 대상자들은 그녀를 바라봤다. 불안함이 드리운 얼굴이었다. 반면, 차석진은 희미한 미소를 지었다.

"자, 지윤 씨. 일단 멈춰 보세요."

임지윤은 차석진의 명령을 듣고 김서연의 몸에서 손을 뗐다.

"김서연 씨, 방금 뭐라고 하셨죠? 태아가 이 약 먹으면 죽을지도 모른다고요?"

"맞아요."

"그런데 이 약을 먹은 서연 씨 아기는 왜 아직 살아있는 거죠? 그것도 희대의 천재가 될 가능성이 있는 채로."

산모들은 웅성거렸다. 차석진은 이 기회를 놓치지 않고 그들에게 말했다.

"여러분, 저희가 계속 보여드린 천재 약 투여 결과, 솔직히 못 미더우셨을 수도 있습니다. 실물로 본 적이 없으실 테니까요. 어쩌면 저희가 그냥 근거 없는 믿음만 강요하고 있다고 보시는 분도 계실 겁니다. 이해해요. 누구나 그럴 수 있습니다. 의심은 너무나 자연스러운 현상이니까요. 그래서 저희는 여러분께 직접 보여드리려고 합니다. 그 결과의 실체를요."

"설마…."
"저 여자의 아기가 바로 그 결과입니다."
"안 돼!"
"그리고 그 아기는 바로 저 옆 건물 NICU에 있고요."

김서연은 그대로 달려가 차석진의 멱살을 잡았다.

"당신 지금 뭐 하는 거야!? 이 사람들의 인생도 망칠 거야!?"
"인생도라니? 마치 내가 다른 사람 인생을…."
"망쳤잖아! 치니코프 마약성 진통제 카피약 임상! 아직 소송도 안 끝났고 보상도 제대로 안 한 그 사건! 지금 피해자들이 얼마나 힘들게 살고 있는지 알아!?"

자신의 부끄러웠던 과거가 드러나자, 차석진의 미간에 약간의 주름이 생겼다. 그러나 그는 결코 만만하지 않았다.

"여러분, 이 여자 누군지 아시죠? 방송 보셨죠? 환자예요. 굳이 신경 쓰지 않으셔도 됩니다."
"그런데 진짜인가요?"

이때, 산모 중 한 명이 손을 들고 물었.

"김서연 씨라고 하셨죠? 직접 듣고 싶어요. 그쪽 아기가 이 약 덕분에 희대의 천재가 될 수 있다고 판단 받은 건지."

산모의 부드러운 질문에 김서연은 차석진의 멱살을 슬며시 놓았다.

"맞아요. 하지만…."

"근데 왜 우린 못 하게 막으시는 거예요?"

부드러웠던 산모의 목소리가 날카로운 칼날처럼 변했다. 그 바람에 김서연의 말문도 막혀버렸다.

"혼자만 누리시려고요?"

"그게 아니라…."

"그럼 왜요? 저희 아기도 그쪽 아기처럼 키우고 싶은 것뿐인데 왜 못 하게 막으세요?"

"위험하니까요. 그리고 제 아기가 그렇게 된 건 일종의 부작용이에요. 제 아기는 TPDD라는 유전질환에 걸려있어요. 애초에 이 천재 약은 TPDD 치료제였다고요. 그런데 여러분들 아기는 문제없잖아요. 병에 걸린 게 아니잖아요!"

"무능력도 병이에요."

산모의 이 말이 병실에 울리자 흔들리던 다른 산모들의 표정은 담담해졌다.

"희귀유전질환이라고 하셨죠? 그거는 유전되는 건가요? 김서연 씨한테 물려받은 질환이에요?"

"아니요. 그건 아니고 태아일 때 유전자가 잘못돼서…."

"근데 이 무능력이라는 병은 유전이 돼요. 가난도 유전이 되고요. 같은 엄마로서, 이 질병을 물려주고 싶으세요?"

김서연은 할 말이 없었다. 누구도 이 질문에 그렇다고 답할 사람은 없었다. 그러나 막아야 하는 것만은 분명했다.

"데이터가 있어요. 이제 곧 나올 거예요. 이 약이, 태아에 얼마나 안 좋은 영향을 미치는지요."

"무슨 데이터?"

차석진은 당혹스러워하며 말했다. 정말로 모르는 사람처럼 말했다. 문 대리가 전달했다면 알고 있었을 것이 분명했다.

"동물실험 데이터요. 일반 쥐한텐 아무런 영향이 없었어요. 우리가 했던 1상처럼요. 그런데 임신한 쥐한테 주입한 결과는 달랐죠. 태아는 죽었고 심한 경우엔 산모도 죽었어요."

임지윤의 얼굴도 빨개졌다. 이때 김서연은 깨달았다. 문 대리가 이들에게 영상을 공유하지 않았다는 것을. 이유는 몰랐다. 차석진은 이상해진 분위기를 살피다가 다급하게 말했다.

"여러분, 어제 나온 영상 다 보셨잖아요. 이 사람, 허언증에 난동에 표절까지 하는 사람이라고요. 그냥 자기 혼자 천재 아기 키워서 잘 먹고 잘 살겠다는 심보에요. 자! 가시죠. NICU로. 여러분들은 그냥 보이는 그대로만 믿으시면 돼요."

산모들은 눈치를 보다가 천천히 침상에서 내려오기 시작했다.

"김서연 씨. 진짜 이상한 사람 맞네. 믿을 수 있는 결과도 없이 말로만 지껄이면 다 되는 줄 아나 본데, 아니야."

말을 마친 차석진은 병실 입구를 바라봤다. 어느새 양복을 입은 보안팀 직원이 다가와 있었다.

"가세요. 들려 나가기 싫으면."

그렇게 김서연은 쫓겨났다. 그들이 NICU로 가서 나를 동물원의 동물처럼 바라보는 것도 막을 수 없었다. 그러나 그녀는 포기할 수 없었다. 다시 들어갈 수는 없어도 밖에서 해볼 수 있는 건 최대한 해야만 했다. 그녀는 재빨리 문구점에 들러 스케치북 같은 것들을 구매하더니 이내 문구를 적어 온몸에 두르고 1인 시위를 시삭했다.

「제멜제약은 태아와 산모를 위험에 빠뜨릴
임상시험 당장 중단하라!」

지나가는 사람들은 김서연을 알아봤다. 당연히 그들은 김서연을 피했다. 조금이라도 엮이기 싫어서였다. 어떤 사람들은 사진을 찍어 올리기도 했다. 그 덕분인지 몇 시간 뒤, 해가 넘어갈 때쯤, 카메라를 든 사람들이 몰려왔다.

"김서연 맞죠!? 도산 병원 난동녀!"

그들 가운데는 어제 김서연이 봤던 영상의 진행자도 있었다.

"살인 혐의 인정하십니까?"

"표절 혐의는요?"

"제멜제약 주가 조작 미수 혐의는요?"

그들은 저마다 김서연에게 질문이라는 이름의 총알을 발사했다. 마치 누가 얼마나 더 많은 그리고 더 아름다운 총알을 발사하는지를 두고 겨루는 게임을 하는 것 같았다. 그러나 그 총알들은 김서연의 세포막을 타격했을지언정 뚫어내지는 못했다.

사람들이 더 몰려왔다. 이내 이곳은 꽤 붐비는 곳이 돼 버렸다. 그러다 보니 몸싸움이 벌어졌고 김서연은 쓰러지기도 했지만, 다시 일어났다. 김서연은 힘들지 않았다.

그렇게 몇 시간이 흘렀다. 어느덧 밤이 되었다. 카메라를 든 사람들은 김서연을 괴롭히는 장면을 찍은 것으로 수익을 꽤 두둑이 올린 뒤 만족스러워하며 집으로 돌아갔다. 그러나 단 한 사람, 어제의 그 진행자만큼은 끝까지 남았다.

"그쪽 아기 천재라면서요?"

그리고 그는, 카메라를 켠 채 어느덧 홀로 남은 김서연에게 다가와 말했다. 그 진행자는 자신만 알고 있는 이 특종을 직접 물어볼 생각으로 혼자 끝까지 남았던 것이다. 김서연은 여전히 대답하지 않았다.

"지금 광개토대학교병원 NICU에 있고. 그렇죠?"

그녀의 당당한 눈빛은 진행자가 든 카메라를 통해 모든 곳으로 퍼져나갔다.

"여러분, 이제야 모든 게 이해가 됩니다."

진행자는 김서연을 뒤에 둔 채 카메라 속 불특정 다수에게 말했다. 마치 허공에 대고 말하는 듯 보였다.

"이 여자는 자기 아들만 희대의 천재로 만들 계획이었던 겁니다. 다른 사람들이 그 약을 먹고 또 다른 천재를 탄생시키면 경쟁이 치열해질 테니 천재 약 임상시험을 하는 제멜제약을 공격했던 거죠. 유튜브 최초공개입니다."

진행자는 마지막으로 김서연의 얼굴에 카메라를 들이밀었다.

"여러분, 이 여자의 계획이 성공한다면 불과 20년 뒤에 이 나라는 이 여자의 손에 들어가고 말 겁니다. 하지만 제멜제약이 천재 약 개발에 성공한다면, 20년 뒤 이 나라는 전 세계를 통치할지도 모릅니다. 여러분들의 도움이 필요합니다. 이 여자를 막아주십시오! 저 혼자서는 막을 수 없습니다! 우리는 야만인이 아니잖아요. 법적으로 이 여자를 저지할 방법이 필요한 거잖아요. 그러기 위해선 다들 아시는 것처럼 후원이 필요합니다. 제가 이 여자를 법적으로 처단할 수 있도록 많은 도움 부탁드립니다! 그리고 내일 밤! 드디어 이 여자의 뒷배가 누군지 공개됩니다. 많은 시청 바랍니다!"

열정적인 방송을 마친 진행자는 카메라를 끄고 가방에 집어넣었다. 그리곤 김서연을 쳐다도 보지 않고 그곳을 떠났다.

김서연은 손을 떨었다. 그가 쏘아댄 총알은 다른 사람들이 쏜 총알보다 더 두껍고 단단해서 김서연의 세포막이 거의 뚫릴뻔했기 때문이다. 만약 어제 미리 그런 일을 겪지 않았더라면 이미 초반에 세포막이 뚫려 이곳에 주저앉았을지도 모른다.

다음 날이 됐다. 이날은 천재 약 임상시험이 있는 날이었다. 김서연은 잠시 휴식을 가진 뒤 광개토대학교병원 임상시험센터로 몰래 들어가 산모들을 말리려고 했지만, 보안팀 직원에게 저지당한 뒤 쫓겨났다. 적어도 몇 시에 투약인지 정도는 알 수 있을 거라고 생각했지만 그마저도 알아내지 못했다.

결국 지금 이 순간, 그녀가 바랄 수 있는 건 김수경의 데이터 복구 하나뿐이었다. 그래서 그녀는 계속 휴대전화만 바라봤다. 하지만 아무것도 안 하고 기다리기만 할 수는 없었기 때문에 어제처럼 피켓을 들었다. 그런데 그때, 광개토대학교병원을 둘러싼 골목으로 사람들이 하나둘 모여들기 시작했다. 카메라를 든 사람들이었다.

김서연은 잔뜩 긴장했다. 아무리 김서연의 세포막이 두텁다지만, 그들이 발사하는 총알이 아프지 않은 건 아니었다.

"김서연 씨! 오늘도 병원에 들어가서 난동 부리셨다면서요!?"

소식은 빨랐다. 마치 누군가 안에서 중계를 해주는 것 같았다.

"왜 자꾸 불법적인 일을 저지르시는 겁니까?"

"오늘도 누구 죽일 뻔한 거 아닙니까!?"

"오늘 밤에 당신 뒷배가 누군지 밝혀진다는데, 미리 밝혀주시면 안 됩니까?"

여러 총알이 난무하는 가운데 김서연은 당당했다. 뒷배가 언급되며 잠시 손이 떨리긴 했지만 그래도 티를 내진 않았다.

　사람들은 더 많이 몰려들었다. 김서연처럼 피켓을 들어 그녀를 비난하는 사람도 있었고 제멜제약의 CI(Corporate Identity, 기업 로고)가 그려진 깃발을 들고 그녀 앞에서 얼쩡거리는 사람도 있었으며 심지어는 김서연이 보는 앞에서 귀엽게 생긴 아기 인형에 못을 박는 사람들도 있었다. 어제 이곳에서 꽤 많은 조회수를 올렸다는 소식을 듣고 모두가 아침 일찍부터 달려온 것이다. 그러나 그들은 김서연의 세포막에 큰 타격을 주지 못했다. 정작 그녀의 마음을 시리게 한 건 다른 사람들이었다.

　"왜 우리 사다리 뺏으려는 거야."

　"네 애만 천재면 다야?"

　"너만 인생 역전하면 다냐고!"

　임산부 배지를 달고 온 산모들이었다.

　김서연의 세포막은 그렇게 얇아져만 갔다. 더 버틸 수 있을지는 그녀 자신도 알 수 없었다. 그런데 그때.

　- 부우우웅!

　갑자기 컨테이너를 그대로 짐칸에 올려놓은 것만 같은 1톤 트럭 한 대가 다가와 김서연을 괴롭히는 사람들에게 위협을 가하며 스치듯 지나갔다. 그 바람에 카메라를 든 사람들은 인기척을 느낀 바퀴벌레들처럼 순식간에 사방으로 흩어졌다.

　"뭐야!?"

　카메라를 든 사람들은 갑작스러운 위협에 잠시 당황했지만, 실시간으로 이 상황을 지켜보고 있을 시청자들을 생각하며 갓길에 멈춘 트럭 운전사에게 다가갔다.

"당신 뭐야 미쳤어!?"

그런데 그때, 이 1톤 트럭 뒤에 있던 컨테이너 같은 것이 자동으로 열리기 시작하더니 이내 LED 전광판이 드러나며 순식간에 작은 무대가 만들어졌다. 그리고 때마침 또 다른 무리의 사람들이 다가와 카메라를 든 사람들을 밀어냈다. 최소 100여 명은 되는 사람들이었다.

그렇게 카메라 든 사람들이 정리되어 갈 무렵, 1톤 트럭 운전석에서 한 사람이 내려 김서연에게 다가왔다. 익숙한 얼굴이었다.

"오랜만이네요."

"재현이 어머니…."

"도와주러 왔어요."

재현이 엄마는 김서연의 손을 따듯하게 잡았다.

"어떻게…."

"어떻게는 뭘 어떻게예요. 영상 다 봤으니까 왔죠."

"영상은…."

"영상은 선생님을 악마로 만들었지만, 저는 알잖아요. 악마가 아니라는 거. 저도 저 인간들 때문에 스트레스받는 상황이었는데 잘 됐죠, 뭐."

"감사해요…."

"내가 할 수 있는 게 이런 것밖엔 없네요. 내가 선생님 지켜줄게요. 이 사람들이 여기서 시위해 줄 거예요. 물론 자발적으로."

김서연은 그녀를 둘러싸서 보호하려는 사람들을 보며 울먹거렸다. 그러다 문뜩 이상한 생각이 떠올랐다.

"그런데…. 집회 신고는 하셨어요? 이러다가 벌금 폭탄 맞을 수도 있을 텐데…."

김서연은 이런 사람이었다. 자기를 지키러 와 준 사람들이 당할 불이익까지 생각하는 사람. 재현이 엄마는 그녀의 이런 모습을 보며 웃었다.

"가진 게 돈뿐이라, 괜찮아요. 아, 그리고 임상은 4시에 시작할 거예요. 그전에 막을 방법을 생각해야 할 것 같은데…."

"4시요? 그건 어떻게 아셨어요? 저는 못 알아냈는데."

"안에 친한 간호사 한 명이 있어요. 재현이 임상할 때 친해진 간호사예요."

"아…."

그렇게 김서연을 지키기 위한 제멜제약 임상 반대 시위가 시작됐다. 100여 명으로 시작된 이 시위는 오전 10시가 되자 200여 명으로 늘어났고 사람들의 목소리는 더욱 커졌다.

『임산부를 죽이는 임상시험 중단하라!』

『허위 정보로 주가를 상승시킨 제멜제약 처단하라!』

스피커를 통해 울리는 이들의 구호는 꽤 자극적이었다. 그런데 그때, 병원 입구를 기준으로 건너편 골목에도 트럭 하나가 도착했다. 역시나 무대로 변하는 트럭이었다. 한 가지 다른 점이 있다면 5톤 트럭이라는 것이었다. 시간이 지나자 그곳에도 사람들이 모여들기 시작했고 자연스럽게 양쪽으로 진영이 나뉘었다. 그리고 12시를 기준으로, 건너편 시위대 인원은 500명을 넘어섰다.

『대한민국을 뒤엎으려는 김서연을 처단하라!』

『제멜제약은 당장 대한민국을 일류로 만들어라!』

건너편 시위대는 결국 제멜제약 임상 찬성 및 촉구 시위였다. 그들의 구호는 임상 반대쪽 시위대보다 더 거칠었다. 그렇게 두 시위대 간의 목소리 경쟁이 시작됐다. 마이크의 도움으로 데시벨은 비등했지만, 1톤과 5톤 트럭의 화려함엔 차이가 있었다. 그리고 무엇보다 임상 반대 집회 인원의 두 배를 넘어서는 임상 찬성 시위대의 기세는 매서웠다.

『독재를 꿈꾸는 김서연을 처단하라!』

『제멜제약은 당장 살인 행위를 멈춰라!』

시간이 지날수록 감정이 격해진 그들의 거리는 조금씩 가까워졌다. 경찰이 도착해 병원 입구만 겨우 열어둔 채 양옆으로 방벽을 쳐서 그들이 가까워지는 것을 막았지만, 그마저도 매우 위태로워 보였다. 그런데 그때.

- 위이이잉.

김서연의 휴대전화가 울렸다. 김서연은 두 눈을 크게 뜨고 빠르게 전화를 받았다.

"네!"

『영상 복구했어요. 직접 보니까 끔찍하네요. 지금 유튜브에 올리고 있거든요? 이거 링크 공유해줄 테니까 빨리 퍼뜨리세요.』

"알겠습니다!"

- 뚝.

김서연은 곧장 시위를 통솔하고 있는 재현이 엄마에게 달려갔다.

"증거가 나왔어요! 이 영상 보라고 말씀해 주세요! 이거면 저 사람들 아무 말 못 할 거예요!"

"네! 잘하면 지금 당장 취소발표 날 수도 있겠어요."

재현이 엄마는 1톤 트럭 무대에 가까이 다가가 마이크를 잡은 사람에게 이 소식을 전달했다. 그러자 그는 기뻐하며 다시 마이크를 입에 가져다 댔다.

『여러분! 지금 당장 유튜브에 천재 약 부작용 동물실험이라는 영상 검색해서 보십시오! 이것이 진실입니다! 제멜제약은 당장 임상시험을 멈춰라! 천재 약 임상은 살인이다!』

사람들은 저마다 휴대전화를 들고 영상을 검색했다. 드마르크 교수의 얼굴로 시작하는 이 영상은 실험 쥐들이 TPDD 치료제를 맞고 어떻게 변해가는지에 대해 아주 잘 드러나 있었다. 영상을 본 사람들은 분노했다.

"이렇게 위험한 약으로 임상을 한다고!?"

"저놈들 진짜 미친놈들 아니야!?"

"제멜제약 놈들을 처단하라!"

200명 남짓한 임상 반대 시위대는 더욱 분노했다.

"영상 떴다! 이놈들아! 영상 봐라!"

"영상 보고도 그런 말 나오나 보자!"

반대 시위대와 가장 가까이에서 열성적으로 욕설을 퍼붓던 임상 찬성 쪽 사람들은 뭔가 이상함을 느끼고 반대 시위대가 말하는 영상을 보기 시작했다. 그리고 이 현상은 흘러가는 파도처럼 전달되어 마침내 임상 찬성 쪽 5톤 트럭 무대 위에 오른 사람도 영상을 검색하게 만들었다. 임상 찬성 시위대와 반대 시위대가 마침내 동일한 진실을 공유하는 순간이었다.

김서연은 내심 기대했다. 이제 1시 30분이 넘어간 시점에서 모든 것이 끝날 수도 있겠다는 희망 섞인 생각이었다. 그러나 이 동일한 진실은 그녀의 생각처럼 온전히 공유되지 않았다.

"TPDD는 또 뭐고 이 교수는 뭐냐!"

"생쥐가 어떻게 인간이랑 같을 수 있냐!"

"이거 전부 조작이다!"

"김서연을 잡아라!"

그들은 이것을 이해하지 않았다. 못 한 것이 아니라 안 했다. 어려워서는 아니었다. 한글로 번역되어 들리는 드마르크 교수의 음성은 매우 자연스러웠고 또 설득력이 있었다.

결론적으로, 그들의 입장에서 드마르크 교수의 영상은 가짜여야만 했다. 그래서 그들의 분노 섞인 믿음은 김서연이 던진 진실을 짓밟아버렸다.

김서연은 이때 또 느꼈다. 현실 세상에서의 강력한 믿음은 그 어떤 진실도 가볍게 눌러버린다는 것을. 그러나 김서연은 이 명제를 믿는 사람이 아니었다. 오히려 그녀는 진실이 믿음을 이길 거라 믿는 사람이었다. 그런데 그때.

"서연 씨! 2시에 시작한대요! 임상!"

재현이 엄마가 다가와 다급하게 외쳤다.

"4시라고 하셨잖아요!"

"우리 시위 때문에 앞당겨졌나 봐요! 방금 연락 왔어요!"

"안 돼…. 영상을 봤으면 절대 시작 못 할 거예요!"

"이 영상은 여기서만 공유될 뿐이에요. 조회수가 그리 높지 않아요. 저 안에 있는 사람들은 모를 거예요."

"그럼 제가 들어갈게요."

김서연은 몸에 매고 있던 피켓을 땅에 내려놓고 방벽을 넘으려 했다. 뒤로 빠져나가서 어디선가 차를 구한 뒤 그나마 경찰들이 열어놓은 병원 입구로 여유롭게 들어가는 방법도 있었지만 지금은 시간이 없었다. 그러나 임상 찬성 쪽 사람들은 김서연의 그 모습을 보고만 있지 않았다.

"살인자 김서연이 방벽을 넘으려고 한다!"

"막아라!"

"무슨 짓을 할지 모른다!"

양쪽에 있는 사람들은 방벽 쪽으로 모였다. 한쪽은 김서연을 막기 위해서 한쪽은 김서연을 보내기 위해서.

경찰들은 이런 돌발상황에 당황하며 양쪽으로 나뉘어 있는 방벽을 힘껏 잡고 버텼다. 이대로 뚫리면 어떤 큰 사고가 날지 몰랐다.

"너무 위험해요! 이대론 못 넘어가요!"

김서연은 같은 편인 사람들에게 소리쳤다. 그러나 그들도 이미 무언가에 홀려있었다. 지금 이 순간, 양쪽 사람들은 모두 이 방벽을 허무는 것에만 몰두했다. 왜인지는 중요하지 않았다. 그래서 이들은, 마치 TPDD 환자들 같았다.

"조심하세요! 다친다고요!"

김서연도 어느새 방벽을 넘을 생각보다는 이 사람들을 말리기에 급급했지만 분노한 그들의 힘은 너무나 강했다. 그런데 그때.

『저는 배우 윤태구입니다!』

어디선가 마이크를 타고 익숙한 목소리가 들려왔다. 김서연은 곧장 1톤 트럭이 있는 곳을 바라봤다. 그런데 그곳엔 아무도 없었다.

『여러분! 저는 배우 윤태구입니다!』

또다시 목소리가 들려오자 김서연은 고개를 돌려 5톤 트럭을 바라봤다. 윤태구가 홀로 서 있었다. 방벽을 붙잡고 흔들던 사람들도 멈춰 서서 고개를 돌려 목소리가 들려오는 곳을 바라봤다.

『저는! 마약중독자입니다!』

5톤 트럭 위에서 윤태구의 고백이 들려오자 시위하던 사람들과 카메라를 든 사람들은 이제 5톤 트럭 쪽으로 몸까지 돌렸다.

이 짧은 시간, 김서연은 왜 윤태구가 마약중독자라는 말을 하면서 1톤 트럭이 아닌 5톤 트럭에 올랐는지에 대해 고민했다. 윤태구마저 자기를 배신한 것이라면, 그녀는 정말로 버틸 수 없었다.

『맞습니다! 저 진짜로 배우 윤태구 맞고요! 이쪽으로 모이세요! 제가 저의 모든 걸 다 알려드리겠습니다!』

임상 찬성 쪽 사람들은 윤태구 쪽으로 천천히 걸었다. 임상 반대쪽 사람들은 방벽 때문에 넘어갈 수는 없었지만, 흥분을 가라앉힌 채 그대로 자리에 서서 윤태구를 바라봤다. 이때, 윤태구가 김서연을 바라봤다. 그러고는 고개를 끄덕였다. 김서연은 그제야 안심하며 미소를 지었다. 임상 찬성 쪽 사람들이 5톤 트럭을 봐야 그녀를 등지기 때문에 윤태구는 5톤 트럭에 마이크를 잡고 올랐던 것이다. 그렇게 윤태구는 김서연의 방패가 되었다. 심지어 경찰들도 갑작스러운 윤태구의 등장에 긴장하며 그곳을 바라보고 있었다.

김서연은 이 기회를 놓치지 않고 방벽을 넘어 병원 안으로 들어갔다. 윤태구는 이 모습을 곁눈질로 지켜보며 미소를 지었다. 그는 김서연이라는 약물이 병원 안에 잘 들어갈 수 있도록 천공법을 시행해 준 것이었다.

그런데 김서연만 방벽을 넘은 게 아니었다. 어제 그녀가 본 영상의 진행자, 오늘 밤 김서연의 뒷배를 폭로하겠다고 예고한 그 사람도 짜증을 부리며 카메라를 든 채 방벽을 넘어 김서연을 따라갔다. 그가 이런 행동을 한 이유는 단순했다. 오늘 밤 윤태구의 모든 것을 폭로

하려 했는데, 미리 윤태구가 등장하면서 이 소식을 독점할 수 없었고 이것을 만회하기 위해서는 완전히 다른 소식이 필요했기 때문이다.

방벽이라는 세포막을 넘어선 김서연은 달리고 또 달렸다. 그렇게 그녀는 로비를 지나고 계단을 올라 마침내 숨을 헐떡이며 여섯 명의 산모가 있는 507호에 도착했다.

"멈추세요!"

507호에는 차석진을 비롯해 빅터 우, 임지윤 그리고 문 대리까지 있었다. 그들은 이미 주사를 들고 온 상태였다.

갑자기 등장한 김서연을 본 차석진과 빅터 우 그리고 임지윤은 한숨을 쉬었다. 그런데 이상하게도 문 대리는 당황한 기색이었다.

"영상 있어요. 증거."

김서연은 휴대전화를 들고 천천히 507호 안으로 들어갔다. 복도에서 김서연을 지켜보던 진행자도 천천히 507호 쪽으로 가서 입구 아래에 카메라를 몰래 세워놨다. 실시간으로 방송이 송출되고 있는 카메라였다.

"서연. 이제 그만해. 다 끝났어."

빅터 우는 여전히 낮고 젠틀한 목소리로 김서연을 말렸다.

"보세요."

김서연은 드마르크 교수가 나오는 실험 영상을 들이밀었다. 그러나 아무도 손을 내밀어 그 영상을 보려 하지 않았다.

"문 대리가 없앤 영상이에요. 임신한 쥐들이 TPDD 치료제를 맞고 유산하거나 죽는 영상!"

차석진은 문 대리를 바리봤다.

"사실이에요?"

문 대리는 침을 삼켰다.

"아니요. 가짜예요."

"문 대리!"

김서연은 문 대리에게 소리쳤다.

"저기요, 김서연 씨. 남의 일 방해하지 말고 빨리 꺼지세요, 좀."

"무슨 방해요!?"

문 대리는 김서연의 두 어깨를 붙잡고 밀어내려 했다.

"이게 진실이에요! 산모님들! 이 영상을 보시라고요! 여기에 결과가 다 나와 있어요! 이대로 저 주사기 맞으시면 산모님들도 위험해요!"

차석진은 산모들이 동요하는 모습을 감지했다.

"문 대리, 놔 봐."

그래서인지 그는 김서연의 휴대전화를 빼앗듯 가져와 영상을 시청했다. 몇몇 산모들도 침상에서 내려와 차석진의 어깨 뒤에서 영상을 바라봤다.

"그거 가짜예요! 믿지 마세요!"

문 대리는 필사적이었다. 그러나 차석진은 '가만히 있어!'라고 말하는 듯한 표정으로 문 대리를 제압했다.

차석진은 유심히 영상을 지켜봤다. 그는 절박했을지언정 바보는 아니었다. 그가 원했던 것은 치니코프 마약성 진통제 카피약 사건을 뒤집을 무언가였지 그것을 반복하는 게 아니었다.

영상을 모두 본 차석진은 휴대전화를 다시 김서연에게 돌려줬다.

"이게 사실이란 걸 어떻게 믿나?"

"영상 보셨잖아요!"

"영상일 뿐이잖아."

"맞아요! 믿을 수 없어요! 저 프랑스 사람이 실존하는 인물인지도 모르잖아요!"

문 대리는 차석진을 설득하려 했다.

"며칠 전까지 문 대리랑 저는 영상 속 사람과 함께 있었어요! 문 대리! 왜 자꾸 거짓말하는 거예요!"

"거짓말은 김서연 씨가 하는 거지!"

김서연은 빅터 우를 바라봤다.

"교수님! 드마르크 교수에요! 우리 라이벌이었던 사람! 교수님은 아시잖아요!"

"실제로는 본 적…. 없지."

빅터 우는 김서연의 눈을 바라보지 못하고 고개를 숙였다.

"지윤아…."

"언니…."

임지윤은 천천히 김서연에게 다가와 말했다.

"이거 전부, 언니 환상 속에서 일어나는 일이에요."

그러고는 안쓰러운 표정을 지으며 말했다.

"뭐…?"

"저 드마르크 교수는 가짜라고요."

"무슨 말을 하는 거야…."

"이제 약 드실 시간 되셨다고요."

"지윤아…. 너도 나 도와줬잖아. 사람들 미행하면서 사진도 찍어서 보내주고…."

"제가 언제요."

김서연은 휴대전화를 꺼내 임지윤이 보낸 사진을 찾기 시작했다. 그러나 그곳엔 아무것도 없었다.

임지윤은 머리가 좋았다. 김서연과 연결될 만한 자료들은 모두 지웠다. 김서연은 이때, 미리 다운 받지 않은 것을 후회했다.

"임상은 이대로 진행하겠습니다. 이 영상의 진위 여부는 여기서 판단할 수 없으니까요."

차석진은 단호하게 말했다.

"판단할 수 없으면 더더욱 하면 안 되죠! 이게 사실이면 어떡하시려고요!?"

차석진은 지그시 눈을 감았다. 그의 머릿속에선 우주와 나락이 동시에 펼쳐지고 있었다. 지금 그는 그 사이에서 우주 쪽을 바라보고 있었지만, 바로 앞에 있는 그의 우주선은 언제든 폭발할 수 있는 상태였다. 그런데 그때, 그의 고민을 덜어줄 사람이 등장했다.

"Je suis le professeur Demarque! Antoine Demarque!"

『내가 드마르크 교수입니다! 앙투앙 드마르크!』

그의 다급하면서도 우아했던 불어는 번역기를 통해 한글 음성으로 바뀌었다.

차석진은 그를 보자마자 한숨을 내쉬었다. 그의 우주선이 출발할 수 없다는 것을 직감했기 때문이다. 문 대리 역시 눈을 질끈 감았다.

『이제 그만 하세요. 저 실험 결과는 사실입니다. 내가 가진 모든 걸 다 걸고 맹세하죠.』

김서연은 그제야 한숨을 돌렸다. 차석진은 어깨를 축 늘어뜨리고 침상에 걸터앉았다. 그 후, 드마르크 교수에게 뭔가를 물어보려고 입을 뗐지만 이내 포기했다.

그렇게 이 507호에는 침묵의 바람이 매섭게 불어왔다. 그런데 그때.

"내 자식한텐 나 같은 비참함 못 물려줘."

한 산모가 나지막이 읊조리더니 미리 준비된 트레이에 있는 주사를 집어 들었다.

"안 돼!"

김서연은 재빨리 달려가 그녀가 집어 든 주사를 빼앗으려 했다.

- 푹!

그러나 계층 이동을 위한 그녀의 간절한 바람은 생명 수호를 위한 김서연의 절실함보다 빨랐다.

한 산모의 용기일지 광기일지 모르는 이 행동으로 507호에 있는 나머지 산모들의 동공은 떨리기 시작했다. 자기도 사다리를 잡아야 할지 아니면 이대로 포기해야 할지에 대한 고민이었다. 전자를 선택하면 죽을 수도 있었고 후자를 선택하면 최소한 삶은 영위할 수 있었다. 김서연도 산모들의 고민을 눈치챘다. 그리곤 사방에 퍼진 나머지 주사기들에 달려가 그녀들의 고민거리를 제거했다. 그러나.

"안 되면 차라리 죽는 게 나아."

- 푹.

몸이 한 개였던 김서연은 또 다른 산모의 광기를 제압하지 못한 채 네 개의 주사기만 쓰레기통에 버렸다.

이 모습을 본 문 대리는 그제야 웃었다.

"너 뭐야."

차석진은 문 대리를 보며 표정을 찡그렸다.

"제멜제약이 무너지면…. 무궁화학이 가장 먼저 인수할 기예요."

"뭐?"

"죄송하게 됐습니다. 나중에 뵙죠."

문 대리의 목적은 이거였다. 끔찍한 실패로 끝날 임상을 시작해서 제멜제약을 무너뜨리는 것. 진정한 무궁화학의 직원이었던 문 대리는 김서연에게 윙크를 날렸다.

"고마웠어요. 저는 그냥 용 꼬리보단 닭 대가리가 낫다고 생각하는 사람이었는데, 서연 씨는 나한테 용 대가리를 선물해 줬네요."

그리곤 휘파람을 불며 천천히 507호를 빠져나갔다.

"교수님!"

김서연은 드마르크를 다급하게 불렀다.

"해독제는 없어요? 뭐라도 할 수 있는!"

그러나 드마르크는 고개를 저었다.

『없어요. 그런데 서연 씨. 서연 씨는 나랑 얘기 좀 해야겠는데.』

"네? 무슨 얘기요?"

『아기.』

드마르크 교수의 표정은 어두웠다.

『왜 나한테 말 안 했죠? 서연 씨 아기가 TPDD 치료제를 맞았다고.』

"그건…."

『세상에 존재하는 유일한 천재 아기라고….』

"그 여자가 왜 그런지 몰라요? 자기 애만 그렇게 만들려고 하는 거잖아요! 이 이기적인 년아!"

약을 맞은 산모는 김서연에게 손가락질했다.

『이제 온 세상이 다 알게 됐어요. 결단을 내려야 할 때입니다.』

"무슨 결단이요…."

결단이라는 폭력적인 단어가 드마르크 교수의 입에서 나오자 김서연의 표정은 사색이 됐다. 그런데 그때.

"끄학!"

조금 전, 김서연에게 손가락질했던 산모가 배를 움켜잡고 비명을 질렀다.

"뭐야?"

차석진은 당황하며 산모의 상태를 살폈다.

"의사 불러와요!"

잠시 후, 간호사와 의사들이 몰려와 산모의 상태를 살폈다.

"부작용 없다면서요."

의사 중 한 명이 원망스러운 눈빛으로 차석진을 바라봤다.

"나는…. 중단…. 하려고 했어요."

차석진은 기어들어 가는 목소리로 답했다.

"응급실로!"

"저도요! 저도 응급실 갈래요!"

두 번째로 약을 맞았던, 내 자식한텐 나 같은 비참함 못 주겠다던 산모도 손을 들었다.

"따라오세요."

그렇게 두 사람이 응급실로 가려던 그때.

"코드블루!"

첫 번째로 약을 맞은 산모가 두 눈을 뒤집으며 쓰러졌고 의사는 곧장 그녀를 침상에 눕혀 심폐소생술을 시작했다.

- 한, 둘, 센, 넷, 다, 여…!

김서연은 이 끔찍한 익숙함에 또다시 손이 떨려왔다.

"안 돼…."

"살려주세요! 저도 배가 아파요!"

두 번째 산모도 배를 잡고 쓰러졌다. 그러자 김서연의 동공은 흐릿해졌다.

그리고 잠시 후.

"돌아가셨습니다."

첫 번째 산모는 그 자리에서 죽었다.

"안 돼! 저도 저렇게 죽는 거예요? 살려주세요! 배가 아파요!"

"일단 이분은 빨리 응급실로 데려가!"

두 번째 산모는 공포에 잠식당한 채 응급실로 내려갔고 나머지 네 명의 산모는 각자 짐을 챙겨 광개토대학교병원을 빠져나갔다.

그렇게 507호엔 빅터 우, 임지윤, 차석진, 드마르크 교수 그리고 김서연만이 남았다. 물론 카메라를 설치한 진행자도 어딘가에 몰래 숨어 이 상황을 계속 생방송으로 내보내고 있었다.

『나는 분명 경고했습니다.』

드마르크 교수가 차석진에게 말했다. 차석진은 못 들은 체하고 어깨를 축 늘어뜨린 채 힘없이 507호를 천천히 빠져나갔다. 빅터 우도 그 뒤를 따랐다.

"지윤아."

김서연은 임지윤에게 다가갔다. 그러나 임지윤의 표정은 이미 표독스러웠다.

"치니코프 갈 수 있었는데…."

"뭐?"

제멜제약 소속인 임지윤은 갑자기 치니코프 이야기를 꺼냈다.

"여기서 제멜제약이랑 임상 잘 시작하고 실시간으로 정보 넘기면, 치니코프가 저 데려간다고 했다고요. 지금 거기서도 임상 시작할 거니까."

"뭐?"

『잠깐, 치니코프가 임상을 시작한다고? 언제요?』

"내일."

『어디서?』

"치니코프 본사가 어딘데요? 나보다 잘 아시지 않나?"

『미국에서? 잠깐만….』

"그 사람들이 TPDD 치료제 레시피는 어떻게 알고?"

임지윤은 답변하지 않고 피식 웃기만 했다. 그녀가 직접 전달했다는 의미였다.

"여기서 이상 없이 끝내는 게 조건이었는데…. 치니코프 입사."

"치니코프 사진 찍으러 다니다가 만난 거야?"

"그럼 뭐겠어요."

"욕심이 과했어."

"내 욕심? 김서연 네 욕심은? 너 때문에 내 인생 망했어."

임지윤은 김서연에게 다가가며 위협적인 말투로 말했다.

"그게 왜 나 때문이야?"

김서연과 꽤 가까워진 상태였지만, 임지윤은 그녀의 말에 딱히 근거 있는 논박은 하지 못했다.

"네가 네 애한테 TPDD 치료제 투여했잖아. 이 세상에서 유일하게 네 애만 천재로 키우려고. 그러니 사람들이 몰려들겠어, 안 몰려들겠어? 치니코프도 똑같아. 김서연 네 애가 천재 아니었으면 아무 일도 없었어."

대신 앞뒤가 전혀 맞지 않는 근거 없는 믿음만 주장하며 507호를 천천히 떠났다.

『서연 씨.』

임지윤이 나가자마자 드마르크는 작은 소리로 그녀를 불렀다.

"네⋯."

『아기 얘길 하기 전에⋯. 치니코프가 이대로 임상을 시작하면 죄 없는 산모들이 또 죽음을 당할 겁니다.』

"이미 한 분이 돌아가셨어요. 이 소식이 알려지면 그래도⋯."

『단순한 사고로 볼 겁니다. 그들의 진짜 욕망은 아직 죽지 않았어요. 치니코프, 반드시 막아야 해요.』

"어떻게요?"

『그들의 진짜 욕망, 유일한 희망을 꺾어야겠죠.』

"희망이요?"

『네.』

"그 희망이 뭔데요?"

김서연은 울먹거리기 직전이었다. 제발 드마르크 교수의 입에서 단단이 얘기가 나오지 않기만을 바랐다. 그러나 문득 금발 청년과 괴한이 드마르크 교수 옆에 없다는 사실이 생각났고 이것이 김서연의 마음을 더욱 불안하게 했다.

『치니코프를 포함한 전 세계가, 이제 단단이의 존재를 알아요. 도산 병원 의사가 인터뷰한 영상도 떴더군요. 그 아기는 기적이라고. 희대의 천재가 세상을 뒤집을 거라고.』

"그래서요⋯."

『단단이가⋯.』

"지금 두 사람 어딨어요? 어디서 뭐 해요!?"

김서연은 드마르크 교수의 대답이 들리기도 전에 두 사람의 행방을 물었다.

『NICU에 있어요.』

이 얘기를 들은 김서연은 곧장 NICU로 달렸다.

『서연 씨!』

드마르크도 그녀의 뒤를 따랐다.

이제 507호는 텅 비었다. 방송을 보며 그것을 인지한 진행자는 이곳에 몰래 둔 카메라를 가지러 와서 또다시 그들을 따라갔다.

김서연은 빠른 속도로 NICU에 도착했다. 그리고 그곳엔 이미 김서연이 상상하던 지옥이 펼쳐지고 있었다. 간호사와 의사들은 모두 어디로 갔는지 사라져 있었고 금발 청년은 날카로운 주사기 하나를 이제 겨우 300g이 넘은 단단이에게 겨누고 있었다.

"왜⋯."

김서연은 참아왔던 눈물을 뿜어냈다. 그리곤 복장도 제대로 갖춰 입지 않고 NICU로 들어갔다. 그러나 그때, 총을 든 괴한이 김서연을 붙잡았다. 그의 이 행동으로, NICU에 항상 있어야 할 의사와 간호사들이 왜 갑자기 사라졌는지가 설명되었다.

"이거 놔!"

김서연은 몸부림치며 어떻게든 금발 청년이 든 주사를 막으려 했지만, 괴한의 힘은 너무 강했다.

『서연 씨! 내 말 좀 들어봐요!』

드마르크 교수가 뒤늦게 도착해 김서연을 진정시키려 했다.
"이거 놔! 안 돼!"
김서연은 금발 청년을 바라보며 빌었다. 금발 청년도 확신 없는 눈동자로 주사기를 들고 있었다. 그러나 그의 불안한 눈빛과는 달리 주삿바늘은 조금씩 나와 가까워지고 있었다.
"Je n'y arrive pas…."
"뭐라고 하는 거예요!? 이거 놔요! 제발!"
『일단 진정해요!』
괴한과 김서연 그리고 드마르크는 계속 몸싸움을 벌였다. 내 엄마는 이때, 금발 청년이 무슨 말을 했는지 꽤 오랫동안 알지 못했다. 그러나 나는 그가 무슨 말을 하는지 알았다. 그는 내 몸에 주사기를 꽂아 넣을 자신이 없었던 것이다.

이쯤에서 나는 생각했다. 이들은 왜 나를 죽이려 하는지. 정말로 내가 드마르크 교수의 실험 쥐들처럼 약한 자들을 배척하고 끝내 인간들을 멸종의 길로 이끄는 사람이 될 거라고 생각해서 일까? 아니면 시위대가 외치는 것처럼 내가 이 나라를 집어삼킬까 봐 그러는 걸까?

사실 이런 생각들은 전혀 중요한 게 아니다. 문 대리가 한 말처럼 쥐와 사람은 다르고 미래는 그 누구도 알 수 없으니까. 중요한 것은 제멜제약이든 치니코프든 그 어떤 인간단체든, 내가 생존해 있는 한, 나 같은 존재를 만들기 위해 끊임없이 노력할 것이라는 사실이다. 이것은 분명했다. 이번 임상이 실패로 결론 난다 해도 그들은 이미 천재 약에 대한 인간들의 욕망을 발견해 버렸다.

그러면 내 엄마 김서연은 그것을 모르는 걸까? 그래서 저렇게 날

살리려고 하는 걸까? 이것도 아니다. 사실 그녀도 알고 있었다. 내가 죽어야 이 모든 게 끝난다는 것을. 그러나 지금 그녀는 눈앞에 보이는 진실보다 사랑이라는 보이지 않는 믿음을 더 쫓고 있을 뿐이었다. 이런 현상으로 미루어볼 때, 어쩌면 개개인의 세포막을 뚫을 수 있는 가장 강력한 리포솜은 사랑이 아닐까 하는 생각을 해본다.

나는 내 엄마가 나에게 했던 말을 기억한다. 안타깝게도 진실은 믿음을 이기지 못한다는 말. 때론 진실과 믿음이 한편이 되어 승리하기도 하지만, 서로 적대적 관계가 되면 언제나 진실은 믿음에 패한다는 말. 그리고 그녀는 진실이 믿음을 이긴다는 것을 믿고 있다는 말. 나는 내 엄마의 믿음, 진실이 믿음을 이긴다는 그 말을 지켜주고 싶었다. 그녀가 나를 지켜주고 싶어 하는 만큼 나도 그녀를 지키고 싶었다.

그래서 나는 결론을 내렸다. 내가 죽어야 한다고. 그래야만 내 엄마를 지킬 수 있다고.

"Je n'y arrive pas!"

여전히 금발 청년은 손을 떨며 어쩔 줄 몰라 하고 있었다. 그래서 나는 그를 돕기로 했다.

나는 눈을 떴다. 그러자 흐릿한 형체들이 내 앞에 아른거렸다. 색깔이라곤 전혀 없고 모든 게 흐릿하며 심지어는 공간이라는 개념도 인식하기 전이었지만, 나는 본능적으로 금발 청년이 들고 있는 날카로운 주삿바늘을 찾아냈다. 그리곤 내 작은 손으로 그 주삿바늘을 낚아챈 뒤.

- 덥석.

있는 힘껏 내 배에 찔러넣었다.

"Non!"

금발 청년은 갑작스러운 나의 움직임에 당황하며 동시에 소리쳤다. 그러자 밖에 있던 내 엄마 김서연은 금발 청년보다 더 큰 소리로 괴성에 가까운 절규를 내질렀다.

주사를 맞은 내 몸은 전기에 감전된 것처럼 찌릿함으로 뒤덮였다. 몸 안에서부터 퍼지는 이 찌릿함엔 고통은 없었지만 묘한 불쾌감이 들어 마치 소름의 바다에 빠진 것만 같았다. 그리고 잠시 후, 이 불쾌한 찌릿함은 점점 강렬해졌다. 그러고는 숨이 가빠왔다. 내가 한 운동이라곤 잠시 눈을 뜬 것과 주삿바늘을 끌어당긴 것밖엔 없었지만 이상하게 숨이 차올랐다. 그리고 그때, 갑자기 어딘가로 추락하는 느낌도 들기 시작했다. 마치 보이지 않는 어떤 손이 내 목을 잡고 저 깊은 어딘가로 내던져버리는 듯한 기분이었다. 이때 나는 생각했다. 이제 곧 죽는구나. 이제 저 밑바닥 어딘가에 떨어지면 나는 영원히 내 엄마를 볼 수 없겠구나.

내 엄마를 처음 인지한 순간부터, 나는 모든 걸 듣고 기억했으며 나름 만족스러운 인생을 살았다. 그러나 딱 한 가지의 아쉬움은 있었다. 나는 내 엄마의 빛나는 두 눈을 보고 싶었다. 그렇게 그 단 하나의 아쉬움만 남기고 나는 내 두 눈을 감았다.

에필로그
퇴근해

 내가 눈을 감은 뒤, 세 명의 프랑스인들은 내 엄마 김서연을 놔둔 채 그대로 도주했다. 신고를 받은 경찰이 뒤늦게 출동했지만, 그들은 잡히지 않았다.
 김서연을 끝까지 따라왔던 진행자는 결국 첫 번째 산모와 나의 죽음에 관한 특종을 건져냈다. 그 덕분에 나에게 관심을 갖던 모든 사람들이 천재 약의 위험성에 대해 알게 됐다. 제멜제약은 물론 치니코프도 마찬가지였다. 이제껏 아무런 진실을 믿지 않던 사람들도 죽음 앞에선 그들의 근거 없는 믿음을 차분히 내려놓았다. 죽음은 그 무엇보다 강력한 진실이었다.
 윤태구, 그러니까 내 아빠는 내가 눈을 감았을 때 한창 연설 중이었다. 자신이 마약 중독자라는 사실과 어떻게 극복하면서 살아가겠다는 다짐에 관한 연설이었고, 그 끝에서 자기가 마약중독자가 된 과정을 설명했다. 당연히 치니코프의 마약 진통제 이야기와 그걸 카피하고 임상까지 진행했던 제멜제약에 대한 이야기도 있었다. 모두가 들어본 이야기였지만 모두가 잊은 이야기이기도 해서 제멜제약 마약 진통제 임상 피해자인 윤태구는 사람들의 마음을 움직였다. 그러나 더 이상 연기는 할 수 없었고 탄탄한 몸으로 일용직 현장을 누비며 나름 만족스러운 삶을 살았다.

제멜제약은 깊은 수렁에 빠졌다. 사망자가 발생한 천재 약 임상 사건과 모두가 잊고 있던 마약성 진통제 임상 사건이 겹치며 주가는 연속으로 하한가를 찍었다. 물론 그렇다고 해서 무궁화학에 먹힐 정도는 아니었지만, 국내 1위는커녕 10위도 수성하기 힘든 지경에 이르렀다. 그리고 노원중과 차석진은 몇 번의 재판 끝에 수감 생활을 하게 됐다.

그렇게 5년이 지났다. 김서연은 바다 바이오 김수경 사장과 함께 일했다. 바이오 분야라서 처음엔 조금 어려워했지만, 김서연은 매우 잘 적응했다. 아니, 매우 잘 적응할 수밖에 없었다.

"나랑 서연 씨 이름으로 특허 하나 냈을 뿐이었는데, 이게 여기까지 왔네."

"감사해요."

김서연은 사장실에서 김수경 사장과 함께 커피를 마셨다.

"대표님 전공이 유전자 가위인 줄은 몰랐어요."

"나도 내가 그거 전공하고 돼지 간 이식 기술 연구할 줄은 몰랐어. 그래도 재밌었다. TPDD 치료제 개발."

김서연은 김수경 사장과 함께 TPDD 치료제를 개발 중이었다. 심지어 오래된 기술이라 놀림 받은 리포솜 방식이 아닌, 유전자 가위 방식의 치료제였다.

"내일이네요."

"그러게. 내일이네."

"잘될 수 있겠죠?"

"잘돼야지."

김서연은 시선을 살짝 떨궜다.

"잘될 거야. 걱정하지 마. 우리도 나름 동물실험 다 했잖아. 그때 그런 부작용은 없을 거야. 아니, 부작용이 아니지. 그때는 누가 주사한 거라며. 돈 받고. 아직 감옥에 있나?"

"네…. 근데 곧 나올 거예요."

"하여튼, 우리나라 법은 참…. 자기 딸까지 사람을 네 명이나 죽였는데…."

감옥에 있는 사람은 상미 엄마였다. 법 때문에 TPDD 판정을 받은 상미를 낳을 수밖에 없었다고 하소연했던 그 사람.

"아, 맞다. 소식 들었어?"

"무슨 소식이요?"

"제멜제약, 이번에 또 구조조정 한다던데."

"정말요? 몰랐어요."

"위에 임원들도 많이 잘리나 봐."

"아…."

"관심 없지?"

"네."

"그럴 줄 알았어. 온통 신경이 그쪽으로 가 있네."

김수경은 김서연을 따라 시계를 봤다. 어느덧 5시였다.

"퇴근해. 내일은 바로 병원으로 가지?"

"네."

"별다른 거 없을 테니까 걱정 말고. 이거 우리 김서연 상무가 만든 거잖아. 안 그래?"

"그러네요. 그러고 보니 김서연 상무가 만든 거네요."

두 사람의 마지막 일과는 매우 즐거워 보였다.

그렇게 김서연은 빠른 퇴근 뒤 차를 타고 어디론가 향했다. 그리고 얼마 지나지 않아 윤태구에게 전화가 걸려 왔다.

『나 도착했어.』

"벌써?"

『응. 오늘은 네 시에 끝났어.』

"일찍 끝났네."

『빨리 와. 배고파.』

"거기서 먼저 먹고 있어. 뭐라도."

『싫어. 같이 먹을래.』

"아니, 무슨 애도 아니고."

『아 몰라, 빨리 와. 얼마나 걸려?』

"한 시간? 아니면 한 시간 반?"

『알겠어. 빨리 와. 나는 여기 구경하고 있을게.』

"그래."

- 뚝.

이들의 통화는 짧았지만, 결코 소원하지 않았다. 그런데 그때, 또 다른 사람으로부터 전화가 걸려 왔다.

"여보세요."

『김서연 씨?』

"네. 맞습니다."

『안녕하세요. 루카스 리입니다.』

"어!? 안녕하세요!?"

루카스 리는 프랑스에서 만난 헤드헌터였다. 그리고 그의 도움으로 김서연은 김수경을 만날 수 있었다.

"잘 지내셨죠? 계속 연락드렸었는데…. 휴대전화도 바꾸셨네요."

『그간 좀 힘들게 살았습니다.』

"왜요?"

『치니코프가 제 주요 고객이었는데, 문제가 좀 많았잖아요, 거기.』

"아…."

『그래서 한국 들어왔어요.』

"아, 그러시구나! 언제 한 번 봬요! 제가 맛있는 거 사드릴게요."

『좋죠! 아, 그리고…. 한국에 들어와서 일하다 보니까 당연히 국내 기업 의뢰가 좀 많거든요? 그런데 서연 씨를 제가 추천하고 싶은 생각이 드는데…. 지금 이직 생각은 없으시죠?』

김서연은 잠시 설렜지만, 입술을 꾹 다물었다.

"네. 그때 소개해 주신 바다 바이오가 참 좋아요."

『그렇구나. 그런데 이것도 꽤 끌리실 것 같은데.』

"어딘데요?"

『제멜제약.』

"네?"

『지금 구조조정하면서 몇몇 직급은 새로 뽑고 있어요. 서연 씨는 제가 팀장급으로 생각 중이고.』

김서연은 잠시 말을 잃었다. 때마침 신호등의 신호도 붉은색이 되었다.

"근데…."

『다 알아요. 5년 전 사건. 그래서 미리 내부 반응을 살펴봤죠. 그랬더니 오히려 좋아하던데요? 기업 쇄신 이미지로 완벽하다고. 구조조정의 아이콘이라고.』

"그럴 리가…."

『그때 프랑스에서 저한테 그랬잖아요. 제멜제약에 취업하고 싶다고. 어떻게든.』

"그때는…."

『기간은 충분히 드릴게요. 한번 생각해 보세요. 그 어렵다는 제멜제약의 세포막을 뚫고 심장으로 들어가는 거잖아요. 참고로 저, 다른 사람한텐 이 자리 연락 안 할 겁니다.』

"그래도…."

『좋은 하루 되시고요. 승낙하시든 안 하시든 나중에 밥은 사주세요. 요즘 제가 어려워요. 아시겠죠?』

"네, 알겠습니다. 감사해요."

- 뚝.

두 사람은 웃으며 전화를 끊었다. 그리고 때마침 신호등은 초록빛으로 바뀌었다.

긍정적인 의미로 복잡해질 것 같았던 그녀의 머릿속은 의외로 한가했다. 아니, 조금 더 자세히 말하자면 무언가로 꽉 차 있긴 했지만 그게 여러 가지가 섞여 있는 것은 아니었다.

그렇게 한 시간 뒤, 김서연은 인천 공항에 도착했다. 그리고 윤태구와 만나 손을 잡고 입국 게이트에서 누군가를 기다렸다. 그리고 잠시 후, 드마르크 교수가 모습을 드러냈다.

『오랜만입니다.』

"네. 잘 지내셨죠?"

『나야 뭐, 잘 있었죠. 고마워요. 입국 제한 해제해 줘서. 덕분에 범죄 혐의도 벗고.』

"저야말로 감사하죠. 내일 임상 들어가는 TPDD 치료제, 교수님 동물실험 없었으면 못 했을 겁니다."

『별말씀을.』

그런데 그때, 입국 게이트가 한 번 더 열렸다. 그러자 김서연의 표정은 그 어느 때보다 활짝 빛났다. 마치 꽃이 활짝 피는 순간을 그대로 얼굴에 담은 것만 같았다. 그녀를 향해 다가오는 금발 청년이 더 잘생겨져서는 아니었다. 그의 손을 잡고 천천히 걸어오는 5살 소년 때문이었다.

"나 닮아서 잘생겼네."

윤태구는 장난스럽게 말하며 눈물을 흘렸다.

"감사해요. 잘 키워주셔서."

김서연도 눈물을 흘렸다.

『내가 말했잖아요. 나는 사람을 죽이지 않는다고.』

5년 전, 프랑스인 세 사람은 내가 TPDD 유전자를 가지고 태아 상태일 때 치료제까지 맞았다는 사실을 유튜브로 알게 됐다. 처음엔 그 사실을 밝히지 않은 김서연이 너무나 미웠고, 이런 아기가 태어나선 안 된다는 생각에 많은 고민을 했었다. 그런데 이때, 금발 청년이 심장박동을 늦추는 약품을 이용해 사망 판정을 받게 하면 어떨까 하는 아이디어를 냈고 괴한이 간호사와 의사를 협박한 뒤 법적 사망 판정을 내리게 했다. 물론 이 과정에서 내 엄마에게 따로 설명하지 않았고 여러 범법 행위들을 하긴 했지만, 결국 그녀도 잘 살아있는 나를 바라보며 안심한 뒤 한동안 프랑스로 보낸 것이었다. 국내에 있었으면 의심받을 것이 너무나 분명했고 내가 드마르크 교수의 우려를 살 만한 아이가 아니란 것, 그러니까 내가, 혼자만의 반란을 일으켜 일반 쥐들을 지키려했던 그 특별한 쥐와 같은 아이라는 것을 증명해야 하는 이유도 있었다.

내 엄마는 말했다. 안타깝게도 진실은 믿음을 이기지 못한다고. 때론 진실과 믿음이 한편이 되어 승리하기도 하지만, 서로 적대적 관계가 되면 언제나 진실은 믿음에 패한다고. 그러나 엄마는 진실이 믿음을 이길 거라 믿는다고.

5년 전, 나는 그녀가 했던 이 말의 마지막 부분, 그러니까 엄마는 진실이 믿음을 이길 거라 믿는다는 부분을 지켜주고 싶었다. 엄마가 눈앞에 보이는 진실보다 사랑이라는 보이지 않는 믿음을 너무 쫓은 것 같았기 때문이다.

그러나 이제 나는 안다. 5년의 삶을 살아가며 깨달았다. 엄마가 한 말의 핵심은 이 중간 부분 그러니까, 때론 진실과 믿음이 한편이 되어 승리하기도 한다는 부분이라는 것을.

진실과 믿음이 한편이 되면 그 누구에게도 뚫리지 않는 단단한 세포막이 되거나, 그 어떤 세포막도 뚫을 수 있는 무기가 된다. 절대로 뚫리지 않는 방패와 모든 것을 뚫을 수 있는 창이 한편이 되면 언제나 승리할 수밖에 없다.

나는 5년간 프랑스에서 즐거운 삶을 살았다. 드마르크 교수는 내게 매우 친절했다. 그래서 뭐 하나 아쉬운 것 없이 그 나라의 자연과 사람들을 마음껏 즐겼다. 종종 내 부모들과 하는 영상 통화도 나에겐 큰 즐거움이었다.

나는 이제 온종일 내 엄마의 품에 안겨 그동안 못 들었던 이야기들을 마음껏 들을 것이다. 그녀가 살아온 나날들, 뱉었던 말들 그리고 했던 생각들. 물론 아빠의 이야기도 들어야 한다. 이 행위야말로 진실과 믿음이 하나 된 결정체일 테니까 말이다.

"잘 있었어?"

엄마가 내게 물었다.

"응."

나도 어렵지 않게 답했다.

"엄마 아빠 처음 보니까 어때?"

"행복해."

나는 내 엄마의 눈을 바라봤다. 실제로 본 그녀의 눈은 정말로 깊고 아름다웠다.